Julia Arden

Vertrau mir

Julia Arden

Vertrau mir

Roman

édition el!es
Internet: www.elles.de
E-Mail: info@elles.de
Umschlaggestaltung und Satz: graphik.text Antje Küchler
Druck: Nørhaven Paperback A/S, Dänemark
ISBN 978-3-932499-67-8

1.

Frau Ravensburg?« fragte der schlaksige Mann mit schütterem blonden Haar die Frau, die sich im Foyer des kleinen Versammlungshauses umsah. Als Anna nickte, stellte er sich vor: »Mein Name ist Lassen. Ich bin der Vorsitzende des Marburger Tierschutzverbandes. Es freut mich, Sie endlich persönlich kennenzulernen. Schön, daß Sie sich die Zeit für diese Veranstaltung nehmen. Wir sind gespannt auf Ihren Vortrag.«

»Ich danke Ihnen für die Gelegenheit«, erwiderte Anna mit ihrer etwas dunkel klingenden Stimme. Trotz der einszweiundsiebzig, die sie maß, wirkte sie neben dem hochaufgeschossenen Mann klein. »Wir hatten ja leider keine Zeit mehr, den Inhalt abzustimmen.«

Lassen lächelte entschuldigend. »Frau Ravensburg, bitte haben Sie Verständnis dafür, daß ich das anspreche. Ich muß Sie bitten, also Sie dürfen bitte keine ...« Lassen suchte nach Worten.

Ein wissendes Lächeln erschien auf Annas Lippen. Sie ahnte, worin sein Problem bestand. »Keine Sorge«, beruhigte sie ihn. »Meine Zeit als radikale Tierschützerin ist vorbei. Ich habe mich auf Aufklärungsarbeit verlegt. Deshalb bin ich hier. Ich halte lediglich einen Vortag über Sinn und Unsinn von Tierversuchen.«

Lassen atmete erleichtert auf. »Sehr schön.« Er wies mit der Hand auf eine Tür. »Sie werden erwartet.«

Anna schaute in die Gesichter von etwa fünfundzwanzig Anwesenden gemischten Alters und gemischten Geschlechts. Sie wußte, die meisten im Publikum waren hier, weil sie ein Haustier besaßen – Hamster, Hund oder Katze – und den Gedanken schrecklich fanden, ihr Liebling würde in einem Tierversuch sein Ende finden. Sie liebten Tiere, waren sicher, ihnen nichts Böses zu tun. Sie suchten im Grunde nur die Bestätigung, daß sie alles richtig machten. Diese Bestätigung wollte Anna ihnen verweigern.

Sie lächelte den Anwesenden verhalten zu. »Vielen Dank für Ihr Erscheinen, vielen Dank für Ihr Interesse. Ich hoffe, dieser Informationsabend wird nicht zu unangenehm für Sie werden. Das Thema ist jedenfalls gerade dazu geschaffen, jemandem einen kalten Schauer über den Rücken zu jagen.« Immer noch sah sie in ruhige, wohlwollende Gesichter. Erwartung mischte sich hinein. Die beste Voraussetzung, einen Denkprozeß in Gang zu setzen. Und genau das hatte Anna vor. Ohne ihre Stimme besonders zu heben, begann sie mit dem ersten Teil ihres Vortrages.

»Ich möchte mit Ihnen eine kleine Alltagsbetrachtung durchführen. Beginnen wir mit der Frage: Wie oft gehen Sie in der Woche in den Supermarkt einkaufen? Zwei, drei Mal? Ist Ihnen dabei schon einmal der Gedanke gekommen, daß dieser Ausflug in den Supermarkt eigentlich mehr dem Besuch eines Chemielaboratoriums gleicht? Allein in der Lebensmittelabteilung finden Sie Unmengen verschiedener chemischer Stoffe. Sie werden den Lebensmitteln zugesetzt, um den Geschmack und das Aussehen zu ändern oder die Haltbarkeit zu verlängern. Sie gehen weiter zu den Haushaltsprodukten. Regal für Regal präsentieren sich die verschiedensten bunten Flaschen, und jede verspricht, unseren Alltag besser zu machen. Seifen, Shampoos, Waschmittel, Haarfarben, Fleckenentferner, Make-up und so weiter. Alle diese Produkte enthalten chemische Stoffe und haben eine Verpackung, welche wiederum chemische Stoffe enthält, die in das eigentliche Produkt abgegeben werden können und bei der Müllentsorgung umweltgefährdende Stoffe ausscheiden.

Im Anschluß an Ihren Einkauf setzen Sie sich ins Auto, welches ebenfalls chemische Stoffe enthält, wie zum Beispiel Lacke, starten den Motor, der wiederum verschiedene Stoffe an die Luft abgibt, die wir dann einatmen. Auf dem Weg nach Hause kommen Sie vielleicht an einer Apotheke vorbei, wo Sie einige Artikel kaufen. Vielleicht ein Medikament gegen eine ernste Krankheit, aber oft einfach ein Mittel, das nur helfen soll, den Alltag einfacher zu machen und vielleicht bei einigen Symptomen, die Ihnen der Ausflug in den Supermarkt eingebracht hat, Abhilfe zu schaffen. Diese Mittel sind zum Beispiel Antiallergiemittel, Cremes gegen trockene Haut, Kopfschmerztabletten, Schlankmacher oder Nikotinpflaster.

Sie kommen nach Hause, und wieder sind Sie von einer Unzahl chemischer Stoffe umgeben. Die Farbe an der Wand gibt langsam chemische Stoffe ab, die Sie einatmen, die Möbel sind imprägniert, damit Flecken leichter abgewischt werden können. Irgendwo hat jeder ein Schränkchen mit Poliermittel für Fahrrad und Auto, Unkraut- und Ungeziefervernichter. Und natürlich darf der Duftspender nicht fehlen, um unangenehme Düfte zu überdecken.

Heutzutage hat fast jeder einen Computer, ob auf der Arbeit oder zu Hause, dessen Ausdünstungen in die Luft er einatmet. Welche Wirkungen haben die auf uns? Na egal. Irgend jemand wird schon dahinterkommen und uns prompt das Gegenmittel dafür präsentieren.«

Anna ließ ihren Blick über die Zuhörer schweifen, las die stumme Frage in ihren Gesichtern: *Worauf will die Frau hinaus?* Das sollten sie jetzt erfahren. »Jedes dieser chemischen Produkte, das wir erwerben können, wurde, bevor es auf dem Markt kam, auf eventuelle schädliche Nebenwirkungen in umfangreichen Tests untersucht. Tests an Tieren. Millionen von Tieren. Diese Tests haben vielen Versuchstieren Leiden und jedem einzelnen den Tod gebracht. Im typischen Tierversuch, der in Verbindung mit dem Test von Stoffen und Chemikalien durchgeführt wird, wird das Tier – meist Mäuse, Ratten und Hamster – dem zu untersuchenden Stoff in einer festgesetzten Menge ausgesetzt, mit der man rechnet, daß sie giftig für das Tier ist. Danach überwacht man das Tier vierzehn Tage und beobachtet, ob Verhaltensänderungen auftreten. Schäden an der Haut, den Augen oder Schleimhäuten. Einige Tiere erleiden Schmerzen; diese werden normalerweise sofort getötet. Am Schluß des Experimentes werden *alle* Tiere getötet und ihre Organe untersucht. Wenn die Versuchstiere die erwarteten Zeichen von Vergiftung nicht aufweisen, gibt man einer neuen Gruppe von Tieren eine höhere Dosis. So setzt man fort, bis eine Idee entsteht, wie giftig die Stoffe wohl für Menschen sein könnten. Darüber hinaus werden die Stoffe natürlich auch auf lange Zeit hin getestet, zum Beispiel, ob sie Krebs hervorrufen.« Anna machte eine kleine Pause, schaute erneut in die Gesichter vor ihr und wußte: Ihr war die uneingeschränkte Aufmerksamkeit aller Anwesenden zuteil. Jetzt konnte sie ihren Schockangriff starten. »Die junge Dame dort mit den gefärbten Haaren. Wußten Sie, daß für die Zulassung dieser Haarfarbe, genauer gesagt für die Zulassung der in der Farbe enthaltenen Chemikalien, zwischen zwanzig- und vierzigtausend Tiere im Versuch ihr Leben verloren?« Die Frau blickte Anna halb entsetzt, halb verlegen an. »Für ein im Supermarkt erhältliches Haarpflegemittel sterben pro enthaltene Chemikalie 1500 bis 2000 Versuchstiere. Für die Zulassung eines einzigen Zusatzstoffes in Lebensmitteln müssen nach EU-Norm Tierversuche durchgeführt werden, die mindestens 340 Versuchstiere umfassen. Wir sind in unserem Alltag von Tierkadavern umgeben.« Anna machte erneut eine Pause, gab ihren Zuhörern Zeit, sich von den »Neuigkeiten« zu erholen. Einige von denen, die nicht allein gekommen waren, flüsterten miteinander. Hielten sie, was sie hörten, für übertrieben? »Glauben Sie mir. Was ich Ihnen erzähle, stammt aus offiziellen Quellen. Diese Zahlen sind nicht geheim. Aber leider auch nicht weitläufig bekannt. Fakt ist, wir Menschen leben fortgesetzt in einem Sumpf von Chemikalien, der uns krank macht – Allergien, Hautprobleme, Krebs, Herzprobleme . . . Und um diesen Sumpf zu entfliehen, opfern wir Millionen und aber Millionen Tiere in einem unüberschaubaren Kampf gegen chemische Stoffe.«

»Das klingt, als wären wir Barbaren«, warf jemand ein. »So fühle ich mich also wirklich nicht.«

»Nein. Das glaube ich Ihnen gern. Und Sie sind auch nicht der Barbar. Aber Sie sind Nutznießer barbarischer Methoden. Und dagegen sollte Sie sich verwehren.«

»Wie denn?«

»Ganz einfach. Lehnen Sie es ab, Produkte zu benutzen, die unnütz Tierleiden verursachen. Tierschutz ist etwas, in dem jeder aktiv sein kann. Man muß nur vergleichen, hinterfragen und handeln. Es ist so leicht. Leider sind sich viele Menschen dessen nicht bewußt. Schauen Sie einfach bei Ihrem nächsten Einkauf genauer hin. Lesen Sie, welche Chemikalien das Produkt, das Sie kaufen wollen, enthält. Je kürzer die Inhaltsangabe über Chemikalien und Zusatzstoffe, um so weniger Tiere mußten für das Produkt ihr Leben lassen. Kleiner Tip: Ökologische Lebensmittel kommen mit 38 Zusatzstoffen aus, während für konventionelle Lebensmittel 350 Zusatzstoffe zugelassen sind.«

»Die Produkte sind Teil unserer Lebensqualität, unseres Fortschritts«, meldete sich ein junger Mann zu Wort.

»Sind Haarfärbemittel Fortschritt? Ich bezeichne sie als Luxusartikel. Die noch dazu ungesund für die Kopfhaut sind. Und wie viel Wasch- und Reinigungsmittel, Pflege- und Kosmetikprodukte braucht die Menschheit? Gibt es nicht bereits ein mehr als reichliches Angebot? Was ist denn Fortschritt? Effektivere Kraftstoffe für Autos, die bekanntermaßen alle schädlich für unsere Umwelt sind? Pillen, welche die Auswirkungen unserer ungesunden Lebensweise lindern oder uns einfach nur noch gesünder und noch widerstandsfähiger machen sollen? Ich nenne das nicht Fortschritt, ich nenne das Leichtsinn. Leichtsinn, dem Millionen und aber Millionen Versuchstiere zum Opfer fallen.«

»Was ist mit Forschung in der Medizin? Hier muß man doch am Tier testen.«

»Natürlich brauchen wir Forschung in der Medizin. Aber diese an Tierversuche zu knüpfen, ist nicht zwingend notwendig. Es geschieht nur der Einfachheit halber. Denn es kostet Zeit und Geld, in die Entwicklung alternativer Methoden zu investieren und so den Verbrauch von Versuchstieren zu reduzieren. Jahrelanger aktiver Kampf von Tierschützern hat bereits bewirkt, daß einige Regierungen und das Europaparlament sich der Problematik nicht mehr verschließen. Nur leider werden viel zu wenig Finanzmittel zur Verfügung gestellt. Wie gesagt, Tiere zu verwenden, ist eben einfacher. Das Leid der Tiere wird dabei nicht berücksichtigt.«

»Aber wir haben ein Tierschutzgesetz. Dort ist doch alles geregelt«, lautete ein anderer Einwand.

Darauf hatte Anna nur gewartet. »Das Tierschutzgesetz. Gut, daß Sie es ansprechen. Dort heißt es: *Tierversuche im Sinne dieses Gesetzes sind Eingriffe oder Behandlungen zu Versuchszwecken an Tieren, wenn sie mit Schmerzen, Leiden oder Schäden für diese Tiere verbunden sein können . . . Versuche an Wirbeltieren dürfen nur durchgeführt werden, wenn die zu erwartenden Schmerzen, Leiden oder Schäden der Versuchstiere im Hinblick auf den Versuchszweck ethisch vertretbar sind . . . Versuche an Wirbeltieren, die zu länger anhaltenden oder sich wiederholenden erheblichen Schmerzen oder Leiden führen, dürfen nur durchgeführt werden, wenn die angestrebten Ergebnisse vermuten lassen, daß sie für wesentliche Bedürfnisse von Mensch oder Tier einschließlich der Lösung wissenschaftlicher Probleme von hervorragender Bedeutung sein werden.* Kann mir hier irgend jemand erklären, was diese Bestimmungen mit dem Schutz von Tieren zu tun haben? Das Quälen von Tieren ist erlaubt, man muß nur einen Grund dafür finden. Wesentliche Bedürfnisse . . . ich bitte Sie. Was sind denn wesentliche Bedürfnisse. Wer legt diese denn fest? Natürlich wollen alle Lebensmittelkonzerne, jedes Pharmaunternehmen nur das Beste für uns. Ohne Frage ist es ein wesentliches Bedürfnis des Menschen, so gut und so abwechslungsreich wie möglich zu essen. Natürlich ist Körperhygiene ein wesentliches Bedürfnis. Und natürlich ist es ein wesentliches Bedürfnis des Menschen, zwischen mehreren Produkten auswählen zu können. Mit unseren wesentlichen Bedürfnissen können wir alles entschuldigen. Aber statt unsere Bedürfnisse sollten wir unser Gewissen befragen. Was ist sinnvoll, was ist sinnlos? Und warum nimmt die Gesellschaft sogar im Tierschutzgesetz das Leiden der Versuchstiere von vornherein hin? Da ist doch wohl etwas nicht in Ordnung mit unserer ethischen Auffassung.«

2.

Seit dem frühen Morgen herrschte Aufregung auf dem Revier. Tags zuvor waren zwei hochrangige Geschäftsleute vermißt gemeldet worden. Die Theorien über etwaige Hintergründe drifteten weit auseinander. Am wahrscheinlichsten war die Annahme einer Entführung. Einige Kollegen erklärten die Männer dagegen für Aussteiger, die einfach von Familie und Verantwortung die Nase voll hatten. Andere meinten, der Dschihad hätte jetzt auch in Deutschland zugeschlagen. Wieder andere hielten das Ganze für ein gewaltiges Ablenkungsmanöver, konnte aber nicht sagen, wovon abgelenkt werden sollte.

Als Maike zu ihrem Chef beordert wurde und dieser ihr verkündete, sie sei vom Leiter der Sonderkommission zur Aufklärung dieses Falles angefordert worden, überraschte es sie weniger, als es ihren Ehrgeiz anstachelte.

Maike wußte, sie wurde wegen dieses Ehrgeizes von so manchem Kollegen oder Bekannten unverstanden, von einigen sogar verachtet. Sie hatte dazu ihre eigene Theorie: Es war der pure Neid derjenigen, die sich selbst nicht zu Höchstleistungen antreiben konnten. Statt sich ihre Schwäche einzugestehen, versuchten sie, selbstbewußte, zielstrebige Menschen wie sie schlechtzumachen. Daran hatte sie sich gewöhnt, und es änderte nichts daran, daß Maike Ehrgeiz als gute und nicht zuletzt vorantreibende Eigenschaft sah. Eine Eigenschaft, die ihr von ihrem Vater mit einem einzigen beiläufigen Satz eingeimpft wurde. Wahrscheinlich war dieser sich dessen nicht einmal bewußt.

Doch Maike erinnerte sich oft daran. Es war der Tag, an dem sie mit ihrer ersten Schulnote nach Hause kam. Unter den Linien, wo sie mit unsicherer Hand die ersten Buchstaben gemalt hatte, stand ein »gut«. Stolz zeigte sie das Aufgabenheft dem Vater. Er schaute nur kurz auf die Zensur und sagte: »Das hätte aber auch ein *sehr gut* sein können.« Die erhoffte Anerkennung erhielt sie nicht. Seit dem Tag versuchte sie nur noch eines: Die Beste ihrer Klasse zu sein. Der zweite Platz war ihr nie genug. Maike lernte, auf ein Ziel hinzuarbeiten. Höchstleistung war dabei ihr Anspruch. Dieser Methode folgte sie bis heute. Dabei kam ihr zugute – und sie war auch stolz darauf –, daß sie nicht wie andere Frauen an gebrochenem Herzen litt, wenn eine ihrer Beziehungen in die Brüche ging. Gefühle standen bei ihr stets nur an zweiter Stelle. Nur ein einziges Mal hatte sie es aus der Bahn geworfen. Auch daran erinnerte sich Maike häufig. Der Grund dafür war Britta, eine Kollegin, die aus Dortmund gekommen war und nach kurzer Zeit auch wieder dorthin zurückging. Als Maike klar wurde, daß sie sich in eine Frau verliebt hatte, brach ein Teil ihrer schön geordneten Welt zusammen. Britta erfuhr nie etwas von ihren Gefühlen für sie. Maike hielt es für besser, sie in sich zu verschließen. Damals dachte sie, diese Neigung sei zu kontrollieren. Man konnte es auch unterdrücken nennen. Einige Monate später war ihr klar, daß sie den

Rest ihres Lebens so nicht weitermachen konnte. Es folgte eine Zeit, in der sie sich an den Wochenenden in diversen Frauenbars herumdrückte, etwas mit ihrer jeweiligen Freundin unternahm. In der Woche war sie ganz die Alte. Das ging eine Weile gut. Bis es kam, wie es kommen mußte. Nichtsahnend geht man mit einer Frau Hand in Hand spazieren, küßt sie verliebt – da begegnet man einem Kollegen. Einem Tratschmaul noch dazu, wie sich herausstellte. Es dauerte keine Woche, da war es bei allen Kollegen angekommen: Maike Roloff steht auf Frauen. Sie machte sich nicht die Mühe, es zu leugnen, ignorierte das Getuschel hinter ihrem Rücken und setzte auf ihre bewährte Methode: Leistung. Auch ihre Frauenbeziehungen akzeptierten entweder, daß sie nur an zweiter Stelle standen, oder sie gingen. So hielt Maike es nach wie vor.

Und in Momenten wie diesem, da sie der Sonderkommission zugeteilt wurde, zeigte sich wieder mal, daß sie damit genau richtig lag.

Binder, Grewe und Krummbiegel stellten sich Maike nacheinander vor. »Wir sind Wallbachs festes Team«, erklärte Grewe. »Sie sind hier, weil der Chef jemanden mit weiblicher Intuition wollte.« Breites Grinsen in drei Gesichtern.

Die scherzen hoffentlich, dachte Maike und lächelte mit säuerlicher Miene. *Wenn es nur darum ging, hätte er ja auch die Putzfrau anfordern können.* Während sie mit ihrer inneren Aufregung kämpfte – immerhin war dieses Team berühmt berüchtigt für seine fast hundertprozentige Aufklärungsquote –, sahen die anderen gelangweilt dem Techniker zu, der auf dem Schreibtisch am Fenster zwei Telefone und einen PC installierte. Der kleine Besprechungsraum verwandelte sich damit zumindest provisorisch in ein Büro.

»Guten Morgen, Kollegen«, sagte eine dunkle, sonore Stimme. Maikes Blick wanderte zu dem Mann, der das Zimmer betrat. Jens Wallbach! Ihn kannte wohl jeder. Er war die »Wunderwaffe« des Polizeipräsidenten. In vierzig Jahren Polizeidienst verzeichnete Wallbach unzählige Erfolge, löste alle möglichen und vor allem unmögliche Fälle. Verließ ihn einmal seine Erfahrung, half ihm seine Spürnase. Jens Wallbach trieb seine Leute zum Erfolg. Gelang es ihm nicht, einen Fall zu lösen, gelang es auch keinem anderen.

Wallbach begrüßte Maike: »Frau Roloff nehme ich an?«
»Ja.«
»Willkommen.«
Dann kam er ohne weitere Umschweife zur Sache. »Kollegen, Sie werden jetzt erfahren, worum es geht. Ich bitte Sie, meine Ausführungen nicht zu unterbrechen. Stellen Sie Ihre Fragen bitte im Anschluß.« Jens Wallbach reichte allen Anwesenden einen der dünnen Schnellhefter, die er in der Hand hielt. »Sie finden alle Fakten, die ich Ihnen gleich vortrage, in diesen Unterlagen gesammelt. Auf der letzten Seite steht eine Liste mit Rechercheaufgaben und wem die Durchführung obliegt. So weit alles klar?« Wallbach machte eine kurze Pause, in der er seine Kollegen und besonders Maike musterte. Dann nickte er. »Unsere SOKO hat es dieses Mal mit einem Entführungsfall besonderer Art zu tun. Die Täter haben ein Bekennerschreiben geschickt. Es handelt sich um eine Gruppe Anarchisten aus der Tierschützerszene. Das Motiv ist klar. Die beiden Entführten, Manager eines Pharmakonzerns, werden für zahlloses Tiersterben in Versuchslaboren mitverantwortlich gemacht. Bis jetzt wurden von den Entführern keine Forderungen gestellt. Die Opfer sind jedoch laut unseren Psychologen hochgradig gefährdet. Das ergibt sich aus der Szene, die als sehr gewaltbereit eingeschätzt wird. Um die Situation genauer zu erklären, muß ich weiter ausholen.« Wallbach machte eine kleine Pause, sah in die Runde, um sich der Aufmerksamkeit seiner Zuhörer zu versichern. »In den letzten Jahren entstand in der Tierrechtsbewegung eine neue Taktik. In sogenannten Kampagnen schließen sich Tierrechtler über die Landesgrenzen hinaus zusammen. Ihre Aktionen richten sich weltweit gegen alle Firmen, die Aufträge an Tierlabors geben oder sonst irgend etwas mit den Labors zu tun haben. Zuallererst natürlich gegen die Auftraggeber der Tierversuche und diejenigen, welche die Tiere für Versuche züchten. Aber auch deren Banken, Aktionäre, Kunden, Versicherer bis hin zum Internetprovider.

Untermauert werden diese Kampagnen mit Bildern aus Versuchslabors, die einzelne Tierrechtler, als Mitarbeiter getarnt, heimlich filmen. Diese Berichte haben immer wieder für großes Aufsehen gesorgt. Sie zeigen, wie brutal mit den Tieren umgegangen wird. Auch in Deutschland gibt es aktuelle Beispiele. Das Ansehen der Labors und ihrer Auftraggeber leidet dadurch natürlich drastisch. Deshalb versuchen die Firmen, diese Bilder per Gericht zu verbieten. Die Kampagnen machen allen, bis hin zum Mann auf der Straße, klar, was hinter den Mauern der Labors vorgeht. Mit Erfolg. In der Vergangenheit gab schon so mancher Kunde die Geschäftsbeziehungen zu diesen Labors auf. Niemand möchte seine Produkte mit Tierquälerei in Verbindung gebracht haben.

So weit, so gut. Normalerweise befassen wir uns in dieser Szene mit Delikten wie Hausfriedensbruch bei der Besetzung von Büros oder Einbruch in Zusammenhang mit Tierbefreiungsaktionen. Es wird psychischer Terror auf Angestellte der Firmen ausgeübt, die in den Labors arbeiten. Es passieren auch schon mal Unfälle, bei denen der Verdacht besteht, daß es sich dabei um einen Anschlag handelt. Alles in allem tun wir uns schwer mit Festnahmen. Sie sind sehr sporadisch. Was das Problem kompliziert macht: Es gibt keine Organisation, von der alle Aktionen ausgehen, nur kleine und selten feste Gruppen. Es gibt auch keine Festlegung über die Aktionsform. Im Prinzip kann jeder Organisator oder Teilnehmer einer Kampagne sein, der eine Idee dazu hat. Das Repertoire ist breit. Der Phantasie der Akteure sind keine Grenzen gesetzt. Der Aufruf der Tierschützer an alle ist schlicht, aber eindringlich: Werdet aktiv. Werdet Teil der Kampagne.«

Wallbach hielt kurz inne, gab der kleinen Gruppe im Raum eine Verschnaufpause, um die Flut der Informationen zu verarbeiten. Dann fuhr er fort. »Ein paar Anarchisten haben sich diesen Aufruf zu Herzen genommen und eine ganz neue Form der Aktion gefunden. Der Marburger Kurier erhielt anonym folgenden Aktionsbericht: *In der Nacht am 19. Juli haben wir zwei der Geschäftsführer des Pharmamultis Norich in Marburg entführt. Es handelt sich um Andreas Sauerbach und Karsten Anton. Norich ist Kunde bei Europas größtem Auftragslabor für Tierversuche, und die Geschäftsführer dieser Firma sind Tiermörder. Beendet alle Tierversuche!* Die Zeitung hat sich sofort an uns gewandt. Gestern mittag erhielten wir den Anruf.

Unsere Aufgabe ist es nun, aus der unendlichen Anzahl möglicher Täter, im Prinzip kann es jeder Tierliebhaber sein, die zu finden, die hinter der Entführung stecken. Oder ist der Bekennerbrief vielleicht nur eine geschickte Finte? Stecken vielleicht gar keine Tierschützer dahinter, sondern jemand ganz anderes?«

»Gibt es begründete Zweifel an der Tierschützertheorie?« fragte Maike sachlich. Sie hatte sich fest vorgenommen, von Anfang an Initiative zu ergreifen. Es sollte nicht den Eindruck entstehen, sie würde sich durch die Anwesenheit der erfahreneren Kollegen einschüchtern lassen.

»Nein. Aber wie immer verfolgen wir jede auch noch so geringe Möglichkeit, so lange, bis wir sie völlig ausschließen können. Deshalb wird Herr Binder, der mit den Familien der Entführungsopfer reden wird, auch diesen Gesichtspunkt – natürlich sehr sensibel – recherchieren. Sie, Herr Grewe, werden mit Frau Roloff«, dabei sah er Maike an, »die Leute der Tierschützerszene befragen. Und zwar alle, derer sie habhaft werden können. Besonders die radikalen, sowohl aktive und Aussteiger. Herr Krummbiegel und ich werten die bisherigen Spuren aus und rekonstruieren den Verlauf der Entführung. Damit wären wohl alle ausreichend beschäftigt. Morgen früh acht Uhr treffen wir uns hier zu einer ersten Zwischenbilanz. Viel Erfolg.«

Damit waren alle offiziell entlassen. Wallbach wandte sich an Krummbiegel. »Die beiden Manager wurden zuletzt gesehen, als sie auf dem Weg zum Flughafen das Hauptgebäude von Norich verließen. Sie stiegen in ein Taxi, und danach verliert sich die Spur.«

»Das Taxi . . .?«

»Wurde von der Sekretärin bestellt. Das Taxiunternehmen hat auch einen Fahrer gesandt, aber bevor der bei Norich eintraf, wurde die Fahrt per Funk gecancelt. Der Pförtner von Norich sagte aber aus, gesehen zu haben, wie die beiden Manager von einem Taxi abgeholt wurden. Erst als die Männer nicht zum vereinbarten Geschäftstermin in Brüssel erschienen, begann man sich zu wundern.«

Wallbach hielt inne, sah Binder und Grewe und auch Maike an. »Was ist, meine Herren – meine Dame? Sie erfahren alle Details, die Sie wissen müssen, in unserer Besprechung morgen früh. In der Sie hoffentlich auch etwas zu berichten haben werden. Unser gut ausgestattetes Büro steht zu Ihrer aller Verfügung. Telefon, Fax, Internet. Bedienen Sie sich ruhig.«

Binder stand eilig auf. »Dann fahre ich gleich mal zu den Familien.«

Routinemäßig meinte Maike: »Ich checke die Datenbank nach vorbestraften Tierschützern ab.« Die lieferte im Handumdrehen eine Liste mit Namen von Tierschützern, die auf irgendeine Weise schon mal mit der Polizei zu tun hatten. Demonstranten, Graffitisprüher, Brandstifter. Dreiundzwanzig Namen. Männer und Frauen, deren Aufenthaltsort und Alibi es zu überprüfen galt.

»Am besten, wir teilen uns auf«, schlug Maike Grewe vor. »Einer arbeitet die Liste ab. Der andere nimmt Kontakt zur hiesigen Tierschutzszene auf.«

»Glauben Sie, die geben so mir nichts dir nichts die Namen ihrer Aktivisten heraus?« fragte Grewe spöttisch.

»Wenn man die richtigen Argumente hat.«

»Welche sollen das sein? Drohung?«

»Etwas diplomatischer müßte man schon vorgehen.«

»Dann übernehmen Sie das mal. Ihr Frauen könnt das mit der Diplomatie besser. Ich halte mich an die Liste der Vorbestraften.«

Grewe zog los, ohne Maikes Zustimmung abzuwarten. Die sah ihm düster nach. Offensichtlich meinte ihr Kollege, sie leicht von oben herab behandeln zu müssen. Das ärgerte Maike, denn schließlich war sie keine Anfängerin. Auch sie hatte Erfolge aufzuweisen. *Wartet nur. Ich werde euch schon beweisen, was ich kann.*

Derart angespornt, suchte Maike die Nummer des Tierschutzverbandes Marburg heraus. Natürlich zählte der Verein nicht zur autonomen Szene. Aber irgendwo mußte sie ja anfangen. Vielleicht bekam sie eine Mitgliederliste und möglicherweise einen Hinweis, daß das ein oder andere Mitglied schon mal mehr als nur Aufklärungsarbeit geleistet hatte. Am Telefon des Verbandes meldete sich lediglich der Anrufbeantworter, auf dem Maike eine Nachricht hinterließ und um Rückruf bat. Zwei Stunden später meldete sich ein Herr Lassen. Maike erläuterte kurz den Fall. Dann begann sie ihre Fragen zu stellen.

»Wie gut kennen Sie Ihre Mitglieder? Ist Ihnen mal zu Ohren gekommen, daß jemand an einer illegalen Aktion teilgenommen hat?«

Statt die Frage zu beantworten, beschrieb Lassen ihr die Arbeit des Verbandes, die, wie er beteuerte, weit über die Betreuung und Vermittlung von Tieren hinausging. »Wir versuchen, die Leute dahin gehend zu sensibilisieren, daß sie sich fragen, wie das Fleisch auf ihre Teller kommt. Von der Geburt des Tieres, über die Aufzucht, dem Weg zum Schlachter und schließlich das Schlachten selbst. Leider ist der Prozeß langwierig, die Ignoranz der Menschen noch groß. Und der Gesetzgeber ist geduldig, was Verstöße gegen die ohnehin mangelhaften Schutzmaßnahmen betrifft.«

»Kommt es da bei vielen Mitgliedern mit der Zeit nicht zu Verbitterung?« hakte Maike ein.

»Natürlich. Wie soll man bei all dem ruhig bleiben? So manch ein Mitglied ist verbittert und wütend.«

Der Fortgang des Gespräches gestaltete sich zäh: Ja, es gab wohl auch radikale Tierschützer in der Umgebung. Aber so weit bekannt nicht unter den Mitgliedern. Diese Radikalen arbeiteten in eigenen kleinen Gruppen, hatten keinen Kontakt zum Verband. Sie wußten, daß ihre Vorgehensweise von den anderen abgelehnt wurde.

Maike vermutete, daß das nur die halbe Wahrheit war. Man hieß die Methoden der Radikalen nicht gut, aber im Grunde genommen sympathisierte man mit ihnen. Das waren welche, die sich trauten, außerhalb der Regeln zu kämpfen. Und eigentlich wußten alle, daß nur auf diesem Weg wirklich ein Vorankommen möglich war. Nur sagte das niemand offen.

Schließlich bekam Maike aber doch eine Auskunft: »Ich kenne da jemanden, der Ihnen vielleicht helfen kann. Eine Frau, sie heißt Anna Ravensburg. So weit ich weiß, war sie mal die Anführerin einer autonomen Zelle. Aber sie hat sich aus der Szene zurückgezogen. Nach einer mehrjährigen Haft wegen Brandstiftung – und in Verbindung damit Körperverletzung mit Todesfolge. Heute leitet sie eine Außenpflegestelle unseres Tierheimes.« Lassen nannte die Adresse, ein kleiner Ort im Umland der Stadt. Maike fuhr hinaus.

Der Bauernhof sah sehr renovierungsbedürftig aus, fand Maike, als sie durch die Einfahrt fuhr. Um so mehr überraschte sie die idyllische Atmosphäre im Hof. Entlang den Gebäuden führten kopfsteingepflasterte, schmale Wege. Sie grenzten eine Wiese ein, in deren Mitte ein alter Baum mit weit ausladender Krone als Zeuge vieler Jahre wuchs. Maike parkte ihren Wagen auf der kleinen Stellfläche neben der Einfahrt und ging zum dem, was sie für das

Haupt- und Wohnhaus hielt. Sie fand keine Klingel, also klopfte sie. Nichts tat sich.

»Hallo?« rief Maike laut und ging unschlüssig am Haus entlang.

Und noch einmal: »Hallo?!«

Immer noch keinerlei Bewegung. Sie ging zum Wagen, hupte dreimal. Die Stalltür eines der Seitengebäude wurde geöffnet. Eine Frau um die vierzig, in grauem Wollpullover, Jeans und Gummistiefeln erschien. Neben ihr zwei große Hunde, die jetzt auf Maike zuliefen.

»Cico, Cica, bei Fuß«, rief die Frau. Die Hunde drehten um und trotteten zu ihr zurück.

»Guten Tag. Mein Name ist Roloff, Polizeikommissarin Maike Roloff«, stellte Maike sich vor.

»Geht Ihnen die Arbeit aus, daß Sie hier gleich zwei Mal am Tag auftauchen?« begrüßte sie die Frau, von der Maike annahm, das es Anna Ravensburg war. Die Frau blieb vor ihr stehen, die beiden Labradors an ihrer Seite. »Vor einer halben Stunde war schon mal jemand hier.«

Maike konnte nur vermuten, daß das Grewe gewesen sein mußte, der die Liste der Vorbestraften abarbeitete.

»Er fragte mich, was ich in der Nacht zum 19. Juli gemacht habe, erwähnte aber mit keiner Silbe, was passiert ist. Es ist immer dasselbe: Ihr fragt einen Löcher in den Bauch, selbst seid ihr jedoch das geheimnisvolle Schweigen in Person.« Deutlicher Vorwurf lag in ihrer Stimme.

»Zwei Manager eines Pharmakonzerns wurden entführt«, erklärte Maike. »Wir bekamen das Bekennerschreiben einer anarchistischen Tierschützergruppe, einer Gruppe, wie Sie sie früher angeführt haben. Sie sind doch Anna Ravensburg?« versicherte Maike sich nachdrücklich.

Anna hörte am Klang der Stimme ihres ungebetenen Gastes, daß sie in deren Augen damit ganz automatisch eine Mitverantwortung an der Entführung trug. Sie musterte Maike Roloff. »Ja, das bin ich«, bestätigte sie ruhig. »Und wissen Sie, wie oft ich nach meiner Entlassung aus dem Gefängnis schon Besuch von Leuten wie Ihnen hatte? Jedes Mal, wenn irgendwo eine Tierbefreiungsaktion stattfand oder eine Geflügelzuchtfarm sabotiert wurde. Und ich sage Ihnen jedes Mal das Gleiche: Ich bin nicht mehr aktiv! Ob Sie es nun glauben oder nicht.«

Zu ihrer eigenen Verwunderung glaubte Maike der Frau sofort. Sie wußte nicht, warum. Vielleicht, weil Anna Ravensburg auf sie so gar nicht radikal wirkte. Im Gegenteil. Trotz ihrer Arbeitskleidung wirkte sie irgendwie – aristokratisch. Es gab keinen Ausdruck, der besser geeignet wäre, Anna Ravensburgs Erscheinung zu beschreiben. Vielleicht war es die Ruhe, die sie ausstrahlte, die Gelassenheit, die, wie Maike gerade feststellte, provokante Äußerungen einfach abprallen ließ. »Was hat Ihre Einstellung geändert?« fragte Maike. Eine Spur Skepsis verblieb trotzdem in ihrer Stimme. Von Berufs wegen.

Anna Ravensburg lächelte mild. »Sie haben meine Akte nicht gelesen? Schlechte Vorbereitung, Frau Kommissarin.«

Es war nur eine kleine Stichelei. Trotzdem fühlte Maike sich auf den Schlips getreten. Obwohl es nicht in ihrer Absicht lag, fiel ihre Antwort barsch aus: »Ich kann mich nicht mit der Lebensgeschichte aller Vorbestraften in diesem Fall beschäftigen. Ich weiß, was ich wissen muß. Daß sie der radikalen Tierschützerszene angehörten, daß Sie ein Menschenleben auf dem Gewissen haben, daß Sie dafür im Gefängnis waren und daß Sie nun hier zurückgezogen leben.«

»Das haben Sie sehr schön zusammengefaßt«, kommentierte Anna trocken.

Maike tat, als überhörte sie den sarkastischen Unterton. »Sie kennen aus Ihrer Vergangenheit sicher Leute, denen Sie eine Entführung zutrauen. Nennen Sie mir Namen«, forderte Maike energisch.

»Wenn ich so charmant gebeten werde.« Anna Ravensburg sah Maike unverändert ruhig an. Ihre lässige Haltung demonstrierte, daß sie all die versteckten Vorwürfe zur Genüge kannte. Mit Vorurteilen und Anschuldigungen hatte sie leben gelernt. Sie forderten keine Abwehr, keine Wut mehr heraus.

»Entschuldigung«, murmelte Maike etwas verlegen, als sie sich jetzt ihres unhöflichen Tones bewußt wurde.

Daß Maike Roloff es zu einer Entschuldigung brachte, überraschte Anna. Diese Kommissarin war voller Ehrgeiz. Das stand außer Zweifel. Die wenigen Worte, die sie miteinander gewechselt hatten, genügten Anna, um dies zu erkennen, und sie wußte, das Gespräch mit Maike würde anstrengend werden.

»Das Ganze ist nicht so einfach, wie Sie denken«, versuchte Anna zu erklären. »Die Gewaltgrenze, welche die einzelnen radikalen Tierschutzgruppen als Meßlatte anlegen, ist sehr unterschiedlich. Doch grundsätzlich gilt, daß direkte Gewalt gegen Menschen normal nicht als Alternative akzeptiert wird. Aber natürlich kann niemand vereinzelte Verstöße gegen diese Regel ausschließen.«

»So wie bei dem Brandanschlag, den Ihre Gruppe damals beging. Damals wurde ein Mensch tödlich verletzt«, erinnerte die Kommissarin Anna überflüssigerweise.

»Das war ein Unfall. Wir wußten nicht, daß ein zweiter Nachtwächter in dem Nebenlabor war, als wir den Brandsatz warfen. Ich habe die Verantwortung dafür übernommen.«

»Das macht den Mann nicht wieder lebendig.«

»Danke, daß Sie mich daran erinnern.« *Als hätte sie sich das nicht schon tausendmal selbst gesagt*, dachte Anna. Die Ereignisse, die zum Tod des Mannes führten, würden für immer in ihrer Erinnerung haften bleiben. Doch sie konnte sie nicht ungeschehen machen, nur die Konsequenz daraus ziehen, und das hatte sie getan. Vor zwei Jahren, als sie aus der Haft entlassen wurde, kehrte sie der radikalen Szene den Rücken. Mit ihrem Ausstieg machte Anna sich eine Menge Feinde. *Wer nicht für uns ist, ist gegen uns* – dieses Motto hatte sie selbst gepredigt, und sie hatte gelehrige Schüler. Anna wohnte damals in einem Haus in der Stadt. Haustür und Wände waren bald mit Graffitis von wenig schmeichelhaftem Charakter übersät. Fensterscheiben wurden immer wieder eingeworfen, die Reifen ihres Autos mehr als einmal zerstochen, der Lack zerkratzt. Die Versicherung wollte die Kosten für Reinigungen und Reparaturen bald nicht mehr übernehmen. Für eine Klage gegen die Gesellschaft hatte Anna kein Geld mehr. Das war für eben diese Reparaturen draufgegangen. Ihr blieb nichts anderes, als die Wohnung aufzukündigen. Sie mietete eine Garage, wo sie ihre Sachen unterstellte, und zog einige Wochen von Unterkunft zu Unterkunft. Billige Herbergen oder Zimmer zur Logis in der Umgebung. Zufällig stieß sie dabei auf den alten, ziemlich verfallenen Bauernhof, der zum Verkauf stand und der nun Annas Zuhause war. Für die Anzahlung und die ersten Renovierungen schuftete Anna zehn Monate rund um die Uhr in irgendwelchen Gelegenheitsjobs. Sie baute einen Teil der Stallgebäude zu Tierunterkünfte um und wandte sich an verschiedene Tierheime, denen sie den Hof als Außenstelle anbot. Erfreulicherweise stieß ihr Projekt auf reges Interesse. Auf diese Weise hielt sie sich mehr schlecht als recht über Wasser. Und das Letzte, was sie brauchte, war eine neunmalkluge Kommissarin, die daherkam und ihr ihre alten Fehler unter die Nase rieb. Mit dieser Zeit hatte Anna abgeschlossen. Ein für alle Mal.

»Der Tot des Mannes war, wie gesagt, ein Unfall«, betonte Anna noch einmal. »Ich lehne Gewalt in dieser Form ab. Allerdings gab es in meiner Gruppe zwei, die meinten, so lange Menschen, die Tiere quälen, vom Gesetz geschützt werden, darf der Tierschutz keinerlei Skrupel haben. Der Zweck heiligt die Mittel. Wir gerieten oft in Streit deswegen. Theoretisch ist es denkbar, daß sich ein paar Leute mit derart extremen Ansichten zusammengeschlossen haben.«

»Wie hießen die beiden?«

Anna sah Maike Roloff offen an. »Ich sage nicht, sie haben es getan. Aber selbst wenn, gebe ich offen zu, daß ich nicht sonderlich daran interessiert bin, der Polizei zu helfen. Ich fühle mich in jedem Fall mehr dem Tierschutz verbunden, radikal hin oder her, als dem in meinen Augen zweifelhaften Rechtssystem, welches Sie hier sehr ehrgeizig vertreten.« Warum sollte sie aus ihrer Ablehnung ein Hehl machen? Darüber hinaus, was Maike Roloff aber nicht wissen konnte, stellte sie da eine sehr persönliche Frage. Eine derjenigen, mit denen Anna sich damals oft über die Grenzen der zulässigen Gewalt stritt, war ihre damalige Geliebte.

»Sie haben die Namen doch nicht vergessen«, stellte Maike trokken fest. Annas Ablehnung interessierte sie gar nicht. Ihre Miene ließ keinen Zweifel aufkommen, daß sie eine Antwort erwartete.

»Nein. Doch ich werde Sie Ihnen nicht nennen«, sagte Anna fest. Sollte sich die Kommissarin doch woanders Hilfe suchen.

»Wie Sie meinen«, erwiderte Maike zu Annas Erstaunen völlig ruhig. Was allerdings nur die Ruhe vor dem Sturm war, wie sich gleich herausstellte. »Dann kommen Sie mit mir mit. Wir fahren zu den Angehörigen der Männer, die entführt wurden. Erklären Sie denen, daß Sie Ihre Hilfe verweigern und damit den Tod ihrer Ehemänner und Väter billigend in Kauf nehmen. Wie damals den des Wachmannes.«

Anna schaute Maike Roloff halb schockiert, halb bewundernd an. Diese Frau wußte genau, wie man Leute beeinflußte. Ihnen ein schlechtes Gewissen aufladen, war immer eine gute Idee. Ihren Kursus in Psychologie hatte Maike Roloff offensichtlich mit Bravour bestanden. Anna suchte nach einem entkräftenden Gegenargument. Aber es war schwer, gegen das aufgezeigte Szenario anzukommen. Zumal, das wußte sie, Maike Roloff wirklich nicht untertrieb. Die Männer waren in Lebensgefahr. Anna tat es ungern, aber sie fügte sich. »Frank Naumann war einer. Claudia Schrader die andere. Die beiden hingen ziemlich viel zusammen rum. Versuchten, die anderen auf ihre Seite zu ziehen.«

»Wissen Sie, was die beide heute treiben?« fragte Maike gespannt.

»Nein. Ich habe, wie gesagt, keinen Kontakt mehr zur Szene. Nach meiner Entlassung zog ich mich aus allem zurück, was damit zusammenhing.«

»Aber Sie wissen doch sicher noch, wo die Gruppe sich trifft?«

»Normalerweise gibt es keine festen Treffpunkte. Sie wechseln ständig. Warum fragen Sie?«

Eine Idee ließ Maike nicht mehr los. Zugegeben, eine gewagte Idee, aber eine sehr erfolgversprechende. »Ich möchte, daß Sie mich in die Szene einschleusen.«

Anna schüttelte spontan den Kopf. »Schlagen Sie sich das aus dem Kopf. Sie haben keine Ahnung, worauf Sie sich da einlassen wollen. Sobald Ihre wahre Identität bekannt würde, sind Sie nicht mehr sicher. Diese Leute sind Fanatiker und damit zu allem fähig. Außerdem kann ich Sie da nicht einschleusen. Ich bin eine Aussteigerin. Das ist gleichbedeutend mit aussätzig. Wenn man Sie mit mir sehen würde, wäre das keine Empfehlung, im Gegenteil.«

»Dann sagen Sie mir einfach, wo ich Frank Naumann, Claudia Schrader oder Leute mit deren Gesinnung finden kann. Dann erledige ich den Rest schon selbst.«

»Sie sind sich nicht im Klaren, wie gefährlich das für Sie werden kann«, warnte Anna Maike eindringlich.

»Lassen Sie das nur meine Sorge sein. Ich bin ausgebildet für so was. Mit ein paar idealistischen Weltverbesserern werde ich schon noch fertig«, sagte Maike voller Optimismus und Selbstvertrauen.

Anna hatte daran gehörige Zweifel. Das sah Maike ihr deutlich an. Sie lächelte und brachte ein Argument, dem Anna sich nicht verschließen konnte: »Sagen Sie mir einfach, wo ich die Leute finde, und schon sind Sie mich wieder los.«

Und richtig. Anna gab nach. Widerwillig, aber dennoch. »Es gab da eine Kneipe namens *Goldener Hans* in der Rauchstraße. Dort trafen wir uns ab und zu. Aber das ist Jahre her. Ich weiß nicht mal, ob es die Kneipe überhaupt noch gibt, geschweige denn, ob sie noch als gelegentlicher Treffpunkt benutzt wird.«

Für Maike war das kein Problem. »Das finde ich schon heraus.«

Wieder im Büro, erzählte Maike Wallbach von ihrem Gespräch mit Anna Ravensburg und der Idee, sich in die Szene einzuschleusen.

»Ich glaube nicht, daß Sie da eine Chance haben. Immer vorausgesetzt, dieses Lokal dient wirklich als Treffpunkt, sind diese Leute garantiert übervorsichtig gegenüber Fremden. Sie bräuchten jemanden, der Sie einführt. Und wenn die Ravensburg dafür nicht in Frage kommt, wüßte ich nicht, wer das machen sollte.«

»Ein Versuch kann ja nicht schaden.«

»Also gut, nehmen Sie aber einen der Kollegen zur Sicherheit mit.«

Maike hatte mehr Begeisterung von Wallbach erwartet. Doch seine Skepsis hielt sie nicht zurück. Sie würde in jedem Fall in diese Kneipe fahren und sich umschauen. Aber erst am Abend. Die Zeit bis dahin wollte sie mit Recherchen in Sachen Tierschutz nutzen.

Während Maike im Internet forschte, rief Lassen überraschenderweise an. »Ich habe mich noch mal umgehört. Auch wenn es Ihnen nicht so vorkam, ich möchte Ihnen natürlich helfen, um zu unterstreichen, daß der Verband Gewalt ablehnt. Wenn wir so etwas akzeptieren, macht uns das nicht besser als die Leute, gegen die wir kämpfen«, sagte Lassen. Er nannte Maike die Adresse eines Lokals, in dem sich seines Wissens nach Leute der radikalen Tierschützerszene unter dem Deckmantel eines Dartklubs trafen. Die Adresse hatte Maike heute schon einmal gehört. Es war das Lokal in der Rauchstraße.

»Ich bezweifle allerdings, daß Sie dort jemanden finden, der Ihnen helfen wird. Machen Sie sich nicht allzuviel Hoffnung. Gegenüber der Polizei ist man dort verständlicherweise sehr reserviert.«

Maike dankte Lassen herzlich. Und natürlich hatte sie nicht vor, den Leuten ihren Ausweis unter die Nase zu halten. Etwas mehr Geschick konnte Lassen ihr ruhig zutrauen.

Maike sprach noch einmal mit Wallbach. Nun war sie sich immerhin ziemlich sicher, daß sie in dem Lokal in der Rauchstraße Leute aus der Szene finden würde.

»Schön und gut«, meinte der. »Aber Sie haben immer noch niemanden, der Sie einführt. Wie wollen Sie es anstellen, daß die Leute mit Ihnen sprechen?«

Was dieses Problem betraf, hatte Maike einen Plan. Der allerdings einen Haken hatte. Sie brauchte zu dessen Ausführung die Hilfe von Anna Ravensburg. Daß die darüber nicht begeistert sein würde, das war sonnenklar.

3.

Anna saß gerade in der Küche und trank einen Kaffee, als sie durch das Fenster das Auto der Kommissarin auf den Hof rollen sah. Sie beobachtete, wie Maike Roloff ausstieg und aufs Haus zukam.

Wenn man Maike so sah, vermutete man nicht, daß in dieser kleinen Person eine ziemlich nervige Polizistin steckte, dachte Anna. Sie machte eigentlich einen ganz harmlosen Eindruck. Schlanke Figur, modisch gekleidet, glatte Gesichtszüge, ruhige, fließende Bewegungen. Mitte dreißig schätzte sie.

Das Klopfen an der Tür riß Anna aus ihren Betrachtungen. Sie stand auf, um zu öffnen.

»Entschuldigen Sie, wenn ich Sie noch mal störe.« Maike lächelte Anna an. »Haben Sie fünf Minuten Zeit für mich?«

Irgend etwas sagte Anna, daß es sich um mehr als fünf Minuten handeln würde. »Hatten Sie mir nicht versprochen, daß ich Sie los bin?« begrüßte sie Maike wenig freundlich. Die lächelte trotz Annas abweisendem Ton. Das brachte in Anna die Alarmglocken zum

Schrillen. Die Frau führte etwas im Schilde.

»Bin ich denn so schrecklich?« fragte Maike in lässigem Ton und trat neben Anna in den Flur.

Anna trat zur Seite. *Eine gute Frage.* Bei anderer Gelegenheit und unter anderen Umständen hätte sie Maike Roloff sicher nicht so abweisend empfangen. Im Gegenteil. Maike war eine attraktive, selbstbewußte Frau, an der es auf den ersten Blick nichts auszusetzen gab. Auf den zweiten wirkte sie allerdings ein wenig zu selbstbewußt für Annas Geschmack. Aber wie sie gerade erfuhr, konnte Maike auch anders.

»Entschuldigung, das war natürlich eine unfaire Frage.« Maike grinste verschmitzt. »Mit Ja zu antworten, verbietet Ihnen der Anstand. Bleibt Ihnen nur noch das Nein übrig. Was mir einen Vorteil verschafft.«

»Ja, mir fiel schon heute vormittag auf, daß Sie im Psychologiekurs an der Polizeischule gut aufgepaßt haben«, erwiderte Anna beinah belustigt. Maike schien ja Sinn für Humor zu haben.

»Also, wenn es Ihnen absolut unmöglich ist, meine Gesellschaft zu ertragen, gehe ich natürlich wieder«, bot Maike nun sogar an.

Anna fiel sehr wohl auf: Sie sagte Gesellschaft, nicht Gegenwart. Zufall oder ein geschickter Schachzug? Wollte Maike sie unachtsam machen? Sie wußten doch beide, daß Maike nicht zum Kaffeekränzchen gekommen war.

Anna führte ihren Besuch in die Küche, bot ihr einen Stuhl und – wie passend – Kaffee an. »Also. Was wollen Sie?« kam sie dann auch gleich zum Thema. »Ich gehe mal davon aus, daß dies hier kein Höflichkeitsbesuch ist.«

Maike lachte. »Ertappt«, gestand sie. »Natürlich bin ich von Berufs wegen hier. Obwohl die Umgebung hier sicher auch einen Ausflug wert ist. Natur pur, Stille und mittendrin Ihre eigene kleine, gemütliche Idylle. Wenn ich es recht bedenke, beneide ich Sie ein wenig darum.«

Anna merkte sofort, Maike spielte auf Zeit. Sie fragte sich, wieso.

»Wie Ihren scharfen Augen sicher nicht entgangen ist, ist die kleine, gemütliche Idylle sehr heruntergekommen, will sagen, ich habe alle Hände voll zu tun, daß sie mir nicht über dem Kopf zusammenfällt. Also kommen Sie zur Sache, damit wir fertig werden und ich weiter arbeiten kann. Es bringt weder Ihnen noch mir was, wenn Sie weiter so um den heißen Brei herumtanzen.«

Zum ersten Mal bemerkte Anna so etwas wie eine Gefühlsregung in Maike Roloffs Augen. Sie konnte nur nicht ausmachen, ob es Erstaunen oder Unmut war. Das Aufglimmen war zu kurz. Jedenfalls kam Maike nun endlich auf den Punkt: »Ich habe die Bestätigung, daß diese Kneipe, die Sie mir nannten, ein Treff der radikalen Tierschützerszene ist.«

»Schön für Sie. Und weiter?« fragte Anna ohne wirkliches Interesse.

»Und ich habe eine Idee, wie ich es anstelle, daß ich Kontakt zu den Leuten bekomme«, fuhr Maike fort.

»Gratuliere«, sagte Anna zurückhaltend. Ihr war nicht ganz klar, warum Maike dann hier saß, statt an der Verwirklichung ihrer Idee zu arbeiten. Dann ging ihr schlagartig auf, daß Maike genau das tat. Die Bestätigung ihrer Vermutung folgte stracks.

»Allerdings brauche ich Sie dazu«, eröffnete Maike ihr.

Anna winkte kategorisch ab. »Ich ahne nicht, wovon Sie reden. Und wenn ich es täte, würde ich Ihnen klar eines sagen: Vergessen Sie es! Also sparen wir uns doch alles Weitere.«

Maike überging Annas Einwand einfach. Das kannte die ja bereits. »Sie sagten doch, daß Sie mich nicht in die Szene einführen können, weil man Sie als Verräterin betrachtet«, kam Maike auf ihr Gespräch vom Morgen zurück. »Ich habe eine Idee, wie wir uns diesen Umstand zunutze machen und unser Ziel, Kontakt zur Szene zu bekommen, erreichen können.«

Warum redete sie plötzlich in dieser »Wir«-Form? fragte Anna sich. Ihr schwante Böses.

»Ich habe mir Folgendes überlegt«, sagte Maike eifrig und sah Anna mit glänzenden Augen an. »Ich gehe in das Lokal, sitze dort eine Zeit lang rum, schaue mich um. Dann kommen Sie, schauen sich suchend um, finden mich, setzen sich zu mir. Es beginnt ein Gespräch, zuerst leise, dann werden wir lauter. Und für alle im Lokal muß eines klarwerden: Sie sind gekommen, um mich dort wegzuholen.«

»Nicht, daß mich der Plan wirklich interessiert. Es liegt mir fern, darin eine Rolle zu spielen. Ich frage nur aus reiner Neugier: Warum?«

»Weil ich Ihr Schützling bin. Ich arbeite hier auf dem Hof mit, stelle mein Leben in den Dienst der Tiere. Deshalb suche ich Anschluß zum aktiven Tierschutz.«

»Verstehe. Ich will verhindern, daß Sie diesen Anschluß ausgerechnet in der radikalen Szene suchen. Ich möchte verhindern, daß Sie dieselben Fehler machen wie ich.« Eines gestand Anna Maike neidlos zu: Die Frau hatte wirklich Ideen.

»Genau! Aber es gelingt Ihnen nicht, mich zu überzeugen. Also verlassen Sie wutentbrannt das Lokal.«

Anna tat, als dachte sie über die Sache nach. »Das könnte funktionieren.«

»Ich bin sicher, daß es funktioniert.« Maikes Augen leuchteten.

»Ja. Aber ohne mich.« Den Zahn zog Anna Maike lieber gleich mal. »Ich möchte nicht verantwortlich sein, wenn Ihnen bei dem Unterfangen etwas passiert. Deshalb kann ich Ihnen leider nicht helfen.«

Maikes Begeisterung verschwand mit einem Schlag. »Das können Sie nicht machen. Bedenken Sie, worum es geht: Zwei Männer befinden sich in den Händen von unberechenbaren Entführern.«

»Wie schön, daß Sie es endlich auch so sehen. Diese Leute sind unberechenbar. Ich werde nichts tun, was dazu führen kann, weitere Menschen in die Hände dieser Leute zu treiben. Damit meine ich Sie.« Konnte man die Gefahr ihres Unterfangens noch deutlicher hervorheben? Wohl kaum. Statt jedoch Annas Worte zu überdenken, reagierte Maike mit Unverständnis.

»Ihre Sorge in allen Ehren, aber es ist mein Job, mich in Gefahr zu begeben.«

»Schon möglich. Doch es ist nicht *mein* Job, Ihnen dabei zu helfen«, erwiderte Anna lässig.

Deutlich verärgert fluchte ihr Gegenüber. »Verdammt noch mal!« Maikes Hand schlug auf den Tisch. Nicht zu kräftig, aber immerhin kräftig genug, daß der Kaffee in der Tasse bedenklich schwappte. »Wenn Sie nur immer so umsichtig gewesen wären. Dann würde der Wachmann heute noch leben.«

Maikes Vorwurf traf Anna völlig unvorbereitet. Und er traf tief. Denn es war absolut unfair, ihn an dieser Stelle anzubringen. Anna sah Maike eine Weile schweigend an. Die erwiderte ihren Blick trotzig. »Gut. Wie Sie wollen« sagte Anna schließlich. »Nur kommen Sie später nicht und sagen, ich hätte Sie warnen müssen. Ich habe es mehr als ein Mal versucht. Aber Ihnen ist nicht zu helfen. Sie gehören zu den Menschen, die man vor allem vor sich selbst schützen muß. Das kann nicht meine Aufgabe sein.«

Anna war enttäuscht und wütend. Enttäuscht von Maike, daß diese sie erneut so attackierte. Wütend auf sich selbst, daß sie für einen Moment wirklich vergaß, mit wem sie hier saß. Welchen Beruf die Frau hatte und welchen Ehrgeiz. Das ganze Eingangsgeplänkel diente lediglich dazu, sie einzuwickeln. Genau wie Maikes Lächeln. Und obwohl sie es eigentlich besser hätte wissen müssen, fiel sie doch darauf herein.

Maike hatte nie die Absicht, mit ihr über diesen Plan zu diskutieren. Sie hatte nur die Absicht, sie dazu zu bringen, ihr zu helfen, so oder so. Und als die behutsame Methode nicht hinhaute, wurde wieder der Holzhammer hervorgezogen.

Es blieb Anna nichts anderes übrig, als zu konstatieren, daß sie alles versucht hatte, Maike zurückzuhalten und es nicht ihr Problem war, wenn die Kommissarin jede Warnung permanent in den Wind schlug. Wenn sie unbedingt die Heldin spielen wollte, bitte schön.

Maike wußte in dem Moment, da sie Anna den Tot des Wachmannes zum zweiten Mal vorhielt, daß sie das nicht hätte tun dürfen. Nicht so! Anna hatte in der Vergangenheit sicher Fehler gemacht. Doch sie stellte sich den Konsequenzen. Und wie man deutlich sehen konnte, wollte sie ihre Fehler nicht wiederholen. *Da kommst du und stocherst in den alten Wunden herum.* Das war ziemlich fies. Maike verspürte für einen Moment ein schlechtes Gewissen. Doch das hielt nur sehr kurz an. Schließlich hatte sie Anna jetzt dort, wo sie diese haben wollte. Wenn der Fall gelöst und die Manager befreit waren, konnte sie sich ja bei Anna entschuldigen. Auf gewisse Weise war es ja nett, daß die sich so besorgt zeigte. Aber im Grunde empfand Maike es eher als störend. Anna konnte die Entscheidung darüber, ob eine Sache zu gefährlich für sie war, getrost ihr überlassen. Immerhin blickte sie auf einige Jahre Erfahrung im Polizeidienst zurück. Jahre, in denen sie gelernt hatte, auf sich aufzupassen.

Trotzdem lenkte Maike ein. »Glauben Sie mir, ich weiß es zu schätzen, daß Sie sich Sorgen machen. Aber ich arbeite nun mal in einem Job, in dem ich auf mich selbst keine Rücksicht nehmen kann.«

»O nein. Es ist nicht Ihr Job. Es ist Ihr Ehrgeiz, der Sie treibt«, stellte Anna, wie Maike zugeben mußte, sehr richtig fest. »Was ist mit Ihrer Familie? Sie könnten wenigstens denen zuliebe ein wenig vorsichtiger sein.«

»Ich bin unabhängig und nur mir selbst verantwortlich.« Der plötzliche Wechsel ins Private behagte Maike nicht. »Ich sehe nichts Schlechtes darin, ehrgeizig zu sein.« Um von ihrer Person abzulenken, fragte sie: »Denken Sie, das hier ist besser?« Dabei machte sie eine ausholende Handbewegung. »Sich zurückziehen und allen Problemen aus dem Weg gehen?« Es klang leicht herausfordernd, weil Maike vermeiden wollte, daß Anna bemerkte, wie sehr sie die Antwort auf die Frage interessierte. Die Erkenntnis überraschte Maike: Ja, sie wollte mehr über Anna Ravensburg erfahren. Wie sie dachte, warum sie so viel für ihre Ideale geopfert hatte, ob sie ihre Vergangenheit bereute . . .

Noch ehe Maike eine Antwort auf die Frage fand, warum sie das interessierte, erwiderte Anna: »Ich habe mir diese Einsamkeit nicht ganz freiwillig ausgesucht. Abgesehen davon, gehe ich den Problemen keinesfalls aus dem Weg. Ich vermeide nur unnötiges Risiko. Auf die Gefahr hin, daß Sie sich die Ohren zuhalten, weil ich schon wieder damit anfange: Die radikale Tierschützerszene ist gefährlich. Nach meinem Ausstieg, der mich automatisch zum Verräter machte, sah ich mich *nur* mit unzähligen kleinen Schikanen belegt. Doch die Welt wird von Tag zu Tag verrückter, die Menschen in ihr immer gewalttätiger. Die Hemmschwelle liegt heutzutage um einiges niedriger als noch vor wenigen Jahren. Damals wurden Verräter schikaniert. Ich weiß nicht, was man heute mit ihnen macht. Und ich weiß nicht, was man mit Spitzeln macht, wenn man sie entlarvt.«

Annas Stimme klang sehr ernst. Ihr Blick ruhte auf Maike. Die konnte sich dem tiefen Grün in Annas Augen nicht entziehen. Es war ihr bereits heute morgen aufgefallen, daß Anna eine ungewöhnlich starke Ausstrahlung hatte. Nun, wo sie ihr hier am Küchentisch gegenübersaß, spürte Maike es um so deutlicher. Anna strahlte so gar nichts von einer gescheiterten Existenz aus, die sie doch eigentlich war. Immerhin hatte Anna nicht nur ihren Job falschen Idealen geopfert, sondern praktisch ihre ganze Existenzgrundlage. Als sie den Irrtum erkannte, war es zu spät. Von alldem war Anna nichts anzumerken. Sie trat absolut selbstsicher auf, wie Maike fand. Der Gedanke faszinierte sie. Anna Ravensburg faszinierte sie!

4.

Wir sehen uns heute abend«, verabschiedete sich Maike.

Anna sah ihr stumm nach. Den Rest des Nachmittags verbrachte sie mit dem Reinigen der Tierunterkünfte und damit, sich immer und immer wieder zu fragen, wie Maike Roloff es nur geschafft hatte, sie für ihren Wahnsinn einzuspannen. Anna machte sich große Vorwürfe. Sie hätte beherrschter sein müssen, stur ablehnen und fertig.

Darüber hinaus wuchsen ihre Sorgen. Maike Roloff nahm ihre Warnungen nicht ernst. Obwohl Maike wußte, daß sie es mit skrupellosen Entführern zu tun bekam, wenn ihre Suche Erfolg haben würde, ignorierte sie die Tatsache, daß diese Suche gefährlich war. Das ergab keinen Sinn. Offenbar machte der Erfolgszwang Maike blind gegenüber der Gefahr. Sie wollte sich und den anderen auf Teufel komm raus beweisen, daß ... ja was eigentlich? Daß sie die beste Polizistin unter der Sonne war? Wozu? Was brachte ihr das? Eine Gehaltserhöhung? Einen Orden? Beides? War dies das Risiko wert?

Anna verstand diese Frau nicht.

Aber das mußt du ja auch nicht, sagte sie sich im selben Moment. Was ging es sie an, was Maike Roloff tat? Wenn die der Meinung war, sie müsse sich, um ihren Job zu machen, in diese Szene begeben, dann sollte sie das tun. Andere machten endlose Überstunden und ließen sich krankenhausreif stressen. Was war unvernünftiger?

Anna beschloß, sich nicht weiter den Kopf über Maike Roloff zu zerbrechen. Sie hatte genug eigene Probleme, über denen sie brüten konnte. Zum Beispiel, wovon sie die offenen Rechnungen zahlen sollte. Die Umbauarbeiten schluckten viel mehr Geld, als sie kalkuliert hatte, obwohl sie so weit wie möglich nur Geld für Material ausgab und die meisten Arbeiten selbst durchführte. Der Kreditantrag lag seit Tagen bei der Bank, aber es kam keine Antwort. Sie konnte nicht länger warten. Es wäre klug, nach Möglichkeiten zu suchen, ein paar Euro dazuzuverdienen.

Anna schloß gerade die Tür zum Schuppen ab, als Maike wieder auf den Hof fuhr. Ein Blick auf die Uhr zeigte Anna, es war schon kurz vor acht. Sie waren verabredet. Bei all der Arbeit und der Vielzahl der Gedanken, die ihr im Kopf herumgingen, war die Zeit wie im Flug vergangen.

Maike stieg aus dem Wagen. Anna war sich ihres verdatterten Blickes durchaus bewußt. Wäre sie es nicht gewesen, hätte Maikes Reaktion sie aufgeklärt. Statt »Hallo« zu sagen, fragte die: »Was ist?«

Anna konnte sich ein leichtes Grinsen nicht verkneifen. »Designerklamotten sind in der Szene eher unüblich.«

Maike sah verständnislos an sich herunter, dann zu Anna. »Es gibt noch andere Outfits als Jeans und Karohemd.«

Anna zuckte mit den Schultern. »Ich sage nur, daß Sie in Ihrem Outfit nicht gerade Sympathien bei den Leuten gewinnen werden, zu denen Sie Kontakt aufnehmen wollen. Aber die Entscheidung liegt bei Ihnen.«

»Okay«, lenkte Maike ein. »Was schlagen Sie vor?«

»Kommen Sie ins Haus. Ich gebe Ihnen was. Wir haben ja ungefähr dieselbe Statur.«

Maike folgte ihr. Anna gab ihr aus ihrem Schrank einige Sachen, von denen sie annahm, daß sie Maike paßten. Die verschwand damit im Bad. Als Maike wenig später wiederkam, mußte Anna neidvoll zugeben, daß auch diese Sachen Maike sehr gut standen. Sie hatte die zu langen Ärmel des Hemdes hochgekrempelt, die obersten Knöpfe standen offen und gaben den Blick auf das enganliegende T-Shirt frei, das sich deutlich um zwei ansehnliche Brüste straffte. Die Jeans paßte Maike etwas zu gut. Sie war ihr ein wenig zu eng. Maike sah darin super sexy aus. Anna konnte nicht anders. Sie mußte Maike anstarren. Natürlich entging Maike das nicht. Ein verdutzter Blick traf Anna. »Können wir dann?« fragte Maike und versuchte, sich nichts von ihrer Verblüffung anmerken zu lassen.

Anna schluckte kurz. »Ja, sicher. Wir fahren mit meinem Wagen.«

Maike folgte Anna wortlos. Immer noch perplex, setzte sie sich neben Anna auf den Beifahrersitz. Sie ahnte ja nicht, jedenfalls nicht bis eben, daß Anna auf Frauen stand. Aber woher auch. So etwas stand nicht in den Akten, und sie kannten sich noch nicht einmal vierundzwanzig Stunden ...

Anna saß hinterm Steuer. Sie sah auf die Straße, hatte kein Wort gesprochen, seit sie losgefahren waren. Maike musterte sie verstohlen von der Seite. Anna bemerkte es, blickte sie an. Nur kurz. Dann wandte sie den Blick sofort wieder auf die Straße.

»Was ist?« fragte sie leicht gereizt.

»Nichts«, erwiderte Maike möglichst gelassen. Sie wußte genau, worauf Annas Frage abzielte. Und daß die irgend etwas sagen mußte. Nicht nur, um ihr eigenes Gefühl der Befangenheit aufzulösen, sondern um zu ergründen, wie groß Maikes Verwirrung wohl war. Denn daß sie Annas Blick bemerkte und darüber überrascht war, das konnte Anna nicht entgangen sein. *Warum hattest du dich auch nicht besser im Griff, Maike!? Jedenfalls darfst du Anna auf keinen Fall spüren lassen, daß ihr Blick, besser die Botschaft, die darin lag, dich ebenso aus dem Konzept gebracht hat wie Anna die Tatsache, daß sie diesen Blick nicht zurückhalten konnte.* Das wäre nur peinlich für Anna. Dabei bestand nicht der geringste Grund dafür. Nicht ihretwegen.

Maike hätte Anna das sagen können, wußte aber nicht, ob das ihr Verhältnis verbessern oder eher verschlechtern würde. Deshalb ließ sie es. Noch mehr Anspannungen wollte sie in jedem Fall vermeiden. Also fragte Maike einfach: »Wie weit ist es noch?«

»Wenn Sie es sich anders überlegt haben, fahren wir zurück. Sie brauchen es nur zu sagen«, bot Anna sofort an.

Maike grinste in sich hinein. *Ja, ja, das hättest du gern.* »Keinesfalls«, sagte sie. »Wir machen es wie abgesprochen. Ich habe den Nachmittag mit Recherchen zum Tierschutz verbracht. Ich bin gut vorbereitet.«

»Und was haben Sie recherchiert?« wollte Anna wissen.

»Ehrlich gesagt, kann ich Sie jetzt besser verstehen. Die Berichte und Bilder, die ich auf diversen Internetseiten fand, waren durch die Bank weg schrecklich. Ob nun bei der Zucht oder in Labors – offensichtlich herrscht weite Strecken absolute Gleichgültigkeit, bis hin zur Brutalität, im Umgang mit den Tieren. Wen wundert es, daß sich bei einer Reihe von Leuten Wut anstaut, wenn ihre Hinweise auf die Mißstände konsequent ignoriert werden.«

Schweigen.

»Tun Sie mir einen Gefallen?« fragte Anna plötzlich ernst.

Maike sah sie verwundert an. »Aber ja, wenn ich kann.«

»Rufen Sie mich hinterher an. Dann weiß ich, daß alles in Ordnung ist.«

»Jetzt übertreiben Sie aber. Glauben Sie, man fängt mich dort weg?« Maike schüttelte den Kopf. »Ich werde lediglich mit ein paar Leuten sprechen. Mich umhören. Mehr passiert nicht. Außerdem ist noch ein Kollege vor Ort.«

»Wenn Sie mir sagen, mit wem Sie Kontakt bekommen haben, kann ich Ihnen vielleicht sagen, wie Sie sich am besten verhalten.«

Das war ein Argument, dachte Maike. Und natürlich wußte Anna das. Sie war ja nicht dumm, hatte sich auf sie eingestellt. Zielsicher fand Anna den einfachsten Weg, ihre Bitte erfüllt zu bekommen. Sie rieb ihr einfach den praktischen Nutzen unter die Nase. »So gesehen . . .«, sagte Maike.

Um Annas Mund legte sich ein Schmunzeln. »Ich nehme an, das ist ein Ja?«

Maike nickte. »Ja.«

»Gut.« Anna klang zufrieden. »Wir sind übrigens da.« Das Lokal lag vor ihnen. Anna hielt den Wagen an.

»Warten Sie etwa eine viertel Stunde, bis Sie ins Lokal nachkommen«, instruierte Maike Anna. »Und geben Sie sich Mühe. Unser Streit muß echt aussehen.« Sie öffnete die Tür, stieg aus und wandte sich noch einmal zu Anna.

»Und Anna . . .« Maike stockte, wußte nicht so recht, wie sie es ausdrücken sollte. »Ich . . . ich weiß Ihre Hilfe zu schätzen. Sie haben was gut bei mir.«

»Bis gleich«, erwiderte Anna nur.

Maike betrat das Lokal, sah sich mit einem kurzen Blick um. Lediglich eine Handvoll Tische war besetzt. Zwei Leute standen am Billardtisch. An den Computern, etwas abseits, saßen drei Figuren und surften im Internet. Die Dartscheibe benutzte keiner. Alles in allem zählte sie an die zwanzig Gäste. Wer von ihnen gehörte zur Tierschützerszene und wer war nur zufällig hier? Daß Maike im richtigen Lokal war, daran bestand kein Zweifel.

Gleich neben dem Eingang kam sie an einem Regal mit Zeitungen vorbei. Tagespresse und Zeitschriften wie »Tierschutz«, »Tierreport«, »Tier und Konsum«, »Tierrechte«. Maike nahm zwei davon, bestellte bei der Dame hinterm Tresen einen Kaffee und setzte sich an einen freien Tisch, in der Nähe einer dreiköpfigen Gruppe, die hitzig diskutierte. Maike tat, als vertiefte sie sich in die Lektüre, während sie versuchte, vom Nachbartisch was aufzuschnappen. Das war einfacher als erwartet. Die drei beachteten das Geschehen um sich herum nicht.

Eine Frau mit Kurzhaarschnitt sagte mit Eifer in der Stimme: »Die Aktion trifft mitten ins Herz unserer Gegner, rüttelt am Fundament ihrer Lebensweise, macht ihnen klar, wie verletzbar auch sie sind. Und genau so muß es sein, damit die uns ernst nehmen. Gerade solche Manager sind es doch, die die Tierversuche befehlen. Bisher glaubten die, sie können ungestraft wehrlose Tiere foltern und morden. Damit ist es nun vorbei.«

»Ja, sicher. Aber eine Entführung. Das bedeutet, Unrecht mit Unrecht zu bekämpfen«, widersprach der junge Mann am Tisch. Sein Teint war blaß.

Maike konnte ihr Glück kaum fassen. Wie groß war die Wahrscheinlichkeit, daß sie in das Lokal kam und prompt ein Gespräch mithörte, in dem es um die Entführung ging? Mathematisch ging sie jedenfalls gegen Null. Aber eben nur mathematisch. Rein praktisch war so ein Zufall offenbar dennoch möglich.

Auf Anweisung Wallbachs herrschte Nachrichtensperre über den Fall. Weder Fernsehen noch Zeitungen hatten bisher Wind davon bekommen. Wenn diese Frau trotzdem Kenntnis von der Entführung hatte, dann nur, weil man in der Szene darüber Bescheid wußte. Da der Junge offenbar gegen diese Aktion war, schien seine Beteiligung unwahrscheinlich. Die Frau dagegen, die die Entführung befürwortete, lohnte es genauer zu beobachten.

»Wie soll man den Leuten denn sonst klarmachen, was es für ein Wahnsinn ist, was sie tun«, sagte die gerade eindringlich. »Jedes Jahr leiden allein in Europa zehntausend Primaten in Laborexperimenten. Benutzt, um pharmazeutische und andere chemische Produkte zu testen. Die Tiere enden aufgeschnitten und seziert in einem Abfalleimer. Ich bin der Meinung, die Verantwortlichen für diese Experimente haben nichts anderes verdient, als so etwas einmal am eigenen Leib zu erfahren.«

»Aber man kann sie ja nicht in Käfige sperren und ihnen Krankheitserreger injizieren oder Stromschläge verpassen. Das ginge dann wohl doch zu weit.«

»Ehrlich gesagt, finde ich das nicht. Wir müssen Gleiches mit Gleichem vergelten. Nur das gebrannte Kind scheut das Feuer.«

Nun meldete sich auch der Dritte in der Runde zu Wort. »Natürlich ist dieser Gedanke niemandem fremd. Aber es ist eben nur ein Gedanke. Die Realisierung liegt weit weg von allen Vorstellungen.«

Anscheinend nicht für die Frau, die mit glühendem Gesicht auf die anderen beiden einredete. »Ihr vergeßt offenbar, daß unsere Gegner solche Skrupel nicht haben. Wir haben Opfer zu beklagen. Denkt an Bianca. Sie wurde bei der letzten Blockade von Tiertransportern fast überrollt. Den Rest ihres Lebens sitzt sie querschnittsgelähmt im Rollstuhl.«

»Das mit Bianca war wirklich tragisch. Aber wir sind doch keine Kriminellen. Wenn wir derartige Gewalt, wie du sie gutheißt, anwenden, stellt uns das mit den Tiermördern auf eine Stufe«, lehnte der mit dem blassen Teint ab. Aber Maike sah auch das nachdenkliche Gesicht des Dritten in der Runde, der ja eben selbst andeutete, wie verlockend der Vergeltungsgedanke sei. Der Radikalismus der Frau schien bei ihm nicht gänzlich auf Ablehnung zu stoßen. Die Frage, die Maike hauptsächlich beschäftigte, war: Sympathisierte die Frau nur mit den Entführern oder gehörte sie zu ihnen? Beides war möglich. Ihre Worte ließen keinen eindeutigen Schluß zu.

Anna kam herein. Sie erspähte Maike schnell. Auf dem Weg zu ihr ließ sie ihren Blick über die anderen Anwesenden im Lokal gleiten. An der Frau mit den eigenwilligen Vorstellungen über ausgleichende Gerechtigkeit blieb sie kurz haften. Dann war Anna an Maikes Tisch angelangt, setzte sich zu ihr.

»Wie läuft es?« fragte sie leise.

»Besser als erwartet. Man weiß über die Entführung Bescheid. Am Tisch neben mir tut sich die Frau durch besonders radikale Ansichten hervor. Sie macht keinen Hehl aus ihrer Sympathie mit den Entführern. Möglich auch, daß sie mit an der Sache beteiligt ist.«

Anna sah sich nicht zu der Frau um. Gott sei Dank, dachte Maike. Sie hatte nämlich vergessen, Anna darauf hinzuweisen.

»Meinen Sie die mit den kurzen dunklen Haaren?«

»Ja.« Maike wunderte sich. Prägte sich Anna Personen so schnell ein? Dann erinnerte sie sich, daß Anna beim Hereinkommen etwas länger auf diese Frau geschaut hatte als auf die anderen im Lokal. »Kennen Sie sie?«

»Das ist Claudia Schrader.« Anna ließ Maike keine Zeit für weitere Fragen. »Seien Sie doch vernünftig«, begann sie nun mit erhobener Stimme. »Das hier ist nichts für Sie. Wenn Sie damit anfangen, haben Sie in höchstens einem Jahr ein ellenlanges Vorstrafenregister. Es gibt andere Mittel und Wege, um sich zu engagieren.«

»Hören Sie doch auf. Aufklärungsarbeit, Protestresolutionen schreiben. Denken Sie, damit ändert sich was?« Maike stieg in den »Streit« ein. »Das ist doch Zeitverschwendung. Dadurch rütteln Sie niemanden wach. Ich will aber etwas bewirken. Wirklich etwas verbessern.«

»Das können Sie auch. Es braucht eben alles seine Zeit.« Anna tat, als wolle sie Maike beschwichtigen.

»Zeit!« rief die laut. »Zeit ist aber das, was die Tiere am wenigsten haben.« Maike erhob sich etwas aus ihrem Stuhl, beugte sich zu Anna vor, so daß es den Anschein erweckte, sie wäre wütend. »Während dieser Zeit muß nämlich eine Unzahl Tiere weiterhin unter den unwürdigsten Bedingungen leben und sterben«, zischte sie Anna an. »In Zuchtbetrieben, auf dem Weg zum Schlachthof, in den Labors.« Maike ließ sich wieder auf den Stuhl zurückfallen, hob dafür ihre Stimme an. »Wir wissen doch alle, daß dort nicht nur Puder und Cremes getestet werden. Weil wir uns für was Besseres halten und eine Entwicklungsstufe höher stehen als alle anderen Tiere, experimentieren wir an ihnen herum. Das muß man sich mal klarmachen. Ausgebildete Wissenschaftler wollen uns weismachen, daß Versuche mit zum Beispiel Psychopharmaka an Ratten oder Hunden Aufschluß über die Wirkung auf den Menschen geben sollen. Ja, was denn nun? Sind wir nun höher entwikkelt oder nicht? Haben wir so viel mit dem Verhalten von Ratten und Hunden gemein? Stehen wir plötzlich doch wieder auf derselben Stufe der Entwicklungsleiter?«

Eines mußte Anna zugeben. Maike hatte den Nachmittag wirklich nicht vertrödelt. Offensichtlich hatte sie sich gut über das Thema informiert. Ihre Argumentation hatte Hand und Fuß. Allerdings fiel es Anna schwer zu beurteilen, ob Maike einfach nur gut schauspielerte oder ob die Bilder bei ihr wirklich einen bleibenden Eindruck hinterlassen hatten.

»Ich werde jedenfalls nicht länger dabei zusehen«, rief Maike aufgebracht. »Und ich suche mir Leute, die genauso denken wie ich. Sie, Anna, hatten auch mal Ideale. Aber Sie haben sie verraten. Sie haben sich feige zurückgezogen und sehen zu, wie andere die Risiken auf sich nehmen. Sie sagen, Sie können es mit Ihrem Gewissen nicht vereinbaren, daß Menschen im Kampf verletzt werden oder gar sterben? Ich schon. Wenn es sich dabei um Leute handelt, die so etwas gewissenloses tun. Und außerdem: So ist das eben in einem Kampf. Es gibt immer ein paar Opfer.«

»Herrgott noch mal, Maike. Ist Ihnen klar, mit wem Sie sich anlegen wollen? Die Pharmaindustrie, die Lebensmittelindustrie. Zwei Giganten der Wirtschaft. Den Kampf können Sie nicht gewinnen. Sie werden das Opfer sein! Begreifen Sie das doch.«

»Das muß nicht Ihre Sorge sein.«

Anna fand, das war ein gutes Stichwort für ihren Abgang. Abrupt stand sie auf. »Dann tun Sie doch, was Sie nicht lassen können. Ich habe Sie mehr als einmal gewarnt.« Damit verließ sie das Lokal. Anna wußte, Maike würde nicht lange warten müssen, bis Claudia sich zu ihr gesellte. Sie hatte während ihres »Streites« mit Maike Claudia aus den Augenwinkeln beobachtet. Die hatte natürlich auch Anna sofort erkannt. Ihre Neugier auf Maike war damit doppelt geweckt.

Anna fuhr mit einem unguten Gefühl im Bauch nach Hause. Dieser Tag ging ihr mächtig an die Substanz. Erst tauchten kurz nacheinander zwei Leute von der Kripo bei ihr auf und erinnerten sie an Zeiten, die sie lieber vergessen wollte. Dann kam einer von ihnen, genauer gesagt eine, auch noch mal wieder und brachte sie dazu, etwas zu tun, vor dem sie ihre innere Stimme laut warnte, daß es falsch war. Nicht nur, weil sie Maike Roloff half, eine Dummheit zu begehen. Sondern vor allem auch, weil sie sich geschworen hatte, nie wieder, egal unter welchen Umständen, mit der Szene in Kontakt zu kommen. Wie hatte es Maike nur fertig gebracht, sie da hineinzumanövrieren?

Wieder zu Hause, ging Anna gleich ins Bad, um sich den Schmutz des Tages vom Körper zu duschen und den Ärger gleich mit. In der Ecke auf dem Wäschekorb sah sie Maikes Sachen liegen. Fein säuberlich zusammengelegt. Sie nahm die Bluse in die Hand, roch daran. Ein süßlich herber, angenehmer Duft erfüllte Annas Nase. Als ihr bewußt wurde, was sie tat, runzelte sie die Stirn. *Was denn nun noch, Anna? Hast du nicht genug Probleme? Leg den Fetzen wieder hin.*

Nach einer ausgiebigen Dusche fühlte sie sich frischer. Doch die Gedanken schwirrten nach wie vor in ihrem Kopf herum. Und sie schwirrten hauptsächlich um Maike. Diese Kommissarin war offensichtlich absolut karrieregeil und vergaß darüber alle Vorsicht. Sie ahnte nicht im Geringsten, worauf sie sich einließ. Wenn Claudia herausbekam, daß sie sich eine Spionin eingefangen hatte, konnte alles Mögliche passieren. Im besten Fall jagte sie Maike einfach zum Teufel. Was im schlechtesten passierte, wollte Anna sich gar nicht ausmalen.

Anna dachte an eines ihrer letzten Gespräche mit Claudia. Unzählige andere gingen diesem voran. Diskussionen, die von Mal zu Mal unheimlicher wurden. Denn von Mal zu Mal steigerte sich Claudias Gewaltbereitschaft . . .

»Tierbefreiungsaktionen und Farbbomben. Autonome Tierschützerkinderkacke. Weder das eine noch das andere bewirkt wirklich etwas. Die meisten unserer Aktionen werden von den Leuten doch gar nicht wahrgenommen. Sie finden keine Erwähnung in der Tagespresse. Es ist spannender, welcher Promi in Scheidung lebt oder wer wen wo gevögelt hat, als die Tatsache, daß täglich Tausende Tiere in Versuchslabors sterben. Wir können noch so viel demonstrieren und Aktionen vor Werkstoren von Firmen machen, die Tierversuchslabore mit Aufträgen versorgen.«

»Es wurden bereits Labors geschlossen«, hielt Anna gegen. »Die Kündigungsrate der Firmen, vor deren Werkstoren wir waren, steigt drastisch durch die Aktionen.«

Claudia winkte nur ab. »Die Öffentlichkeit erfährt fast gar nichts davon. Es geht alles zu langsam. Über Jahre! Was fehlt, ist ein Ereignis, das die Öffentlichkeit wachrüttelt. Von dem in den Medien über Tage und Wochen berichtet wird. Ein Ereignis wie der 11. September 2001. Seit dem Tag spricht die ganze westliche Welt über die Bedrohung durch den Terror. Aber dazu mußte erst ein Wahrzeichen Amerikas in Schutt und Asche gelegt werden.«

»Heißt das, du willst Angst und Schrecken verbreiten?«

»Wenn es sein muß.«

»Damit werden wir nichts anderes erreichen, als daß die Menschen entsetzt über uns sind. So schafft man doch keine Sympathisanten.«

»Das ist mir absolut klar. Das ist auch nicht das Ziel. Das Ziel ist, in Erinnerung zu bleiben. Positiv oder negativ spielt keine Rolle. Hauptsache in den Köpfen der Leute setzt sich etwas fest. Dann wird man zwangsweise über die Bedingungen, unter denen die Tiere in den Labors leben, sprechen. Man wird hinterfragen, kontrollieren, beobachten. Mehr und mehr werden die Notwendigkeit der Versuche anzweifeln. Das ist das Ziel. Nichts anderes.«

»Damit rechtfertigst du jede Art von Gewalt?«

»Einer muß ja ein Zeichen setzen.« . . .

War das eine Art Vorankündigung gewesen? War Claudia mit einigen anderen Gleichgesinnten wirklich so weit gegangen, die ihrer Meinung nach Verantwortlichen zu entführen?

»Ich habe dich hier noch nie gesehen.« Claudia stand direkt vor Maike, musterte sie eindringlich.

»Ja und? Ich probiere ab und zu mal ein neues Lokal. Heute eben dieses«, erwiderte Maike lapidar. »Hast du ein Problem damit?«

Claudia Schraders Augen bohrten sich förmlich durch sie hindurch.

»Schöner Streit, den du da hattest.«

»Was interessiert es dich?« Maike verhielt sich absichtlich ablehnend. Claudia sollte sich ein wenig anstrengen, und vor allem nicht den Eindruck bekommen, sie wartete darauf, von ihr angesprochen zu werden.

»Ne Freundin von dir?« hakte Claudia nach.

»Kann man so nicht sagen. Mehr eine Bekannte.« Jetzt sah Maike Claudia direkt in die Augen. »Sonst noch was? Ansonsten würde ich gern in Ruhe meinen Kaffee austrinken. Hatte gerade genug Streß.«

Statt zu gehen, setzte Claudia sich auf den Stuhl ihr gegenüber, wo eben noch Anna saß. »Woher kennst du Anna Ravensburg?«

Bingo! triumphierte Maike innerlich. Jetzt lief es, und zwar wie am Schnürchen. Sie tat überrascht. »Du kennst Anna? Hast du auch auf ihrem Hof gearbeitet?«

»Nein, das nicht. Aber ja, ich kenne Anna«, sagte Claudia. Ihre Stimme klang frostig bei der Erwähnung von Annas Namen. »Sie war eine von uns.«

»Von *uns*? Was meinst du?« Maike tat immer noch unwissend.

Claudia grinste. »Du bist vorsichtig. Das ist gut.«

»Was willst du?« fragte Maike Claudia jetzt direkt.

»Nichts. Nur plaudern.«

»Worüber?«

»Gemeinsame alte Bekannte?«

»Du meinst Anna?«

»Vielleicht«, erwiderte Claudia unbestimmt.

Maike fand, es war an der Zeit, sich etwas mehr vor Claudia zu öffnen. Sie sollte schließlich nicht ungeduldig werden. »Anna hat mir ihre Geschichte erzählt«, begann sie. »Zuerst bewunderte ich sie. Später, als sie zum zweiten Teil kam, wurde mir klar, daß sie aufgegeben hat.«

Claudia nickte. »Hat Anna auch mal von mir erzählt?« fragte sie.

Maike sah sie fragend an. »Von dir?«

»Ich bin Claudia.«

»*Du* bist das?« Maike schaute Claudia an wie die Jungfrau von Orleans. »Anna erwähnte deinen Namen ab und zu. Du hast auch mal gesessen. Aber du hast dich nicht unterkriegen lassen.«

Claudia wollte es genauer wissen. »Mehr hat Anna nicht erzählt?« forschte sie.

»Doch. Daß du sehr extreme Anschauungen hast.« Maike sah Claudia offen an. »Ich finde, darüber kann man geteilter Meinung sein.«

»Das meine ich auch«, sagte Claudia gedehnt.

Die Gelegenheit war günstig für Maike, Claudia zu überzeugen, daß sie etwas in ihrem Sinne zu bieten hatte. Wenn sich das Gespräch nur weiter in die Länge zog, ohne konkreter zu werden, würde Claudia vielleicht das Interesse verlieren. Maike setzte alles auf eine Karte.

»Man darf nicht so zimperlich sein«, sagte sie. »Das sind diese Tierquäler auch nicht. Willst du meine Meinung hören?«

»Ich bin ganz Ohr.«

»Das Prinzip sollte am besten lauten: Was du dem Tier antust, sollst du selbst erfahren.«

Claudia legte den Kopf leicht zur Seite, während sie Maike ansah. »Du neigst scheinbar auch zu ziemlich radikalen Ansichten.«

»Kann schon sein. Aber mir wird schlecht, wenn ich die Bilder aus den Tierlabors sehe. Gut oder schlecht behandelt, was spielt das für eine Rolle? Die Tiere haben keine Überlebenschance. Menschen, die sich daran, wie auch immer, beteiligen, haben kein Gewissen.«

»Es liegt begraben unter Millionen Ausreden und Euros.« Claudias Augen hielten Maike immer noch fest. »Bist du eine von denen, die nur über die Zustände jammern, oder willst du wirklich etwas tun?«

»Natürlich will ich etwas tun.«

Claudia reichte Maike einen kleinen Zettel – die Reklame eines Tierzüchters. »Das ist unsere nächste Aktion. Wir werden so viele Tiere wie möglich da rausholen, um sie vor dem Schicksal in einem Versuchslabor zu retten. Einen Helfer mehr könnten wir gut brauchen.«

5.

Triumphierend berichtete Maike am nächsten Morgen ihren Kollegen vom Verlauf der Kontaktaufnahme. Wallbach nickte anerkennend. »Sehr gut. Bleiben Sie an der Frau – wie heißt sie gleich?«

»Claudia Schrader.«

»Bleiben sie an Claudia Schrader dran. Bitten Sie Anna Ravensburg um Hilfe.«

O Gott, Anna! fiel es Maike ein. Die hatte sie völlig vergessen. Sie sollte sie doch anrufen! Es war wohl ratsamer, ihr nicht so schnell wieder zu begegnen. »Ich denke, ich komme auch allein ganz gut klar.«

»Ja, schon möglich«, entgegnete Wallbach. »Aber im Gegensatz zu Ihnen kennt Anna Ravensburg sich in der Szene aus. Ich halte es für klüger, sie einzubeziehen.«

»Die Zusammenarbeit mit ihr ist sehr schwer, um nicht zu sagen beinah unmöglich. Es war ein ziemlicher Kampf, sie für das kleine Schauspiel gestern abend zu gewinnen. Sie wird mir nicht gerade den roten Teppich ausrollen.«

»Dann gehen Sie durch die Hintertür«, erwiderte Wallbach. Damit war das Thema für ihn beendet, er wandte sich Binder zu. »Was haben Sie herausgefunden?«

»Aus den Befragungen der Familienmitglieder deutet nichts auf einen Zusammenhang zur Entführung«, faßte Binder seine Ergebnisse kurz und prägnant zusammen. »Ich glaube, die Familien können wir als Tatverdächtige ausschließen.«

Wallbach nickte. »Das glaube ich auch. Die Entführer haben sich nämlich wieder gemeldet. Sie haben die Firma Norich in einem Ultimatum aufgefordert, alle Verträge mit Tierlabors zu kündigen, oder die beiden Männer werden dafür bezahlen. Nach dem Bericht von Frau Roloff können wir uns alle vorstellen, was damit gemeint ist. Zudem haben sich die Entführer an die Presse gewandt. Wie wir wissen, sind gewisse Zeitungen immer dankbar für reißerische Geschichten, egal welcher Art. Der Fall war heute morgen auf mehreren Titelseiten. Auch wenn die Entführer nicht gut dabei wegkamen, haben sie immerhin eines erreicht: Sie sind in aller Munde. Und das scheint ja das zu sein, was sie bezwecken. Also – damit konzentrieren sich unsere Ermittlungen auf die Tierschützerszene. Frau Roloff. Sie sind unser Trumpf.«

Von Wallbach als Trumpf in seiner Ermittlungsgruppe bezeichnet zu werden, darauf konnte man sich etwas einbilden. Und das tat Maike. Jeder wußte, die Anerkennung Wallbachs konnte einem den Weg in andere SOKOs öffnen. Das bedeutete spannende

Fälle, Herausforderungen und natürlich Karriere.

Die Sache hatte allerdings einen Haken. Der Weg dahin führte über Anna Ravensburg. Diese seltsame Frau, von der Maike nur eines wirklich wußte: Sie half ihr nur äußerst widerwillig. Wie sollte sie Anna dazu bringen, ihr Insidertips zu geben?

Maike zerbrach sich immer noch darüber den Kopf, als das Telefon klingelte. Binder und sie waren die Einzigen im Raum. Maike sah ihn an, er nahm ab. Dann reichte er ihr den Hörer. »Für dich.«

»Roloff« meldete sie sich.

»Anna Ravensburg. Ich habe noch Ihre Sachen. Im übrigen haben Sie vergessen mich anzurufen«, stellte sie schlechtgelaunt fest.

»Entschuldigung. Das habe ich total verschwitzt«, verteidigte Maike sich zaghaft. Aber immerhin lieferte ihr Anna einen guten Vorwand, zu ihr zu fahren. »Ich komme bei Ihnen vorbei. Paßt es Ihnen gleich? Ich kann in einer halben Stunde da sein.«

»In Ordnung.«

Das war alles. Anna Ravensburg legte auf. Maike seufzte, denn sie sah sich gleich zwei Problemen gegenüber: Erstens mußte sie Anna in bessere Laune versetzen und zweitens sie dazu bringen, ihr auch weiterhin zu helfen. Leider fehlte Maike jeder Schimmer, wie sie das anstellen sollte.

»Ich habe es wirklich total vergessen, daß ich Sie anrufen sollte. Tut mir leid.« Maike machte ein zerknirschtes Gesicht.

»Schon gut. Ihre Sachen liegen im Bad. Sie kennen ja den Weg. Ich habe zu tun.« Damit wandte Anna sich von ihr ab und ging zu den Hunden, um sie aus den Zwingern in das Freigehege zu lassen. *Deine Entschuldigung kannst du dir an den Hut stecken. Sie ist sowieso nicht ernst gemeint.* Anna war sauer und gleichzeitig damit beschäftigt sich zu sagen, daß es absolut überflüssig war, dieses Gefühl zu haben.

Maike stiefelte ihr nach. Der feinherbe süßliche Duft, den sie ausströmte, stieg Anna in die Nase. Sie drehte sich abrupt um. »Was ist denn noch?« fragte sie gereizt und nicht gerade freundlich. Maike wich tatsächlich erschrocken zurück. »Warum sind Sie denn so bissig? Ich habe Ihnen doch gar nichts getan!«

Das brachte in Anna das Faß zum Überlaufen. »Nichts getan, nennen Sie das?« Sie holte tief Luft. »Sie tauchen hier auf, verhalten sich mir gegenüber grob und verletzend, zwingen mich zu diesem Kabinettstück gestern abend und dann haben Sie nicht mal so viel Anstand, mir eine kleine Bitte zu erfüllen!«

»Ich habe mich doch entschuldigt«, sagte Maike verzagt.

»Das ist aber nicht immer genug. Es macht verletzte Gefühle nicht einfach so weg.« Anna wollte noch mehr sagen, doch ein Blick in Maikes verstörtes Gesicht hielt sie davon ab. Die wußte nichts mit dem anzufangen, was da aus Anna herausbrach. Anna selbst erging es ähnlich. Warum redete sie von verletzten Gefühlen? Schließlich waren sie beide einander nahezu fremd. Anna schüttelte mit dem Kopf, mehr über sich selbst als über Maike. »Ach, was soll's.« Sie ging weiter.

»Haben Sie Angst?« fragte Maike hinter ihr. Sie suchte nach einer Erklärung für Annas Ausbruch. »Das brauchen Sie nicht. Niemand wird erfahren, daß Sie mir und meinen Kollegen geholfen haben.«

»Für wie blöd halten Sie Claudia? Während Sie hier hinter mir hertänzeln, holt die sich bereits Informationen über Sie ein. Sie findet raus, wer und was Sie sind, verlassen Sie sich drauf.«

»Dann muß ich die mir verbleibende Zeit so gut wie möglich nutzen. Und ... es wäre um so wichtiger für mich, wenn ... wenn Sie mir ein paar Tips geben könnten, wie man sich in der Szene bewegt, was so Usus ist. Sie wissen schon, was ich meine. Und vor allem, erzählen Sie mir alles, was Sie über Claudia Schrader wissen.«

»Vergessen Sie es.«

»Aber ich treffe mich heute abend mit ihr und ein paar anderen Leuten, um aus einer Zucht Tiere zu befreien, die an Labors verkauft werden sollen.«

Anna zog halb verwundert, halb besorgt die Augenbrauen zusammen. »Sie hat sie gleich für eine Aktion geworben?« Dann wurde ihr klar: »Es ist ein Test. Wie gesagt, Claudia prüft die Leute genau, mit denen sie sich abgibt. Ihnen ist ja wohl klar, daß in der radikalen Tierschützerszene, in der Sie Fuß zu fassen suchen, andere Regeln herrschen als in einer Gruppe harmloser Demonstranten. Jemand aus Claudias Gruppe wird immer in Ihrer Nähe sein, Sie genau beobachten. Dessen können Sie sicher sein.«

»Was raten Sie mir?«

»Zurückhaltung.«

»Damit kann ich aber keinen Eindruck schinden. Ich will so schnell wie möglich Zugang zu den Leuten bekommen. Einen Hinweis auf die Entführungsopfer finden.«

Ihr Übereifer würde diese Frau in Schwierigkeiten bringen, so viel stand für Anna fest. »Verbessern Sie mich, wenn ich was Falsches sage. Aber baten Sie mich eben nicht, Ihnen Tips zu geben, wie Sie sich am besten verhalten? Jetzt gebe ich Sie Ihnen, und Sie hören mir nicht zu.«

Maike sah Anna an wie jemanden, der schwer von Begriff war. »Schon, aber ich erwartete eher konstruktive Hinweise«, stellte sie klar. »Etwas, das mich vorwärts bringt und nicht abbremst.«

»Wenn Sie nur hören wollen, was Ihnen in den Kram paßt, sehen Sie in den Spiegel und geben sich selbst Ratschläge«, erwiderte Anna. Maike Roloff ging ihr langsam auf die Nerven. Sie sollte sie in Ruhe lassen. Doch leider dachte die nicht daran. Im Gegenteil. Sie lief ihr immer noch hinterher.

»Schon gut«, hörte Anna sie sagen. »Ich weiß ja, ich bin eine Nervensäge. Bitte, versuchen Sie mich zu verstehen. Ich habe leider keine Zeit für langes Taktieren. Es ist sehr wichtig, daß ich schnell zum Erfolg komme. Nicht für mich, sondern für die Entführungsopfer!«

Anna blieb erneut stehen, drehte sich zu Maike um. »Wenn Sie unerhörtes Glück haben, glaubt Claudia wirklich, Sie sind eine dieser idealistischen Träumerinnen. Aber eines dürfen Sie nicht vergessen: Claudia selbst ist keinesfalls idealistisch. Sie ist fanatisch. Darüber hinaus ungeheuer kalt, berechnend und rücksichtslos. Sie können nie vorhersehen, was sie im nächsten Moment tut.«

»Sie kennen Claudia wohl sehr gut?« fragte Maike.

»Ich kenne Sie«, antwortete Anna knapp.

Maike musterte sie eindringlich. Ihre Augen hielten Annas Blick fest. »Sie waren in einer Gruppe. War Claudia dabei, als der Wachmann getötet wurde?«

Anna schwieg. Sie wollte sich die Umstände, die damals zum Tod des Mannes führten, nicht schon wieder in Erinnerung rufen. Die Geschichte raubte ihr lang genug den Schlaf. Es würde wohl nie ganz aufhören. Wie auch. Sie hatte den Tod eines Menschen zu verantworten, so oder so. Was Anna darüber hinaus Sorgen machte, war, daß die Gruppe, mit der sie damals arbeitete, immer noch aktiv war. Claudia wurde die Führerin dieser Gruppe, so viel wußte Anna. Aber sie konnte nur ahnen, und es war eher eine böse Ahnung, in welche Richtung Claudia die Gruppe getrieben hatte.

»Was spielt das für eine Rolle?«

»Sie wollen nicht darüber sprechen?«

»Ganz recht. Aber ich habe noch einen Tip. Sicher ignorieren Sie auch diesen.«

»Lassen Sie trotzdem hören.«

»Sie werden feststellen, daß der Tierschutz eine Sache ist, für die zu kämpfen gut tut. Ehe Sie sich's versehen, stecken Sie mittendrin und fühlen sich im Recht, auch wenn Sie Unrecht begehen. Halten Sie Distanz zu den Dingen, damit das nicht passiert.«

»Da kann ich Sie nun wirklich beruhigen«, versicherte Maike. »Ich habe gelernt, meine Fälle objektiv zu betrachten, ohne überflüssige Gefühlsduselei. In jeder Hinsicht.«

Maike fand das Gespräch mit Anna Ravensburg nicht besonders hilfreich. Ihr schien, als wiederholte Anna sich ständig. Immer und immer wieder mahnte sie zur Vorsicht.

Mochte ja sein, daß Annas Erfahrungen sie lehrten, Vorsicht an erste Stelle zu setzen. Aber sie, Maike, war es gewohnt, Initiative zu ergreifen, wenn es sein mußte, Risiken einzugehen. Das war ihr Prinzip. Rückversicherung gehörte nicht dazu. Ja sicher, das führte bereits zu der einen oder anderen Verletzung, einmal wurde sie sogar angeschossen. Doch das war für Maike kein Grund, von diesem Prinzip abzuweichen. Sie fuhr gut damit, hatte viel erreicht, stand auf der Karriereleiter bereits ziemlich weit oben – was ihre Gastrolle in Wallbachs SOKO bewies. Wenn eine angesehene Koryphäe wie Wallbach sie in sein Team wählte, dann nur, weil ihr Name bereits für etwas stand. Nämlich für gute Aufklärungs- und Teamarbeit. Darauf war sie sehr stolz.

Gelang es ihr, in diesem Fall entscheidend zur Klärung beizutragen, würde das ihre Karriere weiter fördern. Das wußte Maike nur zu gut. Und das war es, woran sie dachte. Ihre Karriere war ihr enorm wichtig. Genau gesagt, war sie das wichtigste. Da es ihr nun mal gelungen war, zu Claudia Schrader Kontakt zu bekommen, gedachte sie, die Gelegenheit zu nutzen. Ganz klar. Dies war ihre Chance, die Lösung des Falles entscheidend voranzutreiben. Genau das wollte Maike heute abend tun.

Nach ihrem Gespräch mir Anna fuhr Maike deshalb wieder ins Büro, um eine Recherche zu Claudias Person durchzuführen. Da Anna auf ihre Frage bezüglich Claudias Teilnahme an dem Anschlag nicht geantwortet hatte und auch sonst außer einer deutlichen Abneigung Claudia gegenüber nichts Informatives beitrug, mußte sie sich ihre Informationen anderweitig besorgen. In den Akten zu dem Fall von damals würde sie ganz sicher erfahren, was vorgefallen war. Und wenn Claudia auf irgendeine Weise in den Fall verwickelt war, gab es auch über sie eine Akte.

Maike erwog, einen Profiler zu Rate zu ziehen, um mit ihm zusammen eine Strategie zu entwickeln, wie die Chancen am größten waren, Claudias Vertrauen zu gewinnen.

Zunächst loggte sie sich aber erst einmal in die Datenbank ein. Sie brauchte nicht lange suchen. Schnell fand sie den Querverweis zu Claudia in Annas Akte. Claudia und Anna saßen gemeinsam auf der Anklagebank. Einbruch, Sachbeschädigung, Brandstiftung und Totschlag lauteten die Anklagepunkte. Claudia und Anna sagten übereinstimmend aus, daß Anna den Brandsatz in das Labor warf, in dem der Wachmann umkam. Hatten die beiden sich damals abgesprochen? Schützte Anna Claudia? Jedenfalls verurteilte der Richter Claudia nur wegen Einbruchs und Sachbestätigung. Für sie blieb es gerade noch mal bei einer Bewährungsstrafe. Anna war nicht so glimpflich davongekommen. Sie hatte ins Gefängnis gemußt.

Was war danach passiert? Warum waren die beiden heute so schlecht aufeinander zu sprechen? Wenn sie eine Absprache hatten, was sollte Claudia als Gegenleistung tun? Erfüllte sie ihren Teil der Abmachung nicht? Vielleicht gab es aber auch keine Absprache. Vielleicht passierte alles so, wie beide Frauen es im Gerichtssaal erzählten. Warum kam es dann zum Streit, nachdem bei der Verhandlung doch offenbar noch alles in Ordnung war? Daß Anna sich aus der Szene zurückzog, konnte nicht der Grund sein. Oder doch? Anna sagte gestern, sie habe sich damit ihre früheren Verbündeten zu Feinden gemacht. Das erklärte aber bestenfalls, warum Claudia nicht gut auf Anna zu sprechen war. Warum Anna sich so merkwürdig verhielt, wenn es um Claudia ging, war damit noch nicht klar. Was kehrte die frühere Freundschaft in offene Ablehnung?

Maike hielt einen Moment in ihren Überlegungen inne, ordnete ihre Gedanken. Dabei verweilten diese bei Anna, ihrer reservierten, dennoch besorgten Art, ihrem durchdringenden Blick. Und nicht zuletzt ihrer Bewunderung für sie darin. Das hatte sie ganz vergessen. Bis eben. War Anna sich eigentlich klar darüber, welchen Blick sie ihr zusandte? Zumindest hinterher war sie es. Das konnte man sehen. So schnell wie Anna versuchte abzulenken.

Maike grinste in sich hinein. Anna fand sie offenbar sexy.

Wie seltsam das für Anna sein mußte, wo sie sie doch am liebsten loswerden wollte. Sicher verwünschte sie die Hartnäckigkeit, mit der sie an ihr festklebte.

6.

Anna sah Maike nach, wie sie vom Hof fuhr, und schüttelte verärgert den Kopf. Wozu fragte die Kommissarin sie eigentlich um Rat? Egal, was sie sagte, Maike ging entweder darüber hinweg oder wußte es besser. Anna war es leid. *Warum läßt du sie nicht einfach machen, wovon sie eh nicht abzuhalten ist?*

Eigentlich stellte Anna sich diese Frage rein rhetorisch. Die Suche nach der Antwort hielt sie länger auf als erwartet. Ja, warum eigentlich? Da sie kein besonderes Interesse daran hatte, der Polizei zu helfen, konnte es ihr egal sein, ob Maike Roloff ihren Rat befolgte oder nicht. Die Entführung dieser Manager war eine dumme Sache. Schlimm für die Angehörigen. Und noch schlimmer für die Männer selbst. Aber war das ihr Bier? Im Grunde genommen ging sie das alles nichts an. Warum ließ sie sich trotzdem da hineinziehen?

Die Antwort auf diese Frage machte Anna wirklich zu schaffen. Denn sie mußte sich eingestehen, daß es ganz allein Maike Roloff war, die sie in dieser Sache interessierte. Wie war das möglich? Es war gerade vierundzwanzig Stunden her, daß sie sich kennenlernten. Und die Frau entsprach nicht dem, was man herkömmlich als nett bezeichnete. Im Gegenteil. Maike war ziemlich belastend und zudem ignorant. *Du würdest gut daran tun, dich nicht weiter um sie zu kümmern.* Und apropos Kümmern: Statt sich den Kopf über Maike zu zerbrechen, sollte sie lieber sehen, daß sie etwas Nützliches tat. Es stand nach wie vor schlecht um ihre Finanzen. Sie brauchte immer noch einen Nebenjob. Also fuhr Anna zum Kiosk, holte die Tageszeitung. Im Anzeigenteil fand sie, abgesehen von den unseriösen Angeboten, mit Heimarbeit in kurzer Zeit ein Vermögen zu verdienen, nicht viel. Moment. Da war doch was: Taxizentrale sucht Telefonistin, nachmittags, vier Stunden täglich. Anna schaute auf die Uhr. Halb elf. Sicher war der Job schon vergeben. An eine zeitigere Anruferin. Doch wenn sie persönlich vorsprach, konnte sie vielleicht etwas erreichen. Anna entschloß sich, in die Stadt zu fahren.

»Wir haben eigentlich schon jemanden«, sagte der junge Mann, der sich Anna als Christoph Krämer und Büroleiter vorstellte. »Doch wenn Sie bereit sind, jetzt sofort eine Probeschicht zu machen . . . Mir ist da noch jemand ausgefallen.«

»Aber ja, kein Problem.« Glück mußte man haben.

»Wenn es gut läuft, können Sie als Aushilfe anfangen. Fällt ja immer mal einer aus. Sie wissen schon: Urlaub, Krankheit. Können Sie mit dem PC umgehen?«

»Im Schlaf.«

»Gut. Wir brauchen auch noch jemanden, der gelegentlich ein paar einfache Arbeiten am Computer macht. Daten erfassen, kleine Statistiken. Trauen Sie sich das zu?«

»Das wird mich unterfordern. Aber damit kann ich leben.«

»Sie sind gut.« Krämer grinste. »Okay Sie haben einen Job. Wenn Sie Fragen haben, wenden Sie sich an Frau Schicht.« Er winkte einer Frau zu, die gerade telefonierte. Sie winkte zurück. »Das ist sie. Frau Schicht ist hier für den reibungslosen Ablauf zuständig. Sie sagt Ihnen, was Sie zu tun haben. Alles klar?«

»Ja.«

Frau Schicht legte auf. Krämer ging zu ihr. Anna folgte ihm. »Das ist Anna Ravensburg«, stellte er sie seiner Mitarbeiterin vor. »Sie soll heute Gabis Platz besetzen. Anna ist nach ihren eigenen Aussagen ein Computergenie. Genau, was du brauchst. Sie kann dir ein paar Arbeiten abnehmen.«

»Willkommen.« Frau Schicht lächelte, wirkte aber deutlich gestreßt.

»Du zeigst Anna dann alles?« fragte Krämer.

Ehe sie antworten konnte, war er verschwunden. Ein Seufzen erreichte Annas Ohr. »Na, dann kommen Sie mal mit.« Sie führte Anna zu einem Schreibtisch. »Das hier ist heute Ihr Platz. Morgen sehen wir weiter. Ich zeige Ihnen schnell unser Koordinierungsprogramm. Es ist ganz einfach. Hier. Sehen Sie.« Sie deutete auf den Bildschirm und erklärte Anna im Eiltempo die notwendigsten Dinge. Nach etwa zehn Minuten traute die sich zu, das Programm zu bedienen. Es war wirklich nicht kompliziert. Anna wurde sich selbst überlassen.

Ihre Probeschicht endete um fünf. Offensichtlich war man mit ihrer Arbeit zufrieden, denn sie sollte am nächsten Tag um eins wiederkommen. Das paßte Anna hervorragend. Sie konnte den Vormittag nutzen, das Stallgebäude umzubauen, von eins bis fünf in der Taxizentrale arbeiten und war zur Fütterung der Tiere am Abend rechtzeitig wieder zu Hause.

Auf dem Heimweg entschloß Anna sich spontan, bei Greta vorbeizufahren. Greta kannte sie aus ihrer Zeit im Gefängnis. Es stimmt übrigens, was man von den Insassen dieser Institution sagt. Die meisten behaupten, unschuldig zu sein. Greta war da anders. Sie gab ihre Tat zu, aber eine Schuld konnte sie nicht darin sehen. Greta hatte ihrer langjährigen Lebensgefährtin Sterbehilfe geleistet. Die Freundin litt an einer besonders schnell fortschreitenden Art des Knochenschwundes, welcher die einst so aktive Bergsteigerin in ein an das Bett gefesseltes, bewegungsloses Wrack verwandelte, dessen Schmerzen am Ende nur noch mit Morphin zu lindern waren. In ihren klaren Momenten bat sie Greta immer wieder, ihr Leiden zu beenden. Schließlich gab Greta nach. Sie verabreichte ihrer Freundin die Spritze mit dem todbringenden Inhalt, da diese selbst dazu nicht mehr in der Lage war. Greta saß an ihrem Bett, sprach zu ihr, hielt ihre Hand, so lange, bis die Freundin eindämmerte und noch länger. Erst als Greta absolut sicher war, daß ihre Freundin tot war, rief sie den Arzt. Wie Greta erzählte, waren die letzten Stunden mit ihrer Freundin die schwersten überhaupt für sie. Bis dahin glaubte sie, während der Jahre zuvor, in denen die Krankheit ihre Freundin und ihr gemeinsames Leben veränderte, schon alles Leid gefühlt zu haben. Doch die Stunden des Wartens auf den Tod ihrer Geliebten waren ungleich schwerer.

Der Richter verurteilte Greta wegen Tötung auf Verlangen. Er legte Greta erschwerend zur Last, daß sie ihr Handeln nicht bereute, und verurteilte sie zu einer Freiheitsstrafe von einem Jahr. Aufgrund der Umstrittenheit des gesamten Themas »Sterbehilfe« war Gretas Fall in der Presse rauf und runter debattiert worden.

Was Anna an Greta am meisten faszinierte, war die Ruhe, mit der sie über ihre Tat sprach. Auch wenn sie es nicht sagte, Anna wußte, Greta würde jederzeit wieder so handeln. Sie kannte im Gegensatz zu Anna kein Schuldgefühl über den Tod des Menschen, den sie verantworten mußte.

Dank Greta lernte Anna das Unabänderliche, das Vergangene zu akzeptieren. Vorher versuchte sie, alles, was mit dem Tod des Wachmannes zusammenhing, zu vergessen. Jetzt analysierte Anna jedes Detail des Tages, an dem alles passierte. Mit dem Ergebnis, daß sie ziemlich bald dahinterkam, daß die Ursache des Unglückes schon Wochen, ja Monate zurücklag. Es waren ihre Art zu leben, ihre radikalen Ansichten, ihre radikalen Freunde. Die Dinge drohten ständig zu eskalieren. Sie hatte keinerlei Kontrolle darüber, was geschah. Wenn sie daran nichts änderte, würde sie schnell wieder vor Gericht stehen. Und wieder und wieder. Am Ende würde sie mehr Zeit im Knast verbringen, als für den Tierschutz zu arbeiten. So hatte sich Anna ihre Zukunft nicht vorgestellt. Ihren Job als Lehrerin an der Grundschule hatte sie bereits verloren. Ebenso die Chance, je wieder an einer anderen Schule zu unterrichten. Sie hatte sich in ihrem blinden Idealismus nur geschadet, für den Tierschutz nicht wirklich etwas erreicht. Diese Erkenntnis traf Anna damals ziemlich hart.

»Schön, dich mal wieder zu sehen«, begrüßte Greta sie.

»Ich weiß. Ich habe mich in den letzten Wochen ziemlich rar gemacht. Entschuldige. Es ist nur, ich habe so viel um die Ohren.«

Greta winkte Anna lächelnd in ihre Wohnung. »Das ist die schlechteste Ausrede der Welt, und das weißt du.«

»Du hättest ja auch mal vorbeikommen können«, versuchte die den Spieß umzudrehen.

»Ja. Da hast du recht. Aber ich habe einen wirklich guten Grund, warum ich nicht konnte.«

»Und der wäre?«

»Ich bin verliebt.«

»Nein!« rief Anna.

Greta grinste verlegen. »Doch. Ich kann es selbst kaum glauben. Ich meine, ich werde in ein paar Wochen fünfzig.«

»Was hat das damit zu tun?«

»Offenbar nichts. Meine Gedanken drehen sich nur um sie und wie ich sie wiedersehen kann.«

»Wer ist sie? Und weiß sie es?« fragte Anna neugierig.

»Nein, sie ahnt nichts davon. Es ist eine meiner Kundinnen.«

»Wie gut, daß du Friseurin bist und nicht Zahnärztin. Da siehst du sie doch spätestens in zwei Monaten wieder.«

»Sie sagte, sie muß zu einem Vorstellungsgespräch. Nach dem Zustand ihrer Haare schneidet sie sonst selbst. Ich glaube, als Zahnärztin wäre meine Chance, sie wiederzusehen, fast größer.« Greta seufzte.

»Vielleicht bekommt sie die Stelle. Dann braucht sie zukünftig eine ordentliche Frisur«, entgegnete Anna.

»Und was, wenn nicht? Ich habe im Bestellbuch nachgesehen. Sie heißt Grossmann. Im Telefonbuch gibt es vierzehn Einträge zu diesem Namen. Die meisten sind männlich. Es könnte natürlich der Name ihres Ehemannes sein. Andererseits, verheiratete Frauen schneiden sich die Haare nur sehr selten selbst.«

»Ruf einfach alle an«, schlug Anna vor.

Greta wiegte unentschlossen den Kopf. »Und was soll ich sagen?«

»Sag, du hast im Salon nach Feierabend eine Handtasche gefunden und telefonierst die heutigen Kundinnen durch.«

»Es ist eine Woche her, daß sie da war.«

»Dann hast du so lange damit gewartet, weil du dachtest, der Verlust der Tasche würde bemerkt und selbige abgeholt werden.«

»Aber sie hat keine Handtasche verloren. Ergo kann ich sie auch nicht wiedersehen, weil sie kommt, um sie abzuholen.«

Anna lachte. »Natürlich nicht, du Schaf. Du willst doch bloß herausfinden, welche der Grossmanns in deinem Salon war. Hast du erst ihre Telefonnummer und Adresse, ist alles andere deiner Einfallsgabe überlassen. Du hast doch noch nicht verlernt, wie man mit Frauen flirtet?«

»Es ist lange her. Seit damals . . .« Greta unterbrach sich.

Anna nahm Greta in den Arm. »Du weißt, du hast ein Recht auf ein Leben danach«, sagte sie. »Und du hast dir lange damit Zeit gelassen.«

»Ja. Nun ist es einfach passiert.«

»Das ist doch schön. Ich hoffe, du findest sie wieder.« Anna grinste. »Und wenn nicht, sag mir Bescheid. Ich habe seid Neuestem gute Verbindungen zur Kripo. Ich kenne dort jemanden, der mir einen Gefallen schuldet. Das sollte für einen Suchlauf in der Einwohnermeldekartei reichen.«

Greta sah ihre Freundin ungläubig an. »Sag das noch mal.«

»Krieg dich ein. Ich habe nicht gesagt, daß ich für die arbeite.«

»Was machst du dann?«

»So 'ne Art Babysitter. Ja, ich glaube, das trifft es am besten.«

»Erklär dich genauer. Oder ist es ein Geheimnis?«

Anna erzählte Greta von Maike Roloff, ihrem Plan und ihrer Rolle darin.

»Warum hast du nicht einfach Nein gesagt?« Greta sah sie fragend an. »Du sagst doch selbst, daß das Ganze eine Schwachsinnsidee ist.«

Anna seufzte. »Ja, natürlich ist es das. Aber Maike ist besessen von ihrer Idee. Was blieb mir also anderes übrig? Außerdem . . .«, sie zögerte. »Außerdem hat sie mich irgendwie ausgetrickst.«

»Wie bitte? Was soll das heißen?«

»Das soll heißen, ich weiß nicht, wie sie es anstellte. Ich sagte so was wie es wäre nicht mein Job, ihr zu helfen, sich umzubringen, sie erwiderte, ich wäre nicht immer so bedacht um das Leben anderer Menschen gewesen. Sie provozierte mich.«

»Die Frau hat ganz schön Haare auf den Zähnen, was?«

»Aber hallo. Das kannst du laut sagen.«

»Und nun?«

»Nun bin ich gespannt, wie es weitergeht. Heute abend macht sie bei einer Tierbefreiungsaktion mit. Sie glaubt tatsächlich, daß sie im Anschluß mit hipp, hipp, hurra von den anderen begrüßt wird. Ich habe versucht ihr klarzumachen, daß das so nicht funktioniert.«

»Mit mäßigem Erfolg, wie ich in deinem Gesicht sehen kann.«
»Mehr als mäßig bis gar keinen«, bestätigte Anna.
»Okay, was soll's. Die Frau ist erwachsen und muß wissen, was sie tut. Du hast getan, was du konntest, sie zu warnen. Nun ist es nicht mehr deine Sache.«
Genau das hatte Anna sich auch schon mehr als einmal gesagt. Aber leider fühlte sie sich dadurch nicht besser. »Laß uns lieber von was anderem reden«, bat sie. Es brachte ja nichts, sich unnütz Gedanken zu machen.
Greta nickte. »In Ordnung. Sag mir: Was macht deine Tierstation?«
Anna seufzte erneut. »Es geht alles sehr langsam. Ein Sponsor wäre nicht schlecht. Aber wer sollte mich schon sponsern? Also habe ich einen Nebenjob angenommen. Ich komme gerade von meiner ersten Schicht.«
»Du hast einen Job bekommen? Gratuliere. Es gibt doch noch unvoreingenommene Personalleiter.«
»So offiziell war es nicht. Nach Papieren fragte keiner. Hauptsache ich konnte gleich anfangen.«
»Das gibt es noch?«
»Offensichtlich.«
»Es ist doch legal?«
»Ja, was denkst du denn?«
Greta biß nachdenklich auf ihren Lippen herum.
»Glaubst du mir nicht?« fragte Anna beleidigt.
»Doch, doch. Ich denke gerade an das, was du über einen Sponsor sagtest. Warum druckst du nicht einen Flyer? Ich lege ihn in meinem Geschäft aus. Vielleicht findet sich ja jemand, der sich engagieren will.«
»Klar. Ein Vertreter für in Tierversuchen getestete Haarkosmetik. Nein, danke.«
»Wie nett, daß du mich daran erinnerst, daß ich täglich den Tod vieler kleiner, niedlicher Ratten und Mäuse mitzuverantworten habe. Ich fühle mich schuldig. Wirklich. Aber von irgend etwas muß ich ja leben. Und meine Kundinnen lieben es nun mal nicht, die Haare mit fettiger Gallseife gewaschen zu bekommen. Sie bevorzugen unverständlicherweise wohlduftende Produkte, die keine Ausschläge verursachen. Und eine Dauerwelle ist nun mal ef-

fektiver als Lockenwickler.«

»Ich wasche mir meine Haare nicht mit Gallseife. Es gibt Produkte, die ohne Tierversuche und ökologisch vertretbar hergestellt werden.«

»Ich weiß. Du wirst es nicht glauben, ich verwende sie ab und zu selbst.«

»Warum bist du dann plötzlich so aggressiv?«

»Habe ich damit angefangen?«

Anna sah Greta verdattert an. Dann dämmerte ihr, was sie meinte. »Entschuldige.«

»Du bist und bleibst ein hoffnungsloser Fall.« Greta schüttelte den Kopf. »Wann lernst du endlich, daß du die Welt nicht retten kannst?«

»Und du wirst nie begreifen, daß genau diese Einstellung es ist, die Passivität schafft.«

Greta nickte. »Ja. Aber eines mußt du mir verraten: Warum hilfst du dieser Kommissarin eigentlich? Dir ist doch klar, daß sie hinter deinen Leuten her ist.«

Anna hob zu Protest an.

»Okay, deinen ehemaligen Leuten«, verbesserte sich Greta. »Ihr habt unterschiedliche Auffassungen in dem Punkt, wie man Tierschutz in die Tat umsetzen soll. Aber ich nehme dir nicht ab, daß dich diese Manager auch nur einen Hauch scheren. Es sind Leute wie sie, die für Tierversuche verantwortlich sind. Und du verachtest solche Menschen aus tiefstem Herzen. Ihr Schicksal läßt dich kalt. Also, warum hilfst du der Frau?«

7.

Sie saßen zu acht zusammengedrängt auf der Ladefläche des kleinen Lieferwagens und warteten. Die Späher waren schon seit einer Stunde beim Objekt und beobachten es. In Claudias Funkgerät knackte es. »Wir gehen jetzt ran und legen die Köder mit dem Betäubungsmittel für die Wachhunde aus. Ihr könnt dann kommen.«

Claudia gab dem Fahrer ein Zeichen. Der Lieferwagen fuhr an. Die anderen kontrollierten noch mal ihre Ausrüstung. Handschuhe, Bolzenschneider, Leinen. Claudia drückte Maike eine Videokamera in die Hand. »Hier«, sagte sie. »Du wirst eine Menge zu sehen bekommen. Nimm alles auf. Die Tiere, die engen Zwinger, alles.«

Maike nickte beklommen. Langsam wurde ihr mulmig im Magen. Nicht, weil sie wie die anderen befürchten mußte, den Abend nicht zu Hause, sondern beim Verhör auf der Polizeiwache zu beenden. Sondern weil alles so unwirklich war.

Am Holpern des Wagens konnte Maike erkennen, daß sie von der Bundesstraße auf einen unbefestigten Waldweg abfuhren. Der Fahrer schaltete die Scheinwerfer aus. Sie fuhren ohne Licht durch die stockdunkle Nacht. Dann stoppte der Lieferwagen. Sie stiegen leise aus und schlichen zu dem Gelände des von Büschen versteckten Zuchtbetriebes. Schilder am Zaun warnten vor bissigen Hunden. Die lagen bereits betäubt auf dem Gelände und wurden als Erstes von den Tierbefreiern in Sicherheit gebracht.

Es war Maike immer klargewesen, daß Tierzucht nichts für Leute mit sensiblen Nerven ist. Aber sie hielt sich auch nicht für übermäßig sensibel. Sie hatte schon die eine oder andere Reportage über Mißstände in Mastbetrieben im Fernsehen gesehen. Auch die brutalen Bilder aus den Versuchslaboren von Covance in Münster, die sie bei ihrer Recherche im Internet fand, hatten sie wirklich schockiert. Doch verfolgten die Gedanken daran sie nun nicht Tag und Nacht. Wer glaubt, Fleischproduktion bedeute, man wartet, bis ein Tier an Altersschwäche stirbt, oder Medikamentenentwicklung stützt sich auf Sternenguckerei, lebt in einer Traumwelt. Die Realität zeigt sich oft weniger schön, als man sie sich wünscht. Das ist eine Tatsache, mit der man sich natürlich nicht gern auseinandersetzt. Man schiebt die unbequemen Dinge von sich weg und schläft jeden Abend ruhig ein.

Eines wußte Maike sicher: Sie würde heute nacht nicht ruhig schlafen. Schon allein der üble Geruch nach Urin, der ihr entgegenschlug, als sie das Gebäude betraten, würde ihr noch tagelang in der Nase hängen und dafür sorgen, daß sie das Bild, das sich ihr hier bot, nicht vergaß. Der große Raum, früher vielleicht mal eine Lagerhalle, war vollgepfropft mit Käfigen. Wohlgemerkt, viel zu kleine Käfige für die Hunde, welche die ganze Nacht darin eingepfercht waren. Beim Anblick all der traurigen Hundeaugen wurde Maike buchstäblich schlecht. Die Tiere konnten nur ahnen, daß ihre Zukunft nicht besonders rosig aussah. Maike wußte es. Sie kannte ihr Schicksal: Den Tod. Offen war nur die Frage, wodurch. Die glücklicheren unter ihnen starben schnell beim ersten oder zweiten künstlich hervorgerufenen Herzinfarkt. Die weniger glücklichen litten noch Tage oder Wochen nach der Injektion giftiger Substanzen, bevor sie getötet wurden, damit ihre Organe entnommen und untersucht werden konnten.

Maike schaltete die Kamera an, stellte auf Weitwinkel, so daß sie eine Aufnahme vom Raum bekam. Anschließend nahm sie verschiedene Tiere ganz nah auf. Dann schwenkte sie mit dem Suchobjektiv im Raum herum – und sah das reine Bild des Jammers: Einer der Hunde war noch im Käfig angebunden, und zwar so kurz, daß er seinen Wassernapf nicht erreichen konnte. Warum band man ein Tier an, das schon in einem Käfig gefangen war? Es war der reine Zynismus. Die reine Grausamkeit. Der Hund war tot. Im Gesicht der armen Kreatur stand das ganze Leid des Todeskampfes. Der Körper lag unnatürlich gekrümmt. Die Augen standen offen, blickten Maike starr und verständnislos an. Sie schluckte. Wer machte so etwas?

In diesem Moment verstand sie Claudia und ihre Sinnesgenossen. Menschen, die für so etwas verantwortlich waren, durften nicht ungestraft bleiben. Aber die geltenden Gesetze, und die kannte Maike gut, beschränkten sich in diesen Fällen, wenn sie denn zur Anzeige kamen, auf Geldstrafen. Eine viel zu milde Strafe. Die Versuchung, Selbstjustiz zu üben, war da groß. Besonders, wenn man sich in einer Gruppe bestätigt und geschützt fühlte. Und war es auf eine gewisse Weise nicht gut, daß es Leute wie Claudia gab, die Mut zur Aggressivität hatten? Gäbe es sie nicht, läge der Kampf gegen das Leiden der Tiere noch mehr im Verborgenen.

»Los, wir öffnen die Käfige und bringen die Tiere nacheinander zum Lieferwagen«, sagte Claudia neben ihr. »Du mußt uns helfen, damit es schneller geht.« Maike besann sich, weshalb sie eigentlich hier war. »Komm schon«, drängte Claudia. »Es zählt jede Minute.« Claudia lief zu den Käfigen, öffnete den ersten und hatte Mühe, einem der verängstigten Tiere habhaft zu werden. Maike filmte sie dabei. Dann schaltete sie die Kamera aus und half ihr. Als sie das Tier endlich so weit beruhigt hatten, daß es sich das Band anlegen und führen ließ, durchströmte Maike ein Glücksgefühl, wie sie es noch nie vorher erlebt hatte. Es stand in ihrer Macht, dieses Geschöpf aus seiner Gefangenschaft zu befreien und vor einem grausamen Schicksal zu bewahren. In Zukunft würde es ein Leben in einer Umgebung leben, die seiner Art gerecht wurde. Dafür hatte die Gruppe bereits vor der Aktion gesorgt. Man hatte Plätze gefunden, wo diese Hunde leben würden, bei Menschen, die sich verantwortungsbewußt um die Tiere kümmerten. Annas Worte kamen Maike in den Sinn. »Sie werden feststellen, daß der Tierschutz eine Sache ist, für die zu kämpfen gut tut.« Ihre Antwort war gewesen: »Ich habe gelernt, meine Fälle objektiv zu betrachten, ohne überflüssige Gefühlsduselei.« Doch wenn sie ehrlich war, mußte Maike einräumen, in diesem Fall hatte sie ihre Schwierigkeiten damit.

8.

Gretas Frage schwirrte Anna am nächsten Morgen immer noch durch den Kopf. Warum half sie Maike Roloff und arbeitete damit direkt für die Gegenseite? Gut, sie für ihren Teil lehnte es ab, Leute zu entführen, um Forderungen durchzusetzen. Aber mußte sie sich deshalb einmischen, wenn andere es taten? Sie teilte immerhin deren Motive. Das war wenigstens eine Gemeinsamkeit. Mit Maike Roloff hatte sie keine. Sie sollte dies Maike höflich, aber bestimmt klarmachen, damit das Ganze ein Ende nahm.

Anna war gerade fertig mit der Morgenfütterung und schloß den Stall mit den Tierunterkünften ab, da tauchte Maike bei ihr auf. Gut, dachte sie. Je eher, je besser. Da konnte sie ihr gleich sagen, was Sache ist. Doch noch bevor Anna dazu kam, den Mund aufzumachen, sprudelte es nur so aus Maike heraus. »Ich habe fünf Hunde befreit. Alle zusammen waren es dreiundzwanzig. Leider konnten wir nicht mehr auf unserem Lieferwagen unterbringen.«

Die Begeisterung in Maikes Stimme war nicht zu überhören. Mehr noch. Anna konnte sie nachfühlen. Man fühlte sich groß nach so einer Aktion. Sie hatte es selbst oft erlebt.

Statt Maike wie geplant ihren Ausstieg aus dem Fall zu erklären, ließ Anna sich ablenken. »Seien Sie auf der Hut«, warnte sie. »Ehe Sie sich versehen, entgleitet Ihnen die Sache.«

»Keine Bange. Ich weiß, was ich tue«, versicherte Maike bestimmt. Etwas zu bestimmt, wie Anna fand. Sie merkte deutlich, daß Maike sich in einem Zwiespalt befand.

»Wie fühlen Sie sich?« fragte sie Maike.

»Phantastisch.«

»Wann haben Sie sich das letzte Mal so gefühlt?«

»Als ich meine erste Beförderung erhielt. Ich wußte, das war richtig.«

»So wie gestern nacht?«

»Ja«, antwortete Maike prompt. Sie stutzte.

Anna schaute sie nur an, sagte nichts.

»Aber damit meine ich nicht das Befreien von Tieren«, versuchte Maike sich herauszureden. »Das war nur ein angenehmer Nebeneffekt meiner Ermittlungsarbeit.«

Unter Annas eindringlichem Blick lenkte sie widerwillig ein: »Gut. Vielleicht habe ich mich ein wenig mitreißen lassen.«

Anna lächelte. »Sie brauchen sich deswegen nicht zu schämen. Tieren zu helfen, ist ein heroisches Ziel.«

»Ohne Zweifel«, entgegnete Maike. »Aber mein Ziel ist es, die Entführer zu finden oder besser deren Opfer. Am liebsten natürlich alle. Und das verliere ich nicht aus den Augen«, versicherte Maike und legte dabei so viel Überzeugungskraft wie möglich in ihre Stimme. Doch fragte sie sich zweifelnd: War es wirklich so? Verlor sie ihr Ziel nicht aus den Augen? Letzte Nacht jedenfalls hatte sie wenig Gedanken an den Fall verschwendet. Dafür um so mehr an die Tiere.

Ruhig Maike, ermahnte sie sich. *Natürlich kann man sich solchen Bildern nicht entziehen. Das heißt aber noch lange nicht, daß du plötzlich die Seiten wechselst. Auch wenn Anna das gern sehen würde. Konzentrier dich auf deinen Job, wie du es immer tust.*

»Diese Bewegung, nicht zuletzt Claudia, kann sehr einnehmend, sehr überzeugend sein«, sagte Anna und hatte wohl recht damit.

Doch hatte Maike ja eben beschlossen, sich damit nicht weiter auseinanderzusetzen. Also lenkte sie ihre Überlegungen in eine ganz andere Richtung. Ihr war aufgefallen, daß Anna entweder warnend die Stimme erhob oder sich verschloß, wenn die Sprache auf Claudia kam. Und Maike hatte mittlerweile einen Verdacht, warum das so war. Anna und Claudia mußten ein besonders enges Verhältnis zueinander gehabt haben. Nachdem Maike mit ziemlicher Sicherheit wußte, daß Anna auf Frauen stand, war es ja möglich, daß sie mit Claudia liiert gewesen war. »Wie gut kennen Sie Claudia wirklich?« fragte sie aus diesem Gedanken heraus.

Anna verschloß sich sofort. »Wozu wollen Sie das wissen?«

»Aus Neugier, aus Interesse.« Maike zuckte mit den Schultern. »Damit ich Claudia besser einschätzen kann.«

Anna seufzte. »Ich wollte nie wieder Claudias Namen hören. Und bis Sie hier auftauchten, klappte das auch prima. Wenn Sie mir also auch mal einen Gefallen tun wollen, lassen Sie mich mit dem Thema einfach in Ruhe.« Ihre Stimme klang müde.

»Aber das kann ich nicht. Tut mir leid. Ich brauche diese Informationen für den Fall.«

»Sie und Ihr Fall können mir mal den Buckel runterrutschen«, brach es plötzlich aus Anna heraus. Sie hatte sich schon gestern beherrschen müssen, nun war es damit unüberhörbar vorbei. Mit lauter Stimme sagte sie: »Was bilden Sie sich ein, sich einfach in mein Leben einzumischen? Haben Sie nichts Besseres zu tun? Jagen Sie Ihre Verbrecher, aber tun Sie das bitte nicht mehr hier bei mir. Gehen Sie! Meine Geduld ist erschöpft.«

»Waren Sie beide ein Paar?« fragte Maike und erschrak über sich selbst, als ihr klar wurde, daß das nun wirklich nichts mit dem Fall zu tun hatte. Anna schüttelte nur matt den Kopf. »Hören Sie denn nicht wenigstens *ein einziges Mal* zu? Ich bat Sie zu gehen.«

Es war unübersehbar, wie Anna sich quälte. Erstaunt stellte Maike fest: Anna so traurig zu sehen, tat ihr weh. Mit entschuldigender Stimme sagte sie: »Ich bin wohl eine ziemliche Nervensäge in Ihren Augen, was?«

Anna verdrehte die Augen. Das war die Untertreibung des Jahrhunderts. Aber immerhin erkannte Maike es endlich. Nur leider ging sie deshalb trotzdem nicht.

Anna seufzte. Daß Maike sie in ihren Fall einspannte, ohne sie groß zu fragen, war eine Sache und unangenehm genug. Daß sie jetzt nicht locker ließ, was ihr früheres Verhältnis zu Claudia betraf, war nicht nur unangenehm, sondern ging eindeutig zu weit ins Persönliche.

»Warum wollen Sie wissen, was zwischen Claudia und mir war? Ich habe gesagt, daß Sie sich vor ihr in acht nehmen müssen, daß sie fanatisch und skrupellos ist. Brauchen Sie noch mehr, um Claudia einzuschätzen?«

Maike errötete. Oder bildete Anna sich das nur ein?

»Es ist, wie sie im Film immer hören«, meinte Maike jetzt. »Jedes noch so kleine Detail, jede Information kann wichtig sein. Auch wenn Sie vielleicht denken, das hat mit dem Fall gar nichts zu tun.«

»Also gut«, gab Anna nach. Im Grunde war es ja auch egal. Sie konnte Maike doch erzählen, daß Claudia und sie einmal zusammen waren. Was scherte es sie, was Maike von dieser Beziehung hielt. Ihre Meinung über sie war sicher ohnehin nicht die beste. »Ich erzähle Ihnen die Geschichte. Aber dann gehen Sie und lassen mich ein für alle Mal in Ruhe.«

Maike nickte. Anna winkte, ihr ins Haus zu folgen. Sie brauchte einen Kaffee.

»Ja, Claudia und ich waren ein Paar«, begann Anna leise, als sie am Küchentisch saßen. »Wir hatten dieselben Ziele, waren bereit, dafür zu kämpfen, wenn nötig mit Gewalt. Fünf Jahre lang führte ich ein Doppelleben. Tagsüber arbeitete ich als Lehrerin in einer Grundschule. In meiner Freizeit engagierte ich mich gemeinsam mit Claudia in der autonomen Tierbewegung. Wir kundschafteten mit Gleichgesinnten Universitäten, Versuchstierhändler und Labors aus, um dann Monate später nachts zuzuschlagen und Versuchstiere aus ihren Käfigen zu befreien. Bis bei einer dieser Aktionen ein Wachmann ums Leben kam. Den Teil der Geschichte kennen Sie. Ich wurde zu einer Gefängnisstrafe verurteilt. Claudia besuchte mich regelmäßig. Sie erzählte, wie stolz alle auf mich waren. Sie verstand nicht, warum ich mich wegen des toten Wachmannes schlecht fühlte. Ich war mit meinen Alpträumen allein. Bis Greta auf meine Zelle kam. Ihre Geschichte war eine ganz andere. Eine, die mir klarmachte, daß die Vergangenheit nicht mehr veränderbar ist. Aber die Zukunft. Wenn sich so etwas wie der Tot des Wachmannes nicht wiederholen sollte, mußte ich etwas dafür tun. Ich besprach mit Claudia, daß wir die Gruppe umstrukturieren müssen, erklärte ihr, daß wir uns eine klare Grenze in der Wahl der Mittel setzen mußten, arbeitete eine Art Regelwerk aus, welches ich ihr mitgab, daß sie es in die Gruppe trug. Ich machte den Fehler, ihr zu vertrauen. Ich glaubte ihr, als sie sagte, daß sie mir zuliebe ihre radikalen Ansichten ändern wolle und versuchen würde, auch die Gruppe zu überzeugen. Als ich entlassen wurde, ging ich davon aus, in eine gemäßigte Gruppe zu kommen. Vielleicht mit ein paar Mitgliedern weniger, aber na ja. Wie groß war meine Überraschung als ich feststellen mußte, daß Claudia genau in die entgegengesetzte Richtung gearbeitet hatte. Sie hatte mich zur Märtyrerin, zum Idol der Gruppe gemacht. Ironie des Schicksals. Die Rolle des Idols hätte mir früher sicher gefallen. Nun war ich schockiert.

Claudia tat überrascht. Sie sagte, sie ging davon aus, ich hätte ihr diese neuen Regeln nur mitgegeben, um die Gefängnisleitung zu täuschen, für den Fall, daß die Post durchgelesen wurde. Sie sei sich absolut sicher gewesen, daß ich all das Gerede über gemäßigte Aktionen nicht ernst meinte. Sie war angeblich der Meinung, in meinem Sinn gearbeitet zu haben. So stellte sie es nach außen hin dar. Aber wir beide, Claudia und ich, wußten, daß sie mich bewußt hinterging. Sie wollte in jedem Fall verhindern, daß ich zu anderen der Gruppe Kontakt aufnahm. Sie brauchte mich ja als Märtyrerin.

Ich verließ sowohl Claudia als auch die Gruppe. Was nicht so einfach war, wie es klingt. Als Mitglied einer radikalen Gruppe scheidet man nicht einfach aus. Man steht als Verräter da. Und das läßt man dich spüren. Plötzlich spielt es keine Rolle mehr, was du alles geopfert hast. Niemand fragt nach dem Grund für deinen Meinungswechsel. Abgesehen davon, daß ich sowieso schon keinen Job mehr hatte, mußte ich meine Wohnung aufgeben, um den fortwährenden Attacken zu entgehen. Ich fand diesen Hof hier und startete mit dem Projekt Tierstation.« Anna schwieg.

Maike ebenfalls. Zum ersten Mal sah Anna die Kommissarin nachdenklich.

»Was will ich damit sagen?« fragte Anna rhetorisch. »Ganz simpel. Obwohl Claudia und ich ein Paar waren, machte es ihr nichts aus, mich zu hintergehen. Später hat sie sogar Schikanen gegen mich veranlaßt. Claudia kennt keine Freunde, wenn es um ihre Sache geht. Sie, Maike, als jemand, den Claudia zufällig in einer Kneipe aufgelesen hat, dürfen keine Sekunde glauben, Claudia sieht in Ihnen etwas anderes als ein Werkzeug. Sie benutzt Sie einfach, so lange sie denkt, Sie nutzen ihrer Sache. Findet sie heraus, wer Sie sind, sollten Sie besser mit dem Schlimmsten für sich rechnen. Das will ich damit sagen.«

»Aber Sie haben Claudia doch mal geliebt. Es muß also etwas geben, was sie liebenswert macht.«

Anna fand es etwas komisch, daß Maike sie das fragte, aber nun hatte sie schon so viel von sich preisgegeben, warum nicht auch noch den Rest? »Nun ja. Wie gesagt, damals hatten wir dieselben Ansichten. Aber darüber hinaus ist Claudia eine selbstsichere, hübsche Frau. Sie ist klug. Sie ist sehr leidenschaftlich, während ich immer sehr zurückhaltend war. Menschen, die aus sich herausgehen können, haben mich immer fasziniert.«

»Und Sie merkten nicht, daß sie Sie täuschte?«

»Vielleicht hatte ich manchmal den Verdacht. Ich wußte ja, wie absolut Claudia dachte. Aber ich verdrängte die Zweifel. Ich wollte ihr vertrauen. Sie war meine Geliebte und Freundin, die Gruppe, meine Familie. Das alles ist jetzt schon zwei Jahre her. Trotzdem vermisse ich manchmal die Gruppe, das Gefühl des Zusammenhalts. Sie können sich nicht vorstellen, wie stark es mich machte, auch in allen anderen Dingen des Alltags. Ich gebe zu, ab und zu bereue ich meinen Ausstieg. Ich denke dann, ich hätte lieber versuchen sollen, die Gruppe nach und nach auf meine Seite zu ziehen. Es gab sicher noch Zweifler, die auf meine Rückkehr warteten. Nun, wo es keinen Widersacher mehr gab, hatte Claudia natürlich leichtes Spiel mit ihnen.«

»Warum haben Sie mit diesen Zweiflern nicht Ihre eigene Gruppe gebildet?«

»Damals war ich einfach so enttäuscht, daß ich mit all dem schlichtweg nichts mehr zu tun haben wollte. Ich fühlte mich plötzlich total ausgebrannt.«

Anna schaute versonnen vor sich hin. Sie wirkte in diesem Moment sehr zerbrechlich. Maike legte ihre Hand auf Annas. »Ich verstehe Sie. Manchmal geht es mir auch so. Da fühle ich mich einfach nur müde, ohne jede Energie. In solchen Momenten frage ich mich, warum alle von mir erwarten, daß ich auf jede Frage eine Antwort habe, für jedes Problem eine Lösung. Warum stehe ich jeden Morgen auf und tue, was ich tue? Warum bleibe ich nicht einfach mal liegen und mache einen Tag blau? Die Welt dreht sich auch mal ohne mich weiter.«

»Ja, so in etwa dachte ich damals auch.« Anna sah Maike erstaunt an. »Daß Sie das kennen, hätte ich allerdings nicht erwartet.« Sie sah auf Maikes Hand, die auf ihrer lag. Maike zog sie verlegen zurück. »Entschuldigung«, murmelte sie. »Ich wollte nicht ...« Maike brach ab.

»Es muß Ihnen nicht peinlich sein. Ich kenne sehr wohl den Unterschied zwischen einem Annäherungsversuch und einer tröstenden Gebärde. Danke für Letzteres.« Annas Stimme klang sachlich. Sie hatte sich wieder gefangen. Und Maike war es äußerst unangenehm, daß sie so viel Gefühl gezeigt hatte. Natürlich reines *Mit*gefühl, wie sie sich sagte. Trotzdem fühlte sie sich unwohl in ihrer Haut. Zu allem Überfluß erinnerte sie sich daran, daß Anna sie eigentlich bereits rausgeschmissen hatte.

»Möchten Sie noch einen Kaffee?« fragte Anna.

»Äh, ja. Danke«, stotterte Maike.

Annas forschender Blick traf sie. »Was ist los?«

»Ich dachte, Sie wollten mich loswerden«, antwortete Maike direkt.

Nun schien auch Anna sich darauf zu besinnen. Sie lächelte leicht. »Das ist wahr. Sie bringen meinen gewohnten Lebensrhythmus durcheinander. Sie stressen mich.«

»Ich stresse Sie?« Maike verstand nicht. »Wie das?«

»Absurderweise fühle ich mich für Sie verantwortlich. Allein die Aktion gestern abend. Es hätte sonst was passieren können.«

»Ach kommen Sie. Es war absolut ungefährlich. Das Schlimmste, was passieren konnte, war, daß wir verhaftet worden wären. Und das wäre ja für mich das geringste Problem gewesen.«

»Denken Sie! Und was ist mit den Sicherheitskräften?«

»Welche Sicherheitskräfte?«

»Die des Objektes, in das Sie eingedrungen sind, natürlich.«

»Da waren nur ein paar Wachhunde.«

»Und was, wenn Sicherheitskräfte dagewesen wären? Wenn nun

einer dieser Leute die Nerven verloren und geschossen hätte? Was dann?«

»Die Gruppe recherchiert das vorher gründlich.«

»Wie mein Fall zeigt, kann so eine Recherche fehlerhaft sein.«

»Das ist natürlich möglich. Aber ... Anna, mein Job bedeutet immer ein gewisses Risiko. Sie müssen es mir überlassen, für wie gefährlich ich die Situation einschätze.« Maike wußte, ihre Worte klangen überheblich, auch wenn sie nicht so gemeint waren. Deshalb setzte sie erklärend hinzu: »Für Sie sieht es so aus, als höre ich Ihnen nicht zu. Doch da irren Sie sich.« Und in einem Anfall von Galgenhumor rutschte Maike heraus: »Zum Beispiel weiß ich aus dem, was Sie mir erzählt haben, daß ich versuchen könnte, mit Claudia zu flirten, um so an Informationen zu kommen. Das war ein nützliches Detail.« Annas Gesichtsausdruck zeigte eine Mischung aus Enttäuschung, Ungläubigkeit und – ja – Ekel.

Maike war entsetzt. Anna glaubte wirklich, sie würde sich für ihren Job, genauer gesagt für ihre Karriere, prostituieren. Anna hatte ja wirklich ein phantastisches Bild von ihr. Sie mußte hier wohl mal was klarstellen.

»Anna!« Maike verlieh ihrer Stimme einen, wie sie hoffte, überzeugenden Ton. »Das war ein Scherz!«

Zunächst schwieg Anna. Dann nickte sie verstehend. »Ein Scherz.« Sie klang wenig begeistert. »Freut mich, wenn Sie die Sache amüsiert.«

Maike kam nicht mehr mit. Offensichtlich hatte sie schon wieder etwas Falsches gesagt. Aber was? Dann kam sie drauf. »Ich amüsiere mich doch nicht darüber, daß Sie lesbisch sind.« Anna blickte skeptisch. Es half wohl nichts. Sie mußte sich »offenbaren«. Im Grunde war es nur recht und billig. Immerhin hatte auch Anna vor ihr ihr Innerstes nach außen gekehrt. Maike nahm erneut Annas Hand. Anna wollte sie zurückziehen, doch Maike hielt sie fest, sah Anna in die Augen.

»Das tue ich ganz bestimmt nicht. Ich ... ich ... « Zu Maikes eigener Verwunderung tat sie sich schwer mit ihrem Bekenntnis. »Ich habe wirklich überhaupt keine Veranlassung ... im Gegenteil, ich ...« *Was stotterst du denn hier zusammen, Maike?!*

»Nun brechen Sie sich mal nichts ab. Sie können meine Hand wieder loslassen.«

Maike wußte nicht, warum – sie tat es nicht. Vielleicht, weil sie Anna, wenn sie schon nichts Vernünftiges sagte, wenigstens zeigen wollte, daß sie sich weder lustig machte noch voreingenommen war. Sie hoffte, Anna würde ihre Geste richtig deuten. Und sie hoffte auch, die Unruhe, die sie unerklärlicherweise verspürte, würde verschwinden. Maike sah Anna an, lächelte zaghaft, brachte es aber nicht auf die Reihe, ihr zu sagen, daß auch sie Frauen liebte. *Warum?* fragte sie sich. Sie vergab sich doch nichts dadurch. Im Gegenteil, vielleicht wäre Anna aufgeschlossener ihr gegenüber. Immerhin hätten sie dann wenigstens *eine* Gemeinsamkeit. Befürchtete sie, Anna würde ihr dann Avancen machen? Oder befürchtete sie, Anna würde ihr keine machen? Wollte sie was von Anna? Wenn ja, was? – So viele Fragen, und nicht die Spur einer Antwort. Nur Verwirrung. Sie stand auf und ließ dabei endlich Annas Hand los. »Entschuldigung. Ich glaube, ich fahre jetzt besser.« *Ansonsten mache ich mich noch völlig zur Närrin.* Sie spürte Annas verwunderten Blick in ihrem Rücken, als sie eilig die Küche verließ.

9.

Claudia rief Maike auf ihrem Handy an, gerade als sie von Annas Hof fuhr. Maike stand immer noch völlig neben sich. Es fiel ihr unglaublich schwer, sich auf das zu konzentrieren, was Claudia sagte. Die wollte sich mit ihr treffen. Sie verabredeten sich in einem Café in einer halben Stunde.

Nicht viel Zeit, um wieder in Form zu kommen. *Kannst du mir mal erklären, was zum Teufel eben mit dir los war, Maike!?* Nein, das konnte sie nicht. *Es gibt jetzt auch Wichtigeres,* schob Maike das Problem mit gutem Grund, wie sie sich versicherte, auf einen späteren Zeitpunkt. Sie mußte jetzt ihr Augenmerk auf das Treffen mit Claudia richten. Nach der ersten gemeinsamen erfolgreichen Aktion hoffte Maike, Claudias Vertrauen gewonnen zu haben.

Zu Recht, wie sie wenige Minuten später feststellte. Denn als sie ins Café kam und sich zu Claudia an den Tisch setzte, offenbarte ihr diese nach nicht einmal zwei Minuten: »Wir planen eine neue Aktion.«

»Bin dabei«, sagte Maike wie aus der Pistole geschossen.

Claudia lächelte breit, schob ihr den Cognac hin, den sie bereits vor Maikes Ankunft bestellt hatte. Normalerweise trank Maike vormittags keinen Alkohol. Er machte sie nur müde und schlapp für den Rest des Tages. Doch Claudia sagte: »Auf unseren gestrigen Erfolg.« Da Maike sie bei Laune halten wollte, prostete sie ihr zu: »Auf unseren Erfolg.«

»Du hast dich gut geschlagen«, sagte Claudia. »Als wärst du schon Jahre dabei. Keine überflüssigen Fragen, keine rührselige Empfindsamkeit. Ich bin beeindruckt. Viele Anfänger übergeben sich nach so einer Aktion erst mal gründlich. Vor Angst oder Ekel oder beidem.«

Maike versuchte zu ergründen, worauf Claudia hinaus wollte. Hatte sie sich in ihrem Eifer vielleicht zu gut geschlagen und Claudia damit mißtrauisch gemacht? »Du auch?«, fragte sie.

»Nein. Ich nicht.«

»Siehst du.«

»Du machst mich neugierig. Erzähl mir mal ein bißchen mehr über dich. Wo kommst du her? Was machst du so?«

Warum wollte Claudia das wissen? War es in diesen Kreisen üblich, sich die Lebensgeschichte zu erzählen? Man würde doch eher vermuten, daß alle so anonym wie möglich blieben. Maike zögerte noch aus einem anderen Grund. Sie mußte sehr vorsichtig sein mit dem, was sie erzählte, denn nachdem, was sie von Anna wußte, mußte sie damit rechnen, daß Claudia es überprüfen würde.

Maike beschloß, die Geheimnisvolle zu spielen. »Gegenfrage. Was macht *ihr* so? Die Entführung der Norich-Manager. Habt ihr damit etwas zu tun?« Sie hoffte, Claudia so von ihrer Person abzulenken.

»Du bist doch nicht etwa Journalistin?« fragte Claudia scherzhaft. Ihre leicht zusammengekniffenen Augen signalisierten Maike jedoch, daß ihre Heiterkeit nur gespielt war. Kein Zweifel, sie beobachtete aufmerksam jede ihrer Bewegungen, achtete auf jede Nuance in Maikes Stimme.

»Ich? Nee«, antwortete Maike. Dabei brauchte sie sich keine Mühe geben, ehrlich zu klingen. Es war ja Gott sei Dank die

Wahrheit. »Aber der Fall ist groß in der Presse. Man kann ihn kaum übersehen.«

»Ja. Das bringt wieder Fokus auf den Tierschutz. Genau das, was wir brauchen.«

Claudia antwortete so wenig auf Maikes Frage hinsichtlich der Beteiligung an der Entführung wie Maike auf die Frage Claudias, was sie eigentlich mache. Schnell brachte Maike das Thema wieder auf die ursprüngliche Bahn. »Was ist das nun für eine Aktion, von der wir reden?«

Claudia musterte sie eindringlich. Einen Augenblick zweifelte Maike, ob Claudia sie wirklich einweihen würde, was die Gruppe als Nächstes plante. Doch ihre Ängste waren unbegründet.

»Wir wollen jemanden in ein Transportunternehmen einschleusen. Dort ist in Kürze eine Aktion geplant. Um die erfolgreich durchführen zu können, müssen wir die Örtlichkeiten und Abläufe auskundschaften. Bist du interessiert?«

»Dieses Unternehmen führt Versuchstiertransporte durch?« riet Maike.

»Ja.«

Es lag auf der Hand, was Claudia und ihre Gruppe sich ausgedacht hatten. »Der Fuhrpark soll zerstört werden, nehme ich an.«

»Das auch. So gründlich, wie es nur irgend geht. Aber vorher kommt die eigentliche Aktion.« Claudia schaute Maike provokativ an. »Na, immer noch dabei? Oder ist dir die Sache zu schmutzig?«

Maike richtete sich in ihrem Stuhl auf. »Keineswegs«, sagte sie und fragte sich, was wohl der andere Teil des Planes beinhaltete.

»Gut.« Claudia erhob sich. »Dann melde ich mich bei dir, wenn es so weit ist.« Ein erneuter durchdringender Blick traf Maike. »Ach, noch eines: Wenn du Journalistin oder Bulle bist, kriegen wir es früher oder später heraus, und dann wird es sehr unangenehm für dich. Frag Anna. Sie weiß, wie wir mit Verrätern umgehen.«

Maike wurde heiß. Warum sagte Claudia das?

Die fuhr ruhig fort: »Wir wissen, es versuchen immer wieder welche, sich in unsere Gruppen zu schleusen. Die einen tun es für eine gute Story, die anderen für das, was sie Recht nennen. Ich sage das nur zur Sicherheit. Zu jedem der neu mitmacht. Dann kann hinterher niemand behaupten, er war nicht gewarnt.«

Claudia ging. Maike blickte ihr mit einem unguten Gefühl nach. Wußte Claudia, wer sie war, ahnte sie es, oder war ihre Warnung wirklich rein prophylaktisch?

Maike fuhr ins Büro und berichtete den Kollegen von ihren Fortschritten.

»Es ist Ihnen also wirklich gelungen, den Kontakt herzustellen«, sagte Wallbach. »Sehr gut. Wirklich, ich bin überrascht. Das hätte ich nicht erwartet. Diese Claudia, was wissen Sie über die?«

Maike nahm sich eine winzige Sekunde, ihren Triumph innerlich zu genießen. Dann konzentrierte sie sich sofort wieder.

»Claudia Schrader, ein Jahr wegen wiederholtem Hausfriedensbruch abgesessen, auch wegen Brandstiftung angeklagt, aber da nur zu einer Bewährung verurteilt. Sie ist Anna Ravensburg zufolge eine Radikale der härtesten Sorte. Durchaus möglich, daß sie etwas mit der Entführung zu tun hat«, faßte Maike Annas Erzählung und ihren Eindruck zusammen. »Die Frau ist absolut mißtrauisch, und es wird sehr schwer sein, näher an sie ranzukommen.«

Wallbach kratzte sich am Kopf. »Dann ist es vielleicht Zeitverschwendung, daß Sie sich so intensiv mit ihr beschäftigen. Andererseits haben wir nicht sehr viele Alternativen.«

»Lassen Sie uns Frau Schrader überwachen«, schlug Grewe vor.

»Ja«, sagte Wallbach nickend. »Das müssen wir wohl tun, wenn wir weiterkommen wollen. Binder und Sie übernehmen das. Aber Vorsicht. Wenn sie Sie bemerkt, sind wir angemeiert. Dann zählt sie eins und eins zusammen und unsere hübsche Kollegin bekommt eine Menge Schwierigkeiten.« Wallbach sagte das in einem lockeren Ton. Maike wußte nicht, ob ihm klar war, wie recht er hatte. Claudias Warnung klang noch deutlich in ihren Ohren. Und sie nahm sie nicht auf die leichte Schulter. Nicht zuletzt eingedenk der Warnungen von Anna Ravensburg. Für Leute wie Claudia Schrader und ihre Gruppe ging es um sehr viel. Sie nahmen für ihre Ideen und Ideale Gefängnis in Kauf, riskierten ihre bürgerliche Existenz. Wer konnte ihnen verdenken, daß sie sich gegen Eindringlinge wehrten? Mittlerweile hatte Maike so viel über die autonome Tierschützerszene gehört und recherchiert, daß ihr einige Dinge klar waren. Die Bewegung war ihren Kinderschuhen entwachsen. Von den ersten naiven und schlecht geplanten Aktionen frustrierter Infoständler hatte man sich weit entfernt. Heute glichen die Aktionen generalstabsmäßig geplanten, gut vorbereiteten Manövern, die ihren Teilnehmern ein Höchstmaß an Anonymität und Sicherheit boten. Das war es, was es so schwer machte, an die Leute ranzukommen. Nichts wurde mehr am Telefon besprochen, niemand der Tierschützer hatte verräterisches Material oder gar Pläne zu Aktionen bei sich zu Hause herumliegen. Die Leute waren professionell in ihrer Arbeit. Und zu dieser Arbeit gehörte es auch, Verräter auszusieben und unschädlich zu machen.

In diesem Moment ging Maike auf, daß sie bei ihrem Plan, sich in die Gruppe zu schleusen, eines nicht bedacht hatte: Wie schleuste sie sich da ohne Schaden wieder heraus? Dieser Gedanke beschäftigte sie eine Weile, weil sie keine andere Lösung fand, als sich nach Abschluß des Falles vorübergehend in eine andere Stadt versetzen zu lassen. Doch was war dagegen einzuwenden? Vielleicht konnte sie die Sache benutzen, einen Auslandseinsatz zu bekommen? Das machte sich sicher gut in ihrer Akte. Hatte sie eben noch leichte Bauchschmerzen wegen eventueller zu erwartender Repressalien, verspürte Maike bei diesem Gedanken fast schon wieder eine Art Hochgefühl.

»Claudia ahnt etwas. Das liegt doch klar auf der Hand. Sie müssen blind sein, wenn Sie das ignorieren«, warnte Anna Maike eindringlich, nachdem die ihr von dem Gespräch mit Claudia berichtet und eröffnet hatte, sie würde die nächsten Tage die Rolle als Mithelferin auf Annas Tierhof spielen, um ihre Geschichte glaubhaft wirken zu lassen. Sie saßen wieder einmal in Annas Küche.

»Das dachte ich auch erst. Aber jetzt glaube ich, sie ist nur sehr vorsichtig.«

»Das sollten *Sie* auch sein«, sagte Anna mit Nachdruck. »Glauben Sie wirklich, Sie können einfach so dahermarschieren und schon sind Sie Mitglied einer radikalen Tierschützergruppe? Dann stellen Sie noch ein paar clevere Fragen, finden die Entführten, befreien sie und werden als Heldin des Tages gefeiert? So naiv können Sie nicht sein.« Machte die Karrieresucht diese Frau denn völlig blind für die Realität?

»Sie glauben, ich bin so karrieregeil, daß ich die Gefahr nicht sehe«, erriet Maike Annas Gedanken. »Sie täuschen sich. Doch es gibt nicht viele Alternativen. Ich muß alles auf eine Karte setzen.«

»Wer sagt das?« fragte Anna trocken. »Ihr Chef? Das kann ich mir kaum vorstellen.« Von der etwas verunsicherten Maike von gestern, die Anna sehr sympathisch fand, war nichts mehr übrig. Sie war zurückmutiert zur sich selbst überschätzenden, ehrgeizigen Kommissarin, die jetzt genervt sagte: »Wer sind Sie? Meine Mutter? Nun machen Sie mal keine künstliche Panik. Ich weiß, was ich tue.«

»*Sie* haben mich um Hilfe gebeten«, erinnerte Anna. »Genauer gesagt, regelrecht gezwungen, weil ich mich in der Szene auskenne. Ich sage Ihnen, an der Sache ist etwas faul.«

»Ich habe es gehört. Danke«, war die lapidare Antwort.

Anna gab es auf. Was sollte sie gegen diese Ignoranz ausrichten? Sie war es auch leid. Ruckartig stand sie auf. »Machen Sie doch, was Sie wollen.« Damit verließ sie die Küche und ging zu den Tiergehegen. Sie wollte diese unfruchtbare Diskussion vergessen. Am besten auch Maike Roloff. Die war unverbesserlich leichtsinnig. *Trotzdem machst du dir Sorgen um sie.*

Ja, das stimmte. Anna gab es sich notgedrungen zu. Aber das half ja nichts. Egal, was sie sagte, Maike Roloff war scheinbar darauf aus, genau das Gegenteil zu tun. Ihr blieb nichts anderes als zu hoffen, daß Claudia keinen Kontakt mehr zu Maike aufnehmen würde, weil die den Braten roch. Sollte Claudia was mit der Entführung zu tun haben, konnte sie – obwohl sie das Spiel sicher reizen würde – das Risiko nicht eingehen, sich eine neugierige Kommissarin auf den Hals zu laden. Damit gefährdete sie schließlich nicht nur sich, sondern auch die Sicherheit der anderen Gruppenmitglieder. Sicherheit war das oberste Gebot in der Szene. Man investierte eine Menge Zeit und Geld darauf, daß die Aktionen schnell und ohne Zwischenfälle über die Bühne gingen. Niemand wollte festgenommen werden.

Nein, wenn Claudia einen Verdacht hätte, würde sie Maike nicht mehr kontaktieren. Fast wünschte Anna es sich. Dann würde diese leidige Geschichte endlich ein Ende haben. Wenigstens für sie. Maike Roloff würde aus ihrem Leben verschwinden und alles wäre wie vorher. Doch auch bei diesem Gedanken fühlte Anna sich nicht so richtig glücklich.

Maike entging nicht, daß Anna ihr Arbeiten zuteilte, die hauptsächlich darin bestanden, aufzuräumen und den Dreck der Tiere wegzumachen. Sie hatte Anna im Verdacht, daß sie sich ein wenig an ihr rächen wollte, weil sie sich ihrem Rat so versperrte. Andererseits – wozu war sie sonst qualifiziert? Und Anna versuchte wenigstens nicht mehr sie umzustimmen. Seit ihrem letzten Gespräch hatte Anna es offensichtlich aufgegeben. Wenn sie zusammen arbeiteten oder eine Zigarette rauchten, unterhielten sie sich meist über die Tiere. Jedes hatte seine Geschichte. Cico und Cica zum Beispiel, die beiden Hunde, die Anna so oft begleiteten. Ein Geschwisterpaar, das vor vier Monaten hier angekommen war. Ihr früherer Besitzer war Alkoholiker und unberechenbar. Einmal behandelte er die Hunde sanft und zärtlich, dann wieder schlug er blindlings auf sie ein. Sie wurden extrem mißtrauisch, spürten Bedrohung, wo keine war – und bissen zu. Der Besitzer bekam die Auflage, ihnen Maulkörbe anzulegen, hielt sich aber nicht daran. Die Hunde bissen erneut zu. Daraufhin beschlagnahmte die Polizei die Tiere. Sie galten als gefährlich, knurrten jeden an, der sich in ihre Nähe begab. Eigentlich war das ihr Todesurteil. Doch die Polizei gab ihnen eine letzte Chance, brachte sie – jeden mit zwei Maulkörben geknebelt – im Streifenwagen zum Tierheim, von wo aus man sie direkt zu Anna schickte. Anna erkannte, wie sie sagte, hinter der wütenden Fassade die panische Angst und Unsicherheit der Hunde, die im Grunde nur eines wollten: ein wenig Zuneigung und Liebe. Mit viel Geduld fand sie Zugang zu den Tieren, gewann ihr Vertrauen. Sie wurden freundliche, zufriedene, ausgeglichene Artgenossen, mit neuer Sicherheit und neuem Selbstwertgefühl. Aber da sie sich in der Zeit ihres Leides so sehr aneinander gebunden hatten, war es unmöglich, die Hunde zu trennen. Das machte die Vermittlung sehr schwer, nahezu unmöglich.

Anna fühlte nicht nur mit dem Schicksal dieser beiden Tiere mit. Das war unübersehbar. Maike konnte es manchmal schlicht nicht fassen, was sie hörte, so herzlos waren die Menschen gegen die Tiere vorgegangen. Während Anna über die vielen Schicksale der Tiere erzählte, wechselten in ihrem Gesicht die unterschiedlichsten Emotionen einander ab. Zorn über verantwortungslose Tierhalter, Mitgefühl mit den geschundenen Tieren und Zufriedenheit, wenn die am Ende ein neues Heim fanden. Die Wärme in Annas

Augen wurde dann so tief, daß Maike ihren Blick kaum von ihnen lösen konnte. Hier saß sie mit einer ganz anderen Anna zusammen als der, die sie immer nur ermahnte. Eine Anna, die mit leiser Stimme sprach, die traurig sein, aber auch wunderbar lächeln konnte. Maike genoß die Ruhe, die zwischen ihnen eingekehrt war. Und auch Anna ging es so. Sie hörte interessiert Maikes Erzählungen über den ein oder anderen Fall, stellte Fragen, besonders mit Hinblick darauf, inwieweit bei der Verurteilung das Verständnis für den Schuldigen eine Rolle spielen durfte. Darüber kamen sie schon mal rege ins Diskutieren. Beide konnten sie dabei sehr hitzig werden. Argumente und Gegenargumente flogen durch die Luft. Keine wollte ihren Standpunkt aufgeben. Dennoch kamen sie einander näher. Nicht so sehr in ihren Meinungen über die Dinge, dafür in ihrer Meinung über die jeweils andere. Während einer gemeinsamen Pause, als sie wie üblich in dem kleinen, extra dafür eingerichteten Verschlag im Stall saßen, sagte Maike: »Ich finde es ganz schön blöd, daß wir uns Siezen. Also wenn Sie, wenn *du* nichts dagegen hast – ich heiße Maike.«

Anna drückte umständlich ihre Zigarette an der umgedrehten Bierkiste aus, auf der sie saß. Sie zögerte sichtlich. Wirkte verwirrt. »Was soll das werden?« fragte sie skeptisch.

Nervös rutschte Maike auf dem alten, wackligen Stuhl hin und her, der ihr als Sitzgelegenheit diente. In was für eine peinliche Lage hatte sie sich da wieder gebracht? Jetzt mußte sie Anna erklären, warum ihr etwas daran lag, daß diese sie, wenigstens ein kleines bißchen, mochte. Warum sonst bat sie Anna um das Du?

»Ich weiß, wir werden keine dicken Freundinnen, aber wir könnten ja wenigstens das Kriegsbeil begraben«, erläuterte sie ihren Vorschlag.

»Was für ein Angebot.« Immer noch Zurückhaltung in Annas Stimme.

»Ja. Das ist ein *Angebot*, kein Zwang«, betonte Maike. »Ein Vorschlag, der uns das Leben leichter machen kann.«

»Leichter? Inwiefern? Ach so, es streitet sich leichter in der Du-Form.« Die Ironie in Annas Stimme war nicht zu überhören. *Hast du erwartet, sie würde dir vor lauter Rührung um den Hals fallen?* Maike bereute ihr Friedensangebot bereits.

»Unter anderem«, erwiderte sie bissig. »Und keine Angst. Ich bestehe auch nicht auf den Freundschaftskuß.«

»Na, wenn das kein Argument ist, das überzeugt. Und was, wenn ich darauf bestehe?« Anna lachte herzhaft. Wirklich! Sie lachte aus vollem Herzen. Das erste Mal, seit Maike Anna kannte, sah sie diese so unbeschwert lachen. Das Klingeln ihres Handys enthob Maike einer Antwort. »Roloff«, meldete sie sich. »Hallo, Claudia." Maike stand auf, entfernte sich ein paar Schritte vom gemeinsamen »Pausenraum«. Sie drehte Anna den Rücken zu, um sich auf das Gespräch zu konzentrieren.

Nach dem Gespräch mit Claudia wandte Maike sich wieder zu Anna um. Doch die war gegangen. Maike hörte draußen den Betonmischer röhren, folgte dem Geräusch und sah Anna Sand in die Zentrifuge schaufeln. Sie ging zu ihr und half, die fertige graue Masse in die Schubkarre zu entleeren. Anna dankte es mit keinem Wort. Anschließend stiefelte Anna mit der vollen Schubkarre in den Stall, wo der neue Betonfußboden entstand. Maike folgte ihr. Anna entleerte die Schubkarre und gab Maike Zeichen, das andere Ende der langen Holzlatte zu nehmen. Sie verteilten den Beton, den Anna gerade ausgeschüttet hatte, grob über zwei Quadratmeter. Jetzt griff Anna zum Maurerbrett, ließ sich auf die Knie nieder und begann die Fläche glattzustreichen. Mit der Wasserwaage in der anderen Hand maß sie nach. Sie sah nicht auf.

Maike kannte Anna gut genug, um zu wissen, daß ihr irgend etwas nicht paßte. Und es gehörte nicht viel dazu zu erraten, was es war. Maike wartete geduldig, bis Anna den Beton glattgezogen hatte und aufstand. Jetzt mußte sie an ihr vorbei. Maike hielt Anna an der Schulter fest. »Du brauchst dir keine Sorgen zu machen, Anna. Ich passe schon auf mich auf. Wirklich.« Sie duzte Anna einfach, nannte sie beim Vornamen, auch ohne ihre Zustimmung.

»Ich mache mir keine Sorgen«, sagte Anna unwirsch. »Ich habe Besseres zu tun. Mach du nur deine Erfahrungen. Aber komm hinterher nicht und sage, ich hätte dich nicht gewarnt.«

Erleichtert stellte Maike fest, daß auch Anna zum Du überging und ihr weitere peinliche Erklärungsversuche ersparte. Sie lächelte. »Okay Wenn du dir keine Sorgen machst, dann entspann dich.« Immer noch lag ihre Hand auf Annas Schulter. Sie war ihr ganz nah. »Ich weiß, daß Claudias Gruppe kein harmloser Freizeitverein ist. Trotzdem. Nichts deutet darauf, daß ich mich in unmittelbarer Gefahr befinde. Und nicht zuletzt: Ich bin ausgebildet, mich in Gefahrensituationen zu behaupten. Also, kein Grund nervös zu sein.«

Anna nickte. *Reiß dich zusammen*, mahnte sie sich. Warum benahm sie sich überhaupt so gluckenhaft? Maike war erwachsen. Sie wußte, was sie tat, konnte das Risiko abwägen. Sicher hatte sie Hunderte Fälle wie diesen bereits hinter sich und brauchte keinen Aufpasser. Sie löste sich von Maike, rang sich ein Lächeln ab. »Ach, was soll's. Ich kann dir keine Vorschriften machen.«

»Endlich wirst du vernünftig.«

»Ja«, sagte Anna. Und dachte: Vernünftig, das war das Stichwort. Das war genau das, was sie sein mußte. Wie Maike ihre Arbeit zu tun gedachte, war nicht ihre Angelegenheit. Sie sollte sich tunlichst aus allem heraushalten. Distanz wahren.

Gerade als Anna an diesem Punkt der Überlegung ankam, spürte sie plötzlich etwas Warmes an ihrer Wange. Es waren Maikes Lippen, die dort entlang strichen. »Ich schulde dir noch einen Kuß«, flüsterte sie in Annas Ohr – und küßte sie auf den Mund, wenn auch eher freundschaftlich als erotisch. Aber eine Spur zu erotisch, um rein freundschaftlich zu sein.

Anna spürte, wie ihr die Röte ins Gesicht stieg. Ihre Distanztheorie war natürlich bis ins Mark erschüttert. Sie versuchte sich ihre Nervosität nicht anmerken zu lassen. Es war ihr absolut klar, das Maike sich der Wirkung ihres harmlosen Kusses auf sie nicht bewußt war. Wie sollte sie auch?

»Was wollte Claudia denn?« fragte Anna, um ihre Verwirrung zu überspielen.

»Daß ich mir ein wenig Geld dazuverdiene. Als Reinigungskraft in der Nachtschicht bei der Firma GUTTrans. In zwei Tagen steht dort ein Transport mit Versuchstieren auf dem Plan. Ein Mitglied der Gruppe arbeitet im Büro des Fuhrunternehmens und hat das bereits vor Tagen gemeldet. Das ist offensichtlich die Aktion, von der Claudia im Café gesprochen hat.«

»Und was sollst du, abgesehen vom Putzen natürlich, bei GUTTrans tun?«

»Den Objektschutz auskundschaften. Und mir den Kleintransporter ansehen, der die Tiere vom Züchter abholen und zum Labor bringen wird. Weil ich ihn fahren soll. Die Gruppe will den

Wagen stehlen, nachdem die Tiere abgeholt sind.«
»Wann beginnt deine neue Karriere in der Putzkolonne?«
»Schon heute abend.«

10.

Nach Maikes ungewöhnlicher Nachtschicht bei GUTTrans blieben ihr nur drei Stunden bis zur morgendlichen Lagebesprechung mit den Kollegen im Büro. Sie fuhr nach Hause, schlief zwei Stunden und duschte anschließend ausgiebig, um die bleierne Müdigkeit zu besiegen. Sie ahnte, die Besprechung würde nicht angenehm werden.

Und richtig. Wallbach zeigte sich deutlich schlechtgelaunt. »Die Informationen, die wir bis jetzt aus Ihrem Undercovereinsatz gewonnen haben, Frau Roloff, sind mehr als spärlich. Frau Schraders Überwachung, meine Herren«, dabei sah er Binder und Grewe an, »bringt uns bis jetzt ebenfalls nicht einen Deut weiter. Fazit: Wir trampeln auf der Stelle.«

»Ich sagte ja schon, Claudia Schrader ist sehr mißtrauisch«, verteidigte Maike sich. »Ich kann nicht einfach dahermarschieren, so tun, als wolle ich Mitglied einer radikalen Tierschützergruppe werden, und anfangen, Fragen zu stellen. Ich muß sehr vorsichtig sein.« Ihr fiel auf, daß sie Annas Argumentation benutzte. Hilflos hob sie die Schultern. »Aber ich werde an einer weiteren Aktion teilnehmen, komme gerade von einer Recherche in der Sache.« Sie erzählte von ihrem nächtlichen Einsatz und dem geplanten Transporterdiebstahl. »Der Wagen soll in eine fingierte Polizeikontrolle gelockt und der Fahrer überwältigt werden. Ich soll den Kleintransporter dann zu dem Ort fahren, von wo aus die Tiere in Sicherheit gebracht werden. Das sieht doch immerhin so aus, als vertraute man mir.«

»Wo ist dieser Ort?«

»Das hat man mir noch nicht gesagt.«

»Damit sieht das für mich eher so aus, als wären Sie für die Gruppe am ehesten entbehrlich«, sagte Wallbach unzufrieden.

»Man lädt Ihnen das größte Risiko auf. Und außerdem – was bringt *uns* diese Aktion? Während Sie auf Staatskosten die Heldin der Tiere spielen, ist die Situation für die Entführungsopfer unverändert.«

»Es wäre ja möglich, daß dieser Ort, wo ich hinfahren soll, eine Art Außenposten der Tierschützergruppe ist. Ein Ort, an dem sie Werkzeuge, Kleidung und andere Dinge lagern. Ein Ort mit einem Keller, in dem man auch Geiseln halten kann.«

»Möglich. Ja, vielleicht. Falls diese Gruppe überhaupt die beiden Männer entführt hat. Nicht einmal das wissen wir.« Wallbach fluchte leise vor sich hin. Ein Zeichen, daß er sehr angespannt war. Normalerweise gab er sich nicht diese Blöße. »Die Rekonstruktion der Entführung hat auch nur wenig Erkenntnisse gebracht. Sicher ist lediglich, jemand hat in der Taxizentrale das richtige Taxi abbestellt und das falsche zur Firma gesandt. Natürlich hat niemand bei Norich auf das Nummernschild des Taxis geachtet oder auf das Aussehen des Fahrers. Der Pförtner konnte sich lediglich erinnern, daß es eine Frau war, kein Mann. Wir zeigten ihm Fotos von allen bekannten und einschlägig vorbestraften Tierschützerinnen, inklusive Claudia Schrader, und mußten leider konstatieren, daß keine der Damen das Taxi fuhr.«

»Vielleicht war es ja eine echte Taxifahrerin, nur von einer anderen Firma als der bestellten«, sagte Maike.

»Was meinen Sie?« fragte Wallbach.

»Uns liegt keine Meldung über ein gestohlenes Taxi vor. Und wären die Entführer nicht Gefahr gelaufen, daß die Männer mißtrauisch werden, wenn sie ein falsches Taxi schicken? Die Opfer sind Geschäftsleute, kennen die Atmosphäre in einem Taxi genau. Fahrweise, Taxameter, die Gespräche zwischen Zentrale und Fahrern etc.«

Wallbach neigte sich jetzt in seinem Stuhl leicht vor. »Sie meinen, die Taxifahrerin war ein Mitglied der Gruppe? Bisher nicht aktenkundig? Anschließend fuhr sie den nächsten Kunden, als wäre nichts gewesen?«

Maike nickte, von ihrer Eingebung begeistert. »Wäre doch möglich. Die Gruppe hat diese Aktion genauestens vorbereitet, nichts dem Zufall überlassen. Aus dem, was ich bisher hörte, kann ich schließen, daß es Methode hat, Leute in alle möglichen Firmen einzuschleusen und bei Bedarf in Aktion zu setzen.«

»Krummbiegel«, sagte Wallbach, »rufen Sie alle Taxiunternehmen an und fragen nach den weiblichen Mitarbeitern. Egal wie viel, besorgen Sie Fotos und legen Sie die dem Pförtner vor. Sollte er die Dame identifizieren, bringen Sie sie her.«

Wallbach stand auf. »Na ja, viel ist das nicht. Deshalb bleibt alles vorläufig wie gehabt. Sie, Frau Roloff, spielen Tierschützer. Binder und Grewe folgen der Schrader. Hoffen wir, daß sich bald was tut, das uns weiterbringt.«

Anna begleitete das Ehepaar, das gekommen war, um sich die Hunde anzusehen, zum Auto. Sie hätten Cico am liebsten gleich mitgenommen. Als Anna ihnen sagte, daß der Hund nur mit seiner Schwester zusammen abgegeben wurde, entschieden sie sich dann für Ringo, einen Golden Retriever. Das erlebte Anna nicht zum ersten Mal. Zwei Riesenbabys war eben eines zu viel. Doch konnte sie es nicht über sich bringen, die beiden zu trennen. Sie war überzeugt, damit auch im Interesse der Hunde zu handeln. Es war dennoch schade für die beiden. Tröstlich, daß es fast immer einen lachenden Dritten gab. Heute war das Ringo.

Anna ging zurück zum Freigehege der Hunde. Cico und seine Schwester kamen zu ihr, kaum daß sie ins Gehege trat. Sie strich ihnen über die Köpfe. »Tja, hat wieder mal nicht geklappt, was?« Die beiden wedelten mit den Schwänzen. Wußten sie, worum es ging? Ja, Anna bezweifelte es nicht. Aber es schien ihnen wenig auszumachen, daß sie hierblieben. Im Gegenteil. »Ich habe euch wohl zu sehr verwöhnt?« Cica sprang an Anna hoch, weil sie spielen wollte. Das war ihr Antwort genug. »Wenn ihr so weitermacht, werdet ihr ewig hierbleiben.« Auch diese »Drohung« beeindruckte wenig. Anna nahm einen herumliegenden Stock auf, zeigte ihn den beiden und warf ihn so weit sie konnte weg. Wie vom Hafer gestochen rannten die Hunde los. Cico war eine zehntel Sekunde eher bei dem Stock, nahm ihn geschickt ins Maul und rannte zu Anna zurück. Dicht gefolgt von Cica. Anna lobte die beiden ausführlich, warf den Stock erneut. Diesmal war Cica die Siegerin im Wettlauf. So wiederholten sie das Spiel noch einige Male.

»Ihr amüsiert euch ja prächtig«, hörte Anna Maikes frohe Stimme in ihrem Rücken. Sie drehte sich um. »Was führt dich denn schon wieder hierher? Ich dachte, du wärst jetzt freiberufliche Putzfrau«, begrüßte sie Maike zurückhaltend.

»Das hört sich ja an, als wärst du meiner überdrüssig.« Maikes strahlendes Gesicht kam näher. »Was soll ich denn davon halten?«

Sie betrat ebenfalls das Gehege, und besonders Cica schien das zu freuen. Die Hündin überrannte Maike fast. Maike kniete sich vor Cica nieder, kraulte sie hinter den Ohren. »Deine treuen schwarzen Augen machen mich ganz schwach.« Sie balgten einen kurzen Moment miteinander. Binnen Sekunden büßte Maike die Blütenfrische ihrer Markenjeans und ihre Frisur ein. Anna konnte sich ein Grinsen nicht verkneifen. Maike nahm das Malheur gelassen. »Das läßt sich ja wieder richten. Kann ich mal dein Bad benutzen?«

Sie gingen zum Haus. Maike verschwand im Badezimmer, Anna machte Kaffee.

»Die Flecken ließen sich einfach rauswaschen. Ich habe die Hose in den Trockner gelegt. In fünfzehn Minuten ist sie sicher fertig.« Maike stand mit nackten Beinen vor Anna. Ihre Bluse reichte gerade bis in Höhe Pobacken. Anna spürte, wie sie rot anlief. Dabei wäre es an Maike gewesen, dies zu tun. Doch die setzte sich lässig auf einen der Stühle. »Kaffee! Toll. Gerade das, was ich brauche.« Sie griff nach der Tasse. »Dann können wir gleich über mein eigentliches Anliegen reden. Denn wie du dir sicher denken kannst, bin ich nicht hergekommen, um mich im Schmutz zu suhlen und anschließend halb entblößt vor dir zu sitzen.«

»Wobei Letzteres sehr reizvoll ist«, rutschte es Anna heraus.

Maikes Augen blitzten kurz auf. Sie streckte eines ihrer nackten Beine aufreizend von sich und Anna entgegen. »Und wenn du nun die Gelegenheit bekämest, was würdest du tun?« fragte sie gedehnt.

Natürlich scherzte sie. Anna wußte das. Trotzdem mußte sie schlucken. »Normalerweise würde ich sie ergreifen. Aber in diesem speziellen Fall, denke ich, ist es das Klügste, eine Ausnahme zu machen.«

Maike provozierte weiter. »Du bist so schrecklich vernünftig. Immer auf der Hut. Tust du denn nie etwas aus einem Gefühl heraus? Ganz spontan?«

»Das fragst ausgerechnet du? Die Meisterin der Rationalität?« schoß Anna zurück.

»Was soll das heißen?« fragte Maike verblüfft. »Denkst du, ich habe keine Gefühle?«

»Keine, die nackte Beine oder andere Körperteile betreffen«, provozierte Anna nun ihrerseits.

»Da irrst du dich aber gewaltig.«

»Na, das ist zu hoffen.« Anna grinste.

»Ich kann es dir sogar beweisen«, erwiderte Maike.

»Ach ja? Wie das denn?«

Ehe Anna es sich versah, saß Maike auf ihrem Schoß und Anna hatte Schwierigkeiten, ihre Hände an einer unverfänglichen Stelle zu belassen. Maike dagegen legte einen Arm um Annas Hals. Den anderen Arm, genauer die zugehörige Hand, legte sie auf Annas Brust, streichelte sie sanft. Anna saß da wie elektrisiert, konnte sich nicht entziehen, wollte es nicht. Maikes Gesicht näherte sich ihrem, zwei dunkle Augen zogen Anna in ihren Bann. Maikes Kuß war sinnlich, hingebungsvoll und dauerte eine wundervolle kleine Ewigkeit. Als er vorbei war, fühlte Anna sich leicht schwindelig.

»Das magst du, oder?« hörte sie Maike leise fragen.

Anna räusperte sich, griff unter Aufbringung all ihrer Kräfte Maikes Hand und führte sie von ihrer Brust weg. »Nun hast du eindrucksvoll demonstriert, wie du Gefühle hervorrufen kannst, aber noch lange nicht, daß du selbst welche hast.«

Maike sah Anna verdattert an. »Du glaubst, ich küsse dich einfach nur aus Spaß?«

»Keine Ahnung, warum du es tust. Jedenfalls glaube ich nicht, daß es was mit mir zu tu hat. Vielleicht bist du neugierig geworden, nachdem du weißt, daß ich lesbisch bin. Willst mal was Neues ausprobieren.«

»Du liegst völlig daneben«, sagte Maike. Sie löste sich von Anna, stand auf, suchte nach Worten. Eigentlich wollte sie über ihr Gefühl für Anna sprechen. Das Problem: Sie konnte es nicht formulieren, dieses Gefühl. Maike winkte resigniert ab, ging ins Bad. Kurze Zeit später kam sie wieder – vollständig bekleidet. »Damit dürfte alles wieder in normalen Bahnen laufen. Vergessen wir, was passiert ist, okay?« Das war wohl doch das Vernünftigste. Wozu von Gefühl reden, wenn Anna sowieso überzeugt war, sie, Maike, wäre zu so etwas nicht fähig.

Anna war einverstanden. »Nichts lieber als das.«

Maike setzte sich Anna gegenüber. »Gut. Dann sollten wir uns wieder auf das Wesentliche konzentrieren.«

»Du meinst auf deinen Fall und was ich diesmal für dich tun soll«, vermutete Anna.

»Ich brauche deine Hilfe«, bestätigte Maike Annas Vermutung. Sie dabei anzusehen, fiel ihr schwer. Nicht, weil sie ein schlechtes Gewissen verspürte, Anna schon wieder um etwas zu bitten. Sondern weil sie sich fragte, woher das Verlangen gekommen war, Anna zu küssen?! Noch dazu *so*. Als sie sich bei Anna auf den Schoß setzte, tat sie das im Scherz. Plötzlich berührte ihre Hand Annas Brust, und ehe sie es sich versah ... Anna konnte natürlich nichts von ihrer inneren Aufruhr ahnen, hielt den Kuß für – ein Experiment, einen Ausrutscher, was auch immer –, nahm ihn in jedem Fall nicht ernst. Und Maike wußte nicht, wie sie damit umgehen sollte. Sollte sie erleichtert sein oder enttäuscht? In jedem Fall war sie absolut verwirrt und hatte große Mühe, sich das nicht anmerken zu lassen.

»Meine Hilfe. Wieder mal«, bemerkte Anna in Maikes Gedanken hinein und rief sie damit zurück in die Realität.

Maike riß sich so gut es ging zusammen. »Ich habe dir doch erzählt, daß ich für die Gruppe den gestohlenen Tiertransporter fahren soll. Morgen ist es so weit. Ich vermute, daß der Ort, wo ich den Transporter abgeben soll, eine Art Basislager der Gruppe ist. Genaueres bekomme ich erst morgen zu erfahren.«

»Ja und?« Anna sah Maike fragend an. »Ist doch prima. Dann gibst du deinen Kollegen anschließend den Ort bekannt und ihr könnt ihn durchsuchen.«

»So einfach ist das nicht«, widersprach Maike. »Ich muß erst sicher sein, daß wir dort wirklich etwas, besser gesagt jemanden, finden. Wenn die Durchsuchung erfolglos wäre, hätte ich nur meine Tarnung verspielt.« Sie war jetzt wieder voll in ihrem Element. Der Gefühlsausrutscher von eben lag irgendwo verdrängt in ihrem Kleinhirn. »Ich habe mir Folgendes überlegt: Statt nach der Aktion, also wenn ich den Transporter abgeliefert habe, so schnell wie möglich von – wo auch immer – zu verschwinden, verstecke ich mich in der Nähe und warte die Nacht ab. Im Schutz der Dunkelheit werde ich dann alles gründlich unter die Lupe nehmen und nach Hinweisen auf die Entführten suchen.«

Anna schwieg. Wie alle Ideen Maikes klang auch diese nicht gut in ihren Ohren. Anna sah aus, als hätte sie Bauchschmerzen.

»Jetzt meine Bitte an dich.« Maike schaute Anna an. »Ich brauche einen zweiten Mann – ähm, ich meine eine zweite Person, so daß wir uns gegenseitig den Rücken freihalten können.«

Anna überlegte nicht lange. »Ich will davon nichts wissen«, lehnte sie rigoros ab. »Frag doch einen deiner Kollegen.«

»Meine Kollegen sind gute Polizisten. Und genau darum habe ich Angst, daß sie zu übereifrig reagieren. Mit dir würde ich mich wohler fühlen.«

»Ich denke nicht daran, mich da hineinziehen zu lassen«, lehnte Anna weiterhin ab.

»Du steckst bereits mittendrin«, erinnerte Maike sie.

Anna seufzte. »Da hast du leider recht. Und ich weiß auch, wessen Schuld das ist. Doch ich muß mich ja nicht noch weiter verstricken«, sträubte sie sich.

Zehn Minuten später hatte Maike Anna so weit.

»Ich verwünsche mich dafür«, sagte Anna verzweifelt. »Und dich natürlich auch.«

»Ich weiß.« Maike lächelte schwach. »Trotzdem danke. Sobald ich also morgen vor Ort bin und die Gelegenheit habe, rufe ich dich per Handy an, um dir den Weg durchzugeben.« Sie stand auf. Unentschlossen, ob sie Anna zum Dank umarmen sollte oder nicht, ließ sie es lieber bleiben. Nur keine Intimität riskieren, die dann wieder aus dem Ruder lief. »Bis morgen.« Sie hatte es plötzlich eilig wegzukommen.

11.

Die Nacht schlief Maike schlecht. Einerseits war innere Anspannung der Grund dafür. Die bevorstehende Tierbefreiungsaktion würde, das war zumindest ihre Hoffnung, entscheidend zur Aufklärung des Falles beitragen. Doch das war nicht alles. Und vor allem nicht das Entscheidende. Schließlich befand sie sich oft in Situationen, wo die Lösung eines Falles in die kritische Phase ging. Was ihr allerdings nicht so häufig passierte, war, daß sie sich einer Frau so mir nichts dir nichts auf den Schoß setzte und sie küßte. Und, wenn sie ehrlich war, dies gern wieder tun würde. Die Frage, was mit ihr los war, hielt Maike lange wach. Im Ergebnis dessen fühlte sie sich nun ziemlich zerschlagen und müde.

»Diese Uniform ist viel zu eng. Und ich fühle mich absolut unwohl in ihr«, brummte Claudia. Der Parkplatz, auf dem sie standen, bot nicht den geringsten Schutz vor dem Nieselregen. Claudia setzte kurz das Fernglas ab, mit dem sie die herannahenden Autos zeitig genug ausmachen konnte. Bisher war der Tiertransporter nicht dabei. Es mußte ein blauer Kleintransporter sein.

Aber es war nicht nur die Uniform, die ungewohnt aussah. Statt der schwarzen Masken, die bei den nächtlichen Aktionen sonst üblich waren, hatten sie, um auch bei Tage ihre Anonymität zu wahren, Perücken und Brillen auf. Auf die Art würde, wenn sie der Fahrer von GUTTrans später beschrieb, ein falsches Porträt entstehen.

»Ich glaube, da kommt er.« Claudia lief einige Meter vor und begann Zeichen zu geben. Da sie hundert Meter vor dem Rastplatz ein Schild aufgestellt hatten, welches die Geschwindigkeit mit Hinweis auf eine Fahrzeugüberprüfung herabsetzte, folgte der Fahrer Claudias Aufforderung und fuhr auf den Rastplatz. Maike winkte ihn weiter zu sich und wartete, bis der Kleintransporter neben ihr stoppte. Der Mann kurbelte das Fenster herunter, sah sie abwartend an.

»Guten Tag. Verkehrskontrolle. Bitte stellen Sie den Motor ab und zeigen Sie uns Fahrzeugpapiere und Führerschein«, spulte Maike ab. Der Mann kramte eine Weile herum, dann reichte er ihr die Papiere heraus. »Bitte.«

Claudia, die mittlerweile neben Maike stand, kam ihr zuvor und nahm ihm die Dokumente ab. Nach einem kurzen Blick darauf sagte sie: »Würden Sie mir bitte zum Zweck der Datenüberprüfung zu unserem Wagen folgen, während meine Kollegin mal um Ihren Transporter geht? Was haben Sie geladen?«

»Kleintiere.«

»Wie ist die Ladung gesichert? Machen Sie doch mal auf, damit wir einen Blick hineinwerfen können, ob alles in Ordnung ist.«

Der Fahrer stieg aus. Sie gingen um den Kleintransporter. Der Mann öffnete die Verladerampe. Im Inneren des Wagens hoppelten jede Menge nervöse Meerschweinchen und Hasen in ihren Käfigen herum. Auch Käfige mit Katzen und Hunde konnten sie ausmachen. Maike sah Claudia an. Die nickte. Sie hatten definitiv den richtigen Wagen erwischt. »Alles in Ordnung«, sagte Claudia. »Sie können die Tür wieder schließen und mit mir kommen. Nur noch ein kurzer Check der Papiere, und Sie können weiterfahren.«

Sie ging mit dem Fahrer zu dem mit Absicht abseits geparkten »Dienstwagen«. Als sie dort ankamen, ließ Maike wie vereinbart den Motor des Kleintransporters an. Fragend schaute der Fahrer in ihre Richtung. Deutlich verunsichert ging er ein Stück zurück zu seinem Fahrzeug. Claudia rief ihn bestimmt zu sich. Schon erstaunlich, was eine Uniform so ausmacht. Der Mann folgte ihrer Aufforderung. Claudia lenkte den Fahrer ab, so daß Maike sich in den Wagen setzen und losfahren konnte. Im Rückspiegel verfolgte sie, was geschah.

Als der Mann sah, wie sich sein Transporter plötzlich in Bewegung setzte, lief er los. Er gestikulierte und rief. Maike fuhr stur weiter. Jetzt ging dem Mann wohl auf, daß er auf den Pott gesetzt worden war. Er rannte los, hinter seinem LKW und Maike her.

Claudia sprang in ihren PKW, startete und fuhr, was das Zeug hergab. Sie bemerkte wohl zu spät, daß der Brummifahrer mitten im Lauf innehielt und sich ihrem Auto zuwandte. Er lief direkt darauf zu, wollte sie offensichtlich zwingen anzuhalten. Gott sei Dank war Claudia noch weit genug weg, um bremsen zu können. *Nun brems doch schon, verdammt!* Der Wagen wurde kein bißchen langsamer. Im Gegenteil. Maike hörte das laute Aufheulen des Motors. Der Aufprall war dumpf. Der Mann schleuderte hoch und zur Seite. Dann schlug sein Körper auf den Asphalt.

Maike bremste scharf, saß wie versteinert. Im Seitenspiegel sah sie, wie wieder Leben in den mächtigen Körper des Mannes kam. Er versuchte sich aufzurichten, es gelang ihm aber nicht. Als er den Kopf wandte, konnte Maike das Blut in seinem Gesicht sehen. Sie griff nach ihrem Handy, wählte die 112. »Verkehrsunfall auf dem Rastplatz am Kilometer zwölf auf der B3. Ein Mann wurde schwer verletzt. Kommen Sie schnell.« Maike legte auf, bevor sie jemand nach dem Namen fragen konnte. Fast im selben Moment hielt Claudias Wagen neben ihr. Sie bedeutete Maike, daß sie fahren sollte. Der Mann kümmerte sie nicht. Claudia fuhr los, Maike folgte ihr.

Einige Kilometer weiter gab Claudia mit der Warnblinkanlage Zeichen. Sie hielten an, zogen die Uniformen aus, schmissen sie auf die Ladefläche des Kleintransporters. Maike sagte keinen Ton. Schließlich fiel Claudia auf, daß nur sie die ganze Zeit plapperte, wie großartig alles gelaufen war.

»Was ist denn los?« fragte sie.

»Du hast den Mann absichtlich angefahren!« fuhr Maike sie an. »Darüber hinaus ist das, was wir gemacht haben, Fahrerflucht.«

»Hast du keine anderen Probleme?« entgegnete Claudia gelassen. »Er hat es ja überlebt.«

Maike bemerkte ihren Fehler gerade noch rechtzeitig. Keinesfalls durfte sie Claudia zeigen, daß sie sich um den Fahrer des Transporters sorgte. »Verstehst du nicht!« ruderte sie volle Fahrt zurück. »Das gefährdet die ganze Aktion. Jetzt suchen die Bullen viel intensiver nach dieser Karre, als für uns gut ist.« Mit wütender Handbewegung wies sie zum Transporter.

Claudia stutzte. »Verdammt, du hast recht. Daran habe ich nicht gedacht.«

Den PKW, den Claudia fuhr und der geliehen war, übergaben sie am nächsten Rastplatz an ein Mitglied der Gruppe, welches ihn wieder abgeben sollte. Claudia fuhr jetzt mit Maike im Kleintransporter mit und wies den Weg.

»Ich habe dich unterschätzt«, sagte sie. »Du bist klüger, als ich dachte. Keine naive Weltverbesserin oder blinde Fanatikerin, sondern jemand, der seinen Kopf anstrengt.«

Maike beglückwünschte sich. Es hatte wohl Eindruck auf Claudia gemacht, daß sie diese so angefahren hatte. Überzeugte dies Claudia davon, daß sie kein Spitzel war? *Dann hattest du in deiner Unbedachtheit unglaubliches Glück.*

»Fahr langsamer, wir biegen gleich ab«, dirigierte Claudia sie.

»Wo? Ich sehe keine Abbiegung.«

»Da.« Claudia deutete auf einen Waldweg etwa hundert Meter vor ihnen. Maike bremste, lenkte den Wagen gemäß Claudias

Anweisung. Das Gelände wurde jetzt unwegsam. Etwa einen Kilometer lang wurden sie durchgeschüttelt, dann endete der Weg vor einem alten Jägerhof. Maike hielt an, der Wagen tuckerte im Leerlauf.

»Fahr rauf«, sagte Claudia.

Maike tat es. Der Hof sah verlassen aus. War hier das Basislager der Gruppe? Ein Jägerhof? Ausgerechnet! Radikale Tierschützer und Jäger waren erklärte Feinde. Die Idee, sich den abgelegten Hof des Gegners als Unterkunft zu wählen, zeugte von Einfallsreichtum. Maike pfiff anerkennend. »Wenn das nicht clever ist.«

Claudia grinste. »Nicht wahr? Hier suchen sie uns zuletzt.« Sie sprang aus dem Wagen.

Vom Haus her eilten jetzt einige Männer und Frauen auf sie zu, begrüßten Claudia mit großem Hallo. Die drehte sich zu Maike um. »Wir laden die Käfige mit den Tieren aus, dann fährst du den Transporter weg. Stell ihn irgendwo ab, aber mindestens hundert Kilometer entfernt von hier.«

Weder Claudia noch ihre Freunde beachteten Maike weiter. Das paßte ihr gut. »Ich muß mal aufs Klo. Wo is'n das hier?« fragte sie Claudia. Die einzige Chance, sich vor ihrem geplanten nächtlichen Einsatz schon mal ein wenig umzusehen.

»Das Hauptgebäude geradeaus. Siehst es gleich, wenn du reinkommst.«

»Alles klar.« Es lief perfekt. Maike gedachte sich auf der Suche nach der Toilette erst mal zu »verirren«. Viel Zeit blieb zwar nicht, aber wenigsten konnte sie grob die Gegebenheiten checken. Gab es Keller, Lagerräume oder andere abgelegene, stille Plätze, die sich eigneten, Menschen zu verstecken? Hatte sie das erst einmal abgeklärt, wollte Maike den Kleintransporter wegfahren und mit Anna wiederkommen.

»Beeil dich, wir können noch jemand beim Ausladen gebrauchen«, rief Claudia in ihrem Rücken. Da sie so drängelte, hatte sie wirklich nicht viel Zeit. Fünf Minuten, höchstens zehn. Dann würde man sicher nach ihr suchen. Maike ging in das Haus, erfaßte mit einem Blick den kleinen Eingangsraum: Die Toilette lag wie beschrieben geradeaus, daneben eine Treppe, die nach unten führte. Es gab also Kellerräume. Statt aufs Klo ging Maike die Treppe hinunter. Hier gab es drei Türen. Die erste führte in den Heizungsraum. Der nächste Raum entpuppte sich als Lagerraum, der dritte war vollgestellt mit altem Sperrmüll.

Alles völlig unspektakulär. So weit, so schlecht.

Maike stieg die Treppe wieder rauf, spähte durch die Tür nach draußen. Dort hatte man mit dem Ausladen begonnen. Die Käfige mit den Tieren wurden ins Nebengebäude gebracht. Claudia schaute plötzlich in Maikes Richtung. *Verdammt. Zu spät, um zurückzuweichen.* Claudia hatte sie gesehen, bedeutete ihr zu kommen. Was blieb Maike übrig? Sie mußte rüber.

»Alle Käfige sollen rüber zu Ben«, erklärte Claudia. »Er untersucht die Tiere, bevor wir sie weiter in die neuen Unterkünfte schicken. Kranke Tiere müssen separiert werden. Sie kommen erst mal in Quarantäne.«

Maike nahm einen Käfig mit Meerschweinchen, ging hinüber zu besagtem Nebengebäude.

Ein junger Mann in weißem Kittel begrüßte sie. »Hallo. Du bist neu. Hab dich noch nie hier gesehen. Ich bin Ben. Stell den Käfig zu den anderen.«

»Maike«, erwiderte sie. »Ja, ich bin noch nicht lange dabei. Ist erst meine zweite Aktion.«

»Ich mache das hier schon ein paar Jahre«, erzählte Ben bereitwillig. »Bin die Krankenschwester der Gruppe. Wenn die Tiere zu mir kommen, sind sie meistens entweder psychisch oder physisch in schlechtem Zustand, mißhandelt oder bis auf die Knochen abgemagert. Ich versuche alles, ihnen zu helfen. Wenn mir das gelingt und sie gesund werden, kommen die Tiere zu Menschen, die es sich zur Aufgabe machen, ihnen ein neues Heim zu geben. Aber manchmal bleibt mir nichts anderes übrig als einzuschläfern.

Die Tiere vom heutigen Transport sind höchstwahrscheinlich alle vermittelbar. Die Zuchtlabors sind angehalten, *gutes Material* zu liefern. Glück im Unglück für die armen Kreaturen. Mir wird schlecht, wenn ich daran denke, was den Tieren geblüht hätte, wären sie an ihrem Bestimmungsort angekommen.«

Ben schüttelte den Kopf.

»Das Schicksal von Versuchstieren hat für mich persönlich den bittersten Beigeschmack. Andere Tiere, die mißhandelt werden, haben einfach nur großes Pech mit ihrem Besitzer. Versuchstiere dagegen werden systematisch im Namen der Wissenschaft und oft über schmerzhafte Umwege getötet. Sie enden mit hoher Wahrscheinlichkeit nach kurzer Zeit auf dem Seziertisch. Das nennt man dann Grundlagenforschung, Qualitätskontrolle oder Sicherheitsprüfung.«

»Nun, dieses Mal haben wir das Schlimmste für die Tiere verhindert«, sagte Maike mit echter Erleichterung.

Wie schon nach der Befreiungsaktion der Hunde vor einigen Tagen fühlte sie sich gespalten. Die Motive von Ben, Claudia und den anderen waren anerkennenswert. Sie kämpften für Lebewesen, die selbst nicht für sich kämpfen konnten. Es fühlte sich falsch an, gegen sie zu arbeiten. Doch da war leider noch die andere Seite: Claudias Methoden. Die konnte Maike trotz edler Motive nicht akzeptieren.

Maike ging zurück zum Wagen, holte einen weiteren Käfig. Nach zwanzig Minuten waren sie mit dem Ausladen fertig. Gerade als Maike in den Transporter stieg, um loszufahren, kam ein Mann, den sie bisher noch nicht gesehen hatte, auf Claudia zugelaufen. Er zog Claudia von den anderen weg und flüsterte ihr aufgeregt etwas ins Ohr.

Claudias Gesicht nahm einen unwilligen Ausdruck an. Sie gab Maike ein Zeichen, daß sie fahren sollte, und folgte dem Mann zurück ins Haus. Maike sah den beiden nach, wartete, bis sie im Haus verschwunden waren, und ging hinterher. Nicht zu schnell. Sie wollte nicht die Aufmerksamkeit der anderen erwecken. Als Maike ins Haus schlüpfte, hörte sie Claudia fluchen: »Wir können keinen Krankenwagen rufen. Das ist euch doch wohl klar.« Ihre Stimme klang gedämpft aus dem Keller.

»Aber der Mann kratzt uns ab, wenn wir nichts unternehmen. Er hat wahrscheinlich einen Herzinfarkt.«

»Na und? Was juckt mich das. Schade nur, daß wir dann nur noch eine Geisel haben.«

»Spinnst du?«

»Was ist los mit dir, Dirk? Wir haben die beiden nicht entführt, um Freundschaft mit ihnen zu schließen oder eine Patenschaft zu übernehmen. Die sind gewissenloser Abschaum, verantwortlich für grausame Tierquälereien in sogenannten Forschungslabors. Schon vergessen? Sie sollten leiden! Und das tun sie jetzt. Habt ihr Videoaufnahmen gemacht?«

»Ja. Aber es war nie die Rede davon, daß einer von denen abnippelt.«

Maike hatte genug gehört und machte sich aus dem Staub. Zügig ging sie zum Transporter, sprang hinein und fuhr vom Hof.

Ja! Maike triumphierte. Endlich! Endlich ein Erfolg. Was die ganze Zeit nur Vermutung war, war nun Gewißheit. Claudia gehörte zur Gruppe der Entführer. War scheinbar sogar tonangebend. Sie waren auf der richtigen Spur.

Angesichts dieser unerwarteten Wendung der Dinge änderte Maike ihren Plan. Sie rief Anna an und blies ihre Aktion ab. Anna war deutlich erleichtert, fragte, was passiert war, aber Maike hatte nicht die Zeit für Erklärungen. »Ich rufe dich später an«, sagte sie nur und legte auf. Sie hatte es sehr eilig, ihre Kollegen zu informieren. Nachdem auch dieser Anruf getätigt war, fuhr sie ins Büro. Dort angekommen, warteten bereits alle auf sie. Maike fühlte sich angesichts der gespannten Gesichter sehr wichtig. Und in Erwartung ihres Erfolges sehr groß.

»Ich habe bereits Spezialhubschrauber mit Infrarotsuchgeräten angefordert«, empfing Wallbach sie. »Mit Hilfe der thermographischen Abbildung der Kameras erhalten wir genauen Aufschluß darüber, wo auf dem Gelände sich Menschen aufhalten. Dementsprechend werden wir unseren Einsatz koordinieren. Mit hoher Wahrscheinlichkeit sind die Personen, die sich nicht oder nur wenig bewegen, die Opfer und die anderen ihre Bewacher.«

»Wenn wir uns beeilen, können wir alle Beteiligten der Entführung mit einem Schlag festnehmen«, sagte Maike enthusiastisch. »Sie sind im Moment nervös, weil es einem der Opfer nicht gut geht. Und sie stritten, als ich wegfuhr. Das ist gut für uns.«

»Gute Arbeit, Frau Roloff.« Wallbach war sichtlich erleichtert. Na klar. Er stand unter Erfolgszwang. Schließlich wurde er als eine Art Wunderknabe gehandelt. Daß dieser Fall, einer der brisantesten der letzten Jahre, bisher nur so langsam voranging, mußte gehörig an seinem Nervenkostüm zerren. Und an dem seiner Vorgesetzen. Die Öffentlichkeit erwartete eine schnelle Aufklärung. Und die Presse machte natürlich Druck.

Maike saß neben Wallbach im Wagen. Sie standen hundert Meter vom Jägerhof entfernt im Wald. Das Fahrzeug des Einsatzkommandos parkte direkt hinter ihnen. Vom Piloten des Hubschraubers kam eine Beschreibung der Wärmebilder. Er konnte zwei Gruppen ausmachen, eine im Haupthaus mit drei Personen, eine im Nebengebäude mit vier Personen.

Maike zählte die Personen zusammen, die sie heute mittag gesehen hatte. »Da war der Tierarzt, drei Leute, die beim Ausladen halfen, Claudia Schrader natürlich. Macht fünf. Dann der Mann, der zu ihr kam und über die Gefangenen redete. Wahrscheinlich ein Bewacher der Entführten. Sechs. Die beiden Entführten selbst und sicher noch ein zweiter Bewacher. Alles in allem also neun. Zwei von ihnen sind demnach nicht mehr da. Hoffentlich ist nicht Claudia Schrader eine von denen, die fehlt. Dann wird es schwer, ihr eine Beteiligung nachzuweisen.«

»Ich bin schon zufrieden, wenn wir die beiden Entführungsopfer lebend befreien können«, brummte Wallbach. »Der Rest ist reine Routinearbeit. Haben wir erst mal die Zeugenaussagen, werden wir auch jeden einzelnen an der Entführung Beteiligten rankriegen. Darauf können Sie sich verlassen.« Wallbach nahm das Funkgerät des Wagens. »Einsatzgruppe bereit?« fragte er.

»Bereit«, kam die Rückmeldung.

Wallbach sah zu Maike. »Ich gehe mit der Gruppe, die das Haupthaus stürmt. Sie gehen mit der anderen ins Nebengebäude. Zeigen Sie dem Gruppenführer den besten Weg.«

»Alles klar.«

Sie stiegen aus dem Wagen, begaben sich zu den Männern der Einsatzgruppe. Wallbach besprach mit dem Einsatzleiter das Vorgehen, deutete auf Maike. Der Mann sah sie an und nickte. Maike nickte zurück. Fünf Minuten später waren alle instruiert. Der Einsatz begann. Im Schutz der Bäume näherte man sich dem Jägerhof. Am Eingang teilte man sich wie besprochen auf. Maike lief mit den Männern zum Nebengebäude. Alles ging absolut lautlos vor sich.

Vor Bens »Praxis« stand immer noch ein Teil der Käfige, die am Vormittag ausgeladen worden waren. Maike hörte ihn in seinem kleinen Raum hantieren. Einer der Männer näherte sich vorsichtig der offenen Tür. Mit einer schnellen Bewegung, die Waffe im Anschlag, baute er sich in der Tür auf. Maike hörte nur einen leisen erstaunten Laut. Der Einsatzbeamte gab seinen Kollegen ein Zeichen, welches bedeutete, daß eine Person gestellt war. Maike verspürte den Drang, zu Ben zu gehen und ihn zu beruhigen. Er war ganz sicher kein brutaler Entführer. Nur ein Mensch mit einem Gewissen. Doch für derartiges Mitgefühl war nicht der richtige Augenblick. Sie folgte den anderen Männern der Einsatzgruppe. Stück für Stück sicherten sie das Nebengebäude. Schließlich hatten sie das ganze Gebäude abgecheckt, bis auf einen Raum, vor dessen Tür sie sich jetzt postierten.

Dann ging alles sehr schnell. Die Tür zu dem Raum wurde aufgebrochen, die Männer stürmten hinein und jede der drei Personen, die am Tisch saßen, wurde von zwei Beamten kontrolliert. »Sitzenbleiben. Keine Bewegung«, hallten die Rufe durch den Raum. Die drei wurden nach Waffen abgesucht.

Maike sah irritiert von einem zum nächsten. Keiner der drei glich auch nur im Entferntesten einem der Entführungsopfer. Was ging hier vor? In Maikes Kopf arbeitete es. Jetzt hörte sie Schritte näherkommen. Claudia erschien in der Tür, begleitet von Wallbach und einem Mann der Einsatzgruppe. »Ich werde mich über diese Polizeiwillkür beschweren«, sagte Claudia aufgebracht. Ein kalter Blick traf Maike, drohend und triumphierend zugleich. »Wie kommen Sie nur darauf, daß wir hier Leute festhalten?«

Wallbach sah sich um. Auch er suchte offenbar nach einem der Entführungsopfer. Er winkte Maike zu sich. »Was haben Sie gefunden?«

»Nur den Tierarzt und die drei Männer hier.« Sie wies mit einer Kopfbewegung zu den dreien, die immer noch am Tisch saßen.

»Im Haus sind die Entführten auch nicht. Und die Anzahl der Personen stimmt mit der von den Wärmebildern überein.« Wallbach sah Maike eindringlich an. »Sie sind sich ganz sicher, daß es in dem Gespräch, das Sie belauscht haben, um die Entführten ging?«

»Aber ja.«

»Sie haben da nicht irgend etwas hineininterpretiert?«

»Ganz sicher nicht. Die haben die beiden woanders hingeschafft.«

»Wie wollen Sie das beweisen? Wie können Sie so überzeugt sein, daß man die Männer *hier* festhielt und nicht woanders? Sie haben sie nicht gesehen.«

Nein, das hatte sie nicht. Aber die Aufregung in Dirks Stimme, als er mit Claudia stritt, war auf dem Höhepunkt. Seine Stimme überschlug sich fast. So, als habe er eben erst jemanden gesehen, der mit dem Tod rang. Nicht vor einer halben Stunde und eine Autofahrt lang entfernt. »Rufen wir die Spurensicherung. Irgendwo muß es ja einen Hinweis geben. Ein Haar, eine Hautschuppe, irgend etwas, das die Anwesenheit der Opfer hier bestätigt.«

Wallbach winkte ab. »Hat keinen Sinn. Sehen Sie sich doch mal um. Hier gibt es eine Milliarde Haare. Von Tieren aller Art. Wie wollen Sie da das eine entscheidende finden? Das Labor wäre wochenlang beschäftigt. Ist so, als suche man die Nadel im Heuhaufen.« Er schüttelte den Kopf. »Falls die Männer wirklich hier waren, sind wir zu spät gekommen. Oder zu früh. Wie man's nimmt.«

»Wie meinen Sie das?«

»Je mehr ich darüber nachdenke, komme ich zu dem Schluß, daß wir übereilt gehandelt haben. Wir hätten uns rückversichern müssen, daß die entführten Pharmamanager wirklich hier sind. Diese Unterlassung hat Sie Ihre Tarnung gekostet.«

In dem Punkt irrte Wallbach. Da war Maike sich sicher. Ihre Tarnung war bereits vor diesem Einsatz aufgeflogen. Sonst hätten sie Erfolg gehabt. Maike war nur schleierhaft, wie Claudia dahintergekommen war, wer beziehungsweise was sie war. Das konnte erst nach dem Diebstahl des LKWs gewesen sein. Als Claudia und sie auf dem Jägerhof waren. Hätte Claudia bereits vorher einen Verdacht gehabt, hätte sie ihr diesen Ort nicht gezeigt. Aber von dem Zeitpunkt, da sie beide auf den Hof fuhren, und dem, da Maike ihn wieder verließ, lag höchstens eine halbe Stunde. Was war in diesen dreißig Minuten passiert, das sie verraten hatte? Bemerkte Claudia etwa ihr Erschrecken, als die sie ertappte, wie sie durch den Hauseingang hinauslugte? Zog Claudia daraus ihre Schlüsse? Übervorsichtig, wie sie nun einmal war?

Wallbach gab den Männern des Einsatzkommandos ein Zeichen, daß sie sich zurückziehen konnten. »Frau Schrader«, wandte er sich an Claudia und machte gute Miene zum bösen Spiel. »Es tut uns sehr leid. Bitte entschuldigen Sie die Unannehmlichkeiten. Unsere Informationen waren ganz offensichtlich fehlerhaft. Angesichts der Tatsache, daß wir versuchen, zwei Menschenleben zu retten, kann ich Sie nur um Nachsicht bitten.«

Wallbach folgte dem Einsatzkommando. Claudia bedeutete ihren Leuten, daß auch sie den Raum verlassen sollten. Maike war mit ihr allein.

»Wozu ein verstopftes Klo doch gut sein kann«, sagte Claudia.

»Was?« Maike verstand nicht.

»Du wolltest aufs Klo. Du erinnerst dich sicher. Zu deinem Pech mußte ich auch mal. Du warst gerade vom Hof gefahren. Ich wunderte mich nicht schlecht, als ich zum Lokus kam und es verstopft war. Es roch dort nicht gerade nach Rosen. Das hattest du mit keiner Silbe erwähnt. Nun sag mir: Welche Frau kommt von einem verstopften, stinkenden Scheißhaus, ohne ein Wort darüber zu verlieren? Ich kenne keine. Dann war da noch dein Erschrecken, als du halb in der Haustür standest und ich dir zuwinkte. Ich zählte eins und eins zusammen. Sicherheitshalber haben wir deshalb unsere Gäste umquartiert.«

Sie sah Maike an. Eisiges Schweigen hing zwischen ihnen. Dann Claudias leise Stimme: »Ich habe dich gewarnt. Du wirst deinen Verrat bereuen.«

»Drohst du mir? Vergiß nicht, mit wem du dich anlegst.«

»Ein Bulle. Wie gut, daß du mich daran erinnerst. Ich hätte es gleich merken müssen. Dein Auftritt mit Anna war das reine Schmierentheater. Du kannst Anna ausrichten, daß wir uns auch bei ihr bedanken werden.«

»Laß Anna in Ruhe! Die ganze Sache war meine Idee.«

»Anna ist erwachsen. Sie wußte, worauf sie sich einließ.«

Maike näherte sich Claudia bis auf wenige Zentimeter. Leise, aber unmißverständlich wiederholte sie: »Laß Anna aus dem Spiel.«

»Sonst?« Maike sah das Funkeln in Claudias Augen. »Was wirst du tun?«

»Ich mache dir das Leben so schwer wie möglich. Bei jeder sich bietenden Gelegenheit. Und davon werde ich viele finden. Zum Beispiel stehen gerade jetzt gestohlene Tiere auf diesem Gelände. Das läßt sich mit Hilfe der Markierungen der Tiere nachweisen. Andere Kollegen werden bald hier auftauchen und den Fall untersuchen. Sobald sie von mir informiert wurden. Die Frage ist nur, wann ich das tue.«

»Ich bekomme eine weitere Bewährungsstrafe. Na und?«

»Du vergißt den Mann, den du einfach umgefahren hast. Da bleibt es nicht bei Bewährung.«

Claudia kniff die Augen zusammen. »Schlägst du ernsthaft einen

Handel vor?«

»Wenn du es so nennen willst.« *Was sagst du da, Maike? Worauf läßt du dich hier ein?* Natürlich wollte sie, daß Claudia Anna in Ruhe ließ. Anna hatte viel für sie getan und ganz sicher nicht verdient, dafür von irgendwelchen verrückten Fanatikern terrorisiert zu werden.

Aber gesetzt den Fall, sie ging wirklich diesen Handel mit Claudia ein, konnte sie das ihre Karriere kosten, wenn nicht sogar den Job. Es war ihre verdammte Pflicht, die Meldung, daß sich hier gestohlenen Tiere befanden, sofort weiterzugeben. Andererseits, wer konnte ihr verdenken, wenn sie bei all der Aufregung heute dafür nicht mehr den Kopf hatte? Es konnte ihr morgen »plötzlich« wieder einfallen.

»Schafft die Tiere schnellstmöglich weg. Dann gibt es keinen Beweis, wenn morgen die Kollegen hier auftauchen.«

»Nur deine Zeugenaussage«, erwiderte Claudia hämisch. »Veralbern kann ich mich allein.«

Gutes Argument. Wie konnte sie dagegen halten? Wie überzeugte sie Claudia, daß Anna es ihr wert war, eine Pflichtverletzung zu begehen? Und vor allem: Wie kam sie dazu, so etwas ernsthaft anzubieten?

»Keine Tiere, kein Diebstahl. Kein Diebstahl, keine Fahrerflucht. Meine Aussage stände gegen deine. Für eine Verhaftung reicht das nicht. Nicht diesmal.«

»Was meinst du damit?«

»Ich meine damit, der Deal schließt nur diese eine Sache ein. Und dafür laßt ihr Anna in Ruhe. Natürlich werde ich meinen Kollegen erzählen, was du mir gerade so freimütig gestanden hast: Daß die Entführung auf euer Konto geht, speziell auf deines. Die Konsequenz kannst du dir ausrechnen.«

Claudia grinste breit. »Ehrlich. Dir ist doch klar, daß der Handel unter diesen Umständen nur für eine begrenzte Zeit gilt. Am Tag meiner Festnahme platzt die Sache und du bekommst 'ne Menge Schwierigkeiten.«

Darüber war Maike sich auch im Klaren. Aber wenigstens war Anna bis dahin geschützt. Und wenn Claudia und ihre Helfer erst einmal in Haft saßen, konnten sie ihr nichts mehr tun. »Haben wir einen Deal?« fragte sie steif.

»Ich weiß zwar nicht, was dir das bringt, aber was geht es mich an. Okay, wir haben einen Deal.«

Maike nickte. »Gut.«

Im Auto brummte Wallbach: »Daß ich mich bei Frau Schrader entschuldigen mußte, verzeihe ich mir nie. Und Ihnen auch nicht.«

»Sie ist die Initiatorin dieser Entführung, und sie weiß, wo die Männer sind. Das ist unbestritten. Darüber hinaus hat sie es mir gegenüber gerade selbst zugegeben. Wir müssen nur Claudia und sämtliche ihrer Gruppenmitglieder rund um die Uhr bewachen. Sie sollen ihre Bewacher ruhig sehen. Das macht sie nervös.«

»Mit dem Ergebnis, daß sich keiner mehr zu den Entführten traut und deren Versorgung zusammenbricht. Keine gute Idee. Das Gegenteil müssen wir tun. Wir müssen Claudia Schrader und ihrer Gruppe Sicherheit suggerieren. Die müssen glauben, daß sie frei von jedem Verdacht sind.«

»Und wie machen wir das?«

»Ganz einfach, Frau Roloff. Wir demonstrieren der Gruppe, daß wir *Ihren* Verdacht nicht teilen und auch nicht gewillt sind, weitere Ressourcen dafür zu binden. Und um das zu unterstreichen, werde ich Sie aus der SOKO abberufen. Mit der Begründung, daß sie uneinsichtig seien und mit dieser Einstellung die Aufklärung des Falles behinderten. Ich gebe eine entsprechende Information an die Presse. Weiterhin teilen wir der Presse mit, daß wir die Täter zwar immer noch in der radikalen Tierschützerszene vermuten, aber unsere Recherchen sich festgefahren haben. Wir werden leider von vorn beginnen müssen. Und dann werden wir Frau Schrader und Konsorten überwachen. Aber absolut unauffällig.«

»Auch ein guter Plan. Was soll ich tun?« fragte Maike eifrig.

»Wie gesagt. Sie gehen zurück in Ihre Abteilung. Da wartet sicher jede Menge Arbeit auf Sie.«

»Was?« Maike hatte diesen Teil von Wallbachs Rede nicht so aufgefaßt, daß er sie wirklich abziehen wollte. Sie dachte, der Plan wäre, nur so zu tun. Verdattert sah sie Wallbach an. »Sie berufen mich wirklich ab?« fragte sie ungläubig.

»Ja. Das muß ich. Sie sagten ja selbst, daß es zu deren Arbeitsweise gehört, überall Leute einzuschleusen. Wir müssen also auch in unseren Reihen mit Spitzeln rechnen. Ich kann nicht anders. Ich muß Sie zurückschicken. So sehr ich das bedaure. Ab morgen sind Sie wieder Ihrer Abteilung zugeteilt.«

»Das können Sie nicht machen.«

»Ich kann. Und ich werde.«

12.

Als Maike vor einer halben Stunde wie eine Verrückte auf Annas Hof gefahren kam, in einer großen Staubwolke bremste und unüberhörbar die Autotür zuknallte, wollte Anna eigentlich gerade ins Bett gehen. Sie zog sich schnell einen Jogginganzug über, als sie den Lärm hörte. Da klopfte es auch schon wie wild an der Haustür.

»Er hat mich abserviert!« rief Maike erbost, kaum daß Anna öffnete. »Einfach so.«

Anna erkannte sofort, daß es ratsam war, erst mal nicht näher darauf einzugehen, was passiert war. »Komm rein. Und vor allem – beruhige dich.«

»Ich will mich nicht beruhigen. Ich will den Kerl in der Luft zerreißen, und Claudia, und mich selbst.«

»Dafür wirst du eine Menge Kraft brauchen. Wann hast du heute das letzte Mal was gegessen?«

Diese triviale und rein praktische Frage brachte Maike aus ihrer Schimpfkanonade. »Weiß nicht. Heute früh?« meinte sie.

»Dachte ich mir. Du bist den ganzen Tag nur auf Verbrecherjagd gewesen. Ich mache dir ein paar Sandwichs.«

Maike schniefte. »Danke.« Dann erzählte sie, während Anna zwei Sandwichs mit Butter bestrich, sie mit Käse und Gurke belegte und Maike den Teller mit einem Glas Apfelsaft vor die Nase setzte.

»Das ist ja nicht sehr gut für dich gelaufen«, meinte sie, als Maike mit ihrer Erzählung fertig war. »Aber, auf die Gefahr hin, daß du mich auch in der Luft zerreißt, ich habe dich gewarnt. Claudia ist gerissen. Du hast die Sache unterschätzt.«

»Noch mehr kluge Bemerkungen? Dann nur raus damit. Ich liege sowieso schon am Boden. Da kannst du ruhig ein wenig auf mir herumtrampeln.«

»Maike, hör auf damit. Selbstmitleid steht dir wirklich nicht.«

Maike tat beleidigt. Sie brummelte etwas vor sich hin, das Anna nicht verstand. Zum ersten Mal, seit Anna Maike kannte, verhielt die sich launisch, wie sie es sonst nur von Dackeln gewohnt war. Das brachte Anna unweigerlich zum Lachen. Sie konnte nichts dagegen tun. Sie lachte, bis ihr die Tränen kamen.

Maike sagte nichts. Sah Anna nur vorwurfsvoll an. »Bist du bald fertig?« fragte sie schließlich gereizt.

»Entschuldige«, japste Anna. »Diese bockige Art paßt einfach so gar nicht zu der Maike Roloff, die ich bisher kennengelernt habe. Du bist sonst immer so souverän, so selbstsicher. Du leistest dir nie Emotionen.«

»Danke. Nett zu wissen, daß du mich immer noch für gefühllos hältst. Leider hatte ich mehr Gefühl, als mir lieb war, als ich mit Claudia den Deal einging.«

»Einen Deal?« Anna konnte Maike nicht folgen.

Die wandte sich von ihr ab. Sie bereute schon, die Sache erwähnt zu haben. »Ach, nichts weiter«, brabbelte Maike.

Plötzlich war Anna so gar nicht mehr zum Lachen zumute. Sagte Maike gerade etwas von einem Deal mit Claudia? Oder hatte sie sich verhört? Anna schaute Maike direkt in die Augen. »Kannst du das noch mal wiederholen?«

Maike kaute auf ihrer Unterlippe herum. »Lieber nicht.«

Anna sah Maike zwingend an. »Raus mit der Sprache. Was ist passiert?«

Verflucht, schimpfte Maike innerlich. Warum hatte sie das nur gesagt? Jetzt gab Anna keine Ruhe. Wie sollte sie ihr die Abmachung mit Claudia erklären, ohne den Eindruck zu erwecken, daß sie Angst um Anna gehabt hatte? Für eine Sekunde standen Maikes Gedanken still. Diese Erkenntnis war neu für sie. Sie wußten nichts Rechtes damit anzufangen und fielen deshalb in eine Art Kurzzeitkoma.

»Maike!?« Annas mahnende Stimme riß sie aus ihrer Erstarrung.

»Na ja«, begann sie langsam. »Nach dem großen Reinfall, bis auf Claudia und mir hatten alle den Raum bereits verlassen, ließ mich

Claudia natürlich wissen, daß ich meinen *Verrat*, wie sie es nennt, bereuen werde. Und da du mir geholfen hast, galt das natürlich auch dir.« Maike hielt inne. Sie wußte immer noch nicht, wie sie es formulieren sollte, ohne zu sagen, daß sie Anna hatte beschützen wollen. Im Nachhinein klang das alles auch in ihren Ohren total lächerlich. Anna war stark genug, sich selbst zu beschützen.

»Ja, und?« fragte Anna. »Was weiter?«

»Na ja, ich habe ihr gesagt, sie soll dich da raushalten. Das Ganze sei auf meinem Mist gewachsen.« *O Gott, klang das bescheuert. Wie ein pubertierender Dreizehnjähriger, der seine Freundin beschützen wollte.* Maike sah an Anna vorbei.

»Ich schätze, das hat Claudia nicht beeindruckt.«

»Nein, aber es hat sie beeindruckt, als ich sagte, daß ich sie auf der Stelle wegen des Tierdiebstahles heute morgen festnehmen kann. Die Tiere waren noch da, also klare Beweislage. Da sie dabei auch noch einen Mann einfach so angefahren hat, würde eine Haftstrafe dabei rauskommen.«

»Warum hast du es nicht getan?«

»Was?«

»Sie festgenommen.«

»So lange wir die Entführungsopfer nicht gefunden haben, ist das keine gute Idee. Wer, wenn nicht Claudia, kann uns zu den Leuten führen? Deshalb konnte ich ihr anbieten, daß ich von einer Festnahme in diesem Fall absehe, wenn sie mir für deine Sicherheit garantiert.« *Gerade noch mal die Kurve gekriegt, Maike! Jetzt hörte sich das Ganze schon wieder beinahe clever an.*

»Das war sehr fürsorglich von dir«, meinte Anna.

War da nicht ein kleiner spöttischer Funke in ihren Augen? Maike räusperte sich verlegen. »Nicht der Rede wert.«

»Und du bist dir absolut sicher, daß Claudia mit der Entführung zu tun hat?«

»Es gibt nicht den geringsten Zweifel. Das macht es noch frustrierender, daß Wallbach mich zurück in meine Abteilung schickt. Dabei bin ich diejenige, die uns in dem Fall so weit vorangebracht hat. Und ich kenne Claudia am besten, weiß, wie sie denkt. Wie kann er mich da aus dem Team schmeißen?«

»Nimmst du die ganze Sache nicht zu persönlich?« fragte Anna.

»Wenn du damit meinst, daß es mich ärgert, daß ich von dem

Fall abgezogen wurde, dann ja. Normalerweise ist es üblich, einen Fall von Anfang bis Ende zu bearbeiten. Von einem Fall abgezogen zu werden, ist kein Aushängeschild.«

»Es ist also keine Sache zwischen dir und Claudia?«

»Was meinst du damit?«

»Ich habe den Eindruck, daß Claudia dich auf eine merkwürdige Art und Weise fasziniert. Du fühlst dich von ihr herausgefordert. Ihr beide ähnelt euch in gewisser Weise.«

»Bitte?« *Das meinte Anna doch wohl nicht ernst.*

»Du und sie, ihr seid überzeugt von dem, was ihr tut. Ihr seid beide Kämpferinnen. Du hast das Gesetz auf deiner Seite. Sie *nur* die Moral. Du übertrittst gelegentlich die Grenzen des Gesetzes, sie die Grenzen der Moral. Beide habt ihr immer eine gute Entschuldigung dafür.«

»Meine Arbeit schützt die Gesundheit und das Leben von Menschen«, stellte Maike klar. »Das ist wohl zumindest ein wesentlicher Unterschied zwischen mir und Claudia.«

»Claudia schützt das Leben von Tieren. Welche von den durch dich beschützten Menschen gequält und ermordet werden«, erwiderte Anna ungerührt.

»Auf wessen Seite stehst du eigentlich?« fragte Maike irritiert.

»Auf keiner von beiden. Sie sind mir beide zu starr.«

Sie schwiegen. Maike dachte über Annas merkwürdigen Vergleich nach. Und über deren Behauptung, daß sie in Claudia eine Art Herausforderung sah, eine persönliche Widersacherin. Vielleicht weil Claudias Willkür und Selbstjustiz das Gegenteil von dem waren, was sie vertrat, Ordnung und Gesetz. Der Mensch ist nun mal nicht von sich aus diszipliniert. Er braucht Regeln. Und das Zuwiderhandeln gegen die Regeln muß bestraft werden. Punkt um. Sonst versinkt die Gesellschaft im Chaos. Aber das Anna zu erklären, war wohl Zeitverschwendung. Maike war klar, daß Anna mehr auf Claudias Seite stand, auch wenn sie es nicht zugab.

»Ich habe noch nie eine Frau wie dich gekannt. So aufrichtig und gleichzeitig so widersprüchlich«, sagte Maike aus ihren Gedanken heraus.

»Soll das ein Kompliment sein?« fragte Anna unsicher.

»Ja . . . ja, ich glaube schon. Dafür ist es wohl auch an der Zeit, nach all dem, was du für mich getan hast.«

»Das ist dir aufgefallen?«

Maike bemerkte den leicht bitteren Unterton in Annas Stimme.

»Natürlich ist mir das aufgefallen«, versicherte sie ernst. »Zugegeben, wir hatten keinen guten Start. Und zugegeben, ich war manchmal grob. Aber mir ist bewußt, wie sehr du mir geholfen hast. Wir waren ein richtig gutes Team.«

»Meinst du das ernst?«

»Aber ja, natürlich.«

»Du bist also nicht mehr der Meinung, ich bin minderwertig, weil ich mal eingesessen habe? Ich frage nur, um sicherzugehen.«

»Das habe ich nie gesagt«, wehrte Maike ab.

»Nein, du hast mich nur so behandelt.«

»Habe ich das?«

»Ja.« Anna nickte.

»Das tut mir ehrlich leid.«

»Na ja, Schwamm drüber. Ich bin keine Mimose«, sagte Anna.

»Du bist nicht sauer?«

»Nicht mehr.«

Anna räumte den Teller und das Glas ab. »Am Anfang war ich es. Aber dann sagte ich mir, daß du nichts dafür kannst. Dein Beruf läßt dich so sein, wie du bist.« Sie zwinkerte Maike zu. »Auf die Art kam ich über die Enttäuschung weg.«

Maike machte ein zerknirschtes Gesicht. »Du hast mich sicherlich tausendmal verflucht.«

»Mindestens«, bestätigte Anna. »Besonders, weil du immer das Gegenteil von dem getan hast, was ich dir riet.«

Anna beugte sich zum Geschirrspüler hinunter, stellte den Teller und das Glas hinein. Als sie sich wieder aufrichtete, fühlte sie plötzlich Maikes Hand auf ihrer Schulter. Sie drehte sich um. Maike stand direkt vor ihr. »Wie hast du das nur aushalten können?«, fragte sie entschuldigend lächelnd. Ihr Gesicht war dem Annas ganz nah.

»Vielleicht habe ich eine Schwäche für schwierige Frauen«, erwiderte Anna sanft lächelnd. Und fragte sich gleichzeitig: *Tickst du noch richtig? Wie kannst du so was sagen?* Sie fühlte Maikes Hand über ihre Wange streichen. »Sei vorsichtig. Sonst werde ich vielleicht auch schwach«, flüsterte Maike.

Ausgehend von Annas Bauchnabel breitete sich ein warmer

Schauer in ihrem Körper aus. Ihre Ohren wurden heiß, sie schluckte. Schnell trat sie einen Schritt zurück, stieß sich dabei am Küchenschrank. Sie rieb sich den schmerzenden Hüftknochen.

Maike sah Anna forschend an. »Was hast du?«

Nichts! Was sollte ich schon haben. Es passiert mir jeden Tag, daß eine attraktive Frau sich mir bis auf wenige Zentimeter nähert, so weit, daß ich ihre Nähe fühlen, sie riechen kann, und mir dann die Wange streichelt und zweideutige Worte zuflüstert. Eine Frau, die mich schon zwei Mal mit ihrem Kuß in ein Gefühlschaos stürzte.

»Du wirkst nervös«, analysierte Maike Annas Zustand goldrichtig.

»Das täuscht«, log diese tapfer. Was sie nun wirklich nicht brauchte, war, daß Maike dahinterkam, was sie gerade in ihr ausgelöst hatte. Anna hätte interessiert, was sich Maike dabei dachte, wenn sie sie einfach küßte oder ihr so nahe kam wie eben. Dachte Maike sich überhaupt was dabei? Oder tat sie es ganz unbewußt? Oder im Gegenteil ganz bewußt, um sie herauszufordern, zu provozieren? Um mit ihr zu flirten?

Was auch immer, Anna rief sich ins Bewußtsein, daß es ohnehin bald vorbei sein würde. Wenn Maike vom Fall abgezogen worden war, brauchte sie ihre Hilfe nicht mehr. Dann bestand auch keine Veranlassung mehr für sie, bei ihr aufzutauchen. Sie würden sich nicht mehr sehen, und solche Szenen würden der Vergangenheit angehören. Alles wäre wie früher. Bei dem Gedanken wurde Anna merkwürdig flau im Magen.

»Na gut.« Maikes durchdringender Blick traf Anna. Sie stand immer noch dicht vor ihr. Dann schüttelte Maike den Kopf, so als schüttelte sie einen Gedanken ab. »Danke für die Sandwichs. Ich fahre jetzt nach Hause. Entschuldige, daß ich dich so spät gestört habe. Ich weiß auch nicht, warum ich gerade zu dir gekommen bin, um meinen Frust abzulassen. Aber danke, daß du mir zugehört hast.«

»Keine Ursache«, sagte Anna nur. Zu mehr war sie nicht fähig. Selbst bei dieser kurzen Antwort zitterte ihre Stimme leicht.

Maike sah Anna fragend an. »Bist du in Ordnung?«

»Aber ja.« Anna versuchte ein Lächeln.

»Sicher?«

Sie nickte nur. War Maike nicht klar, daß dies ein Abschied war?

Offensichtlich nicht. Oder es spielte für sie einfach keine Rolle. »Na dann, mach's gut.« Maike ging langsam zur Tür. Dort angekommen, drehte sie sich noch einmal um. »Und noch mal danke für alles.«

Dann war sie weg. Anna starrte die Tür an, durch die Maike gegangen war. Und mit ihr die Chance zu sagen, daß sie sie vermissen würde. So absurd das war. Genau das würde sie tun. Auch wenn Maike und sie sich die meiste Zeit gestritten hatten, nie über etwas einig waren. Trotz all ihrer Gegensätze. Sie mochte sie.

Und kannst du dieses »Mögen« etwas genauer beschreiben? Nein, das konnte sie nicht. Sie wollte es nicht. Sie dachte am besten nicht weiter darüber nach. Wozu auch? Maike war gegangen.

13.

»Na, wird ja auch Zeit«, begrüßte ihr Kollege Pelzer Maike am nächsten Morgen, als sie ins Büro kam. »Wie lange soll ich den Kram hier noch allein machen? Oder glaubst du vielleicht, der Chef hätte mir jemanden als Hilfe zugeteilt?« brummte er in seiner typisch mürrischen Art. Markus Pelzer war nicht gerade das, was man eine Frohnatur nannte. Er schob das auf seinen Beruf, in dem er so wenig Erfreuliches erlebte, wie er selbst sagte. Maike glaubte, es machte ihm einfach Spaß, schwarzzusehen, wo andere das Grau suchten.

»Du tust mir ja so leid, mein Kleiner«, ärgerte sie ihn. An seine ein Meter fünfundsechzig erinnert zu werden, liebte er gar nicht.

Markus revanchierte sich prompt. »Wenn ich es mir genau überlege, es war gar nicht so schlecht ohne dich. Endlich mal keine Schlaubergerin um mich herum.«

»Nach dem das nun geklärt ist, können wir ja endlich anfangen«, sagte Maike grinsend. »Was ist in den letzten Tagen passiert?«

»Der Mordfall Franke ist abgeschlossen. Der Mann war hoch verschuldet, Firma und Haus mit Hypotheken belastet, da hat er sich bei einem Kredithai Geld geliehen und natürlich nicht zurückzahlen können. Der Mann wurde kurz vor seinem Tod zwei Mal in die Unfallstation eingeliefert. Gebrochener Finger, gebrochene Rippen. Jedesmal gab er an, unglücklich gestürzt zu sein.«

»Zahlungsaufforderungen«, vermutete Maike.

»Ja. Als er denen nicht nachkam, gab es beim dritten Mal kein Pardon mehr. Aber wir konnten dem Geldverleiher nicht nachweisen, daß er den Auftrag für Frankes Tötung gab. Wir haben nur seinen Handlanger verhaften können. Der behauptet steif und fest, sein Chef habe nichts mit der Sache zu tun.«

»Na klar, was sonst.« Maike schaltete ihren Computer an. »Wie weit bist du im Fall mit der toten Schülerin Maria?«

»Das Labor sagt, Maria ist an einer Überdosis gestorben. Einer Mischung aus Alkohol und Drogen. Nach Aussage der Eltern nahm das Mädchen aber keine Drogen. Und Alkohol trank sie auch nie.«

»Eine Sechzehnjährige, die keinen Alkohol trinkt? Wer soll das denn glauben?«

»Das stimmt. Maria hat eine seltene Erbkrankheit. Sie ist Bluter. Sie bekommt regelmäßig Injektionen, und Alkohol würde ihr Krankheitsbild extrem verschlechtern. Der Täter wußte das nicht, denn er wollte es so aussehen lassen, als wäre Maria Opfer ihres eigenen Übermutes geworden.«

»Oder er wußte es und mischte extra den Cocktail, um es so aussehen zu lassen, als wußte er es nicht.«

»Natürlich auch möglich. Wie dem auch sei. Es gibt eine ganze Schulklasse voller Verdächtiger. Das Mädchen hat nacheinander, und auch schon mal gleichzeitig, alle Jungs der Klasse angemacht. Das fanden ihre Klassenkameradinnen nicht lustig, weil viele der Jungs mit einer von ihnen liiert waren. Die Jungs machten Schluß, aber dann ließ Maria sie einfach abblitzen. Was die wiederum nicht cool fanden.«

»Wie viele der Teenies haben ein Alibi?«

»Alle. Sie geben es sich gegenseitig.«

»Klar. Sie decken den Mörder oder die Mörderin. Halten es für eine Art Ehrensache gegenüber der Person, die das tat, woran sie selbst gedacht, es sich aber nicht getraut haben.«

Markus nickte bestätigend. »Genau den Eindruck habe ich auch. Wir müssen das schwache Glied in der Kette finden, um den Fall zu knacken. Denjenigen, der Gewissensbisse hat. Aber wer kann das sein?« Markus kratzte sich nachdenklich am Kopf.

»Der Klassenprimus«, erwiderte Maike. »Wie hieß der noch gleich?«

Pelzer hielt mitten in der Bewegung inne, sah sie an. »Tino Nolte. Aber wie kommst du darauf?«

»Weil er mal was werden will. Wozu strebt er sonst? Ein Fleck in seiner Vergangenheit – und das ist ein nicht aus der Welt geräumter Mordverdacht in jedem Fall – reicht aus, ihm seine Zukunft zu verbauen. Zumindest können wir ihm das erzählen. Wir sollten ihn mal zu uns einladen.« Sie grinste Markus an. »Na? Nun bist du doch froh, daß ich wieder da bin.«

»Erst mal abwarten, ob deine Theorie taugt«, erwiderte er zurückhaltend.

Maike winkte ab. »Alter Pessimist.«

»Ich war es nicht. Hören Sie? Ich war es nicht.« Der Junge rutschte nervös auf dem Stuhl vor Pelzers Schreibtisch hin und her.

»Das haben wir auch nicht gesagt, Tino.« Maike stand auf. »Aber du weißt, wer es war. Und wir wollen, daß du es uns sagst.« Sie lehnte sich direkt vor ihm an den Schreibtisch.

»Ich weiß nichts. Fragen Sie die anderen.«

»Wissen die denn was?«

Seine Augen blickten starr geradeaus.

»Du weißt hoffentlich, daß du dabei bist, dir deine Zukunft zu versauen«, sagte Maike. »Die Sache ist doch die: Früher oder später finden wir sowieso raus, wie alles passiert ist. Und dann bekommen alle die, welche den Mörder gedeckt haben, große Schwierigkeiten. Behinderung bei Aufklärung einer Straftat ist ein Strafdelikt. In Mordfällen wird das besonders hart geahndet. Du kannst mit einer Gefängnisstrafe rechnen.« Sie übertrieb absichtlich, um Tino Angst zu machen. Und es wirkte. Seine Augen begannen unsicher zwischen ihr und Pelzer hin und her zu wandern.

»Sie bluffen doch nur«, erwiderte er und versuchte sich einen überzeugten Anschein zu geben. Doch seine Stimme verriet ihn. Er war durchaus nicht so sicher, wie er vorgab.

»Na, du mußt es ja wissen«, sagte Maike nur. »Markus«, wandte sie sich an Pelzer und ließ den Jungen links liegen. »Wir fahren jetzt sofort zur Schule und befragen alle Schüler der Klasse noch einmal einzeln zu ihren Alibis. Jeder soll seine Aussage wiederholen. Wir vergleichen die Orts- und Zeitangaben mit den ersten Aussagen. Irgendeiner wird sich in einen Widerspruch verwickeln. Würde mich wundern, wenn es nun ausgerechnet in diesem Fall einmal anders sein sollte als sonst.« Maike zwinkerte Markus unauffällig zu. Der verstand sofort und ging auf ihr Schauspiel ein.

»In Ordnung«, nickte er und stand von seinem Stuhl auf.

»Du kannst gleich mit uns kommen, Tino«, bot Maike dem Jungen an. »Hast ja denselben Weg.«

Er nahm seine Tasche, die neben dem Stuhl stand, und folgte ihnen. In seinem Kopf arbeitete es. Das sah Maike ihm an. Die Fahrt zur Schule würde etwa zehn Minuten dauern. Sie hoffte, daß er in dieser Zeit zu dem Schluß kam, daß es besser sei, derjenige zu sein, der bei der Aufklärung des Falles half, statt ein anderer. Sicher konnte sie sich natürlich nicht sein. Dann würde Pelzer mit seinem Pessimismus recht behalten und sie mußten den ganzen Fall noch mal von vorn aufrollen.

Auf der Fahrt zur Schule warf Maike immer wieder einen verstohlenen Blick in den Rückspiegel und beobachtete ihren Fahrgast. Der saß nur regungslos da, die Augen auf einen imaginären Punkt vor sich geheftet. Maike bedeutete Pelzer langsamer zu fahren. Das brachte weitere, vielleicht entscheidende Minuten. Das Schulgebäude kam bereits in Sicht, und Tino schwieg immer noch. Pelzer hielt den Wagen vor der Schule an.

»Okay«, sagte Maike zu ihm. »Dann mal an die Arbeit. Wird sicher ein langer Tag.« Sie öffnete die Autotür und stieg aus. Ihr Kollege ebenso. »Was ist?« rief sie dem Jungen zu. »Willst du dort Wurzeln schlagen? Komm schon!«

Er rührte sich nicht. Maike sah Pelzer über das Autodach hinweg triumphierend an. Dann setzte sie sich zurück in den Wagen.

»Also? Was willst du uns erzählen?«

»Glaubst du, er sagt die Wahrheit?« fragte Pelzer, als der Junge gegangen war. »Alles war nur das Ergebnis von Übermut? Ein Partyspiel um falsch verstandenen Mut, das außer Kontrolle geriet? Maria hätte sich doch niemals daran beteiligt. Sie wußte, daß Alkohol ihr schadet. Für sie glich das Spiel russischem Roulette.«

»Wir dürfen den Gruppenzwang nicht unterschätzen. Für Jugendliche in Marias Alter erfordert es eine Menge Rückgrat, sich dem zu entziehen. Zumal sie sich ja nicht gerade beliebt gemacht hatte, wie wir wissen.«

»Eben«, meinte Pelzer. »Warum sollte sie es dann bei diesem dämlichen Spiel versuchen?«

»Da hast du nun wieder recht«, gab Maike zu. »Also lügt unser Klassenprimus. Er hat uns ein Schauspiel abgeliefert. Warum?«

»Weil er mit dem Tod von Maria was zu tun hat, natürlich. Er hat uns die ganze Zeit glauben lassen, er ist der klassische Streber, der von den anderen ausgemoppt wird. Aber das stimmt vielleicht gar nicht. Was, wenn er der Chef der Truppe ist? Er könnte die anderen in ihren Aussagen instruiert haben. Wir müssen rausbekommen, ob auch er mit Maria was hatte. Wenn sie ihn abblitzen ließ wie alle anderen, hat ihm das sicher nicht gefallen.«

Maike nickte. Pelzers Schlußfolgerung leuchtete ihr ein. Dennoch. »Das Ganze ist eine Vermutung. Wir brauchen Beweise«, sagte sie.

»Die bekommen wir auch. Ich gehe mal eben ins Lehrerzimmer und frage nach Tinos größtem Widersacher in der Klasse. Wäre ja gelacht, wenn wir die beiden nicht gegeneinander ausspielen können. Bin gleich wieder da.«

Pelzer ging. Maike setzte sich zurück in den Wagen und beschloß, die Wartezeit für einen Powernapper zu nutzen. Immerhin hatte sie in den letzten Tagen reichlich Überstunden geschoben. Das ging an die Substanz. Sie legte den Kopf zurück, schloß die Augen.

Leider wollte es mit der Entspannung nicht so richtig klappen. Maikes Gedanken wanderten, statt sich auszuruhen. Und zwar wanderten sie zu Anna. Sie war so merkwürdig, als sie sich gestern voneinander verabschiedeten, wirkte irgendwie niedergeschlagen. Ob eines der Tiere krank war? Sollte sie Anna danach fragen? Sie konnte sie ja heute abend mal anrufen. Oder lieber gleich? Nein, besser heute abend. Da hatte sie mehr Ruhe zum Reden.

Maike fühlte sich schlagartig besser nach diesem Entschluß, freute sich darauf, Annas Stimme zu hören, sich ihr Gesicht vorzustellen, wenn sie mit ihr sprach. *Wie wenig ich doch über Anna weiß*, kam es ihr plötzlich in den Sinn. Obwohl Anna ihr von ihrer Vergangenheit erzählt hatte, sie einen großen Teil ihrer Ansichten kannte – genug, sie nicht zu teilen – und wußte, daß Anna auf Frauen stand, hatte sie keinen Schimmer von dem, was in Anna vorging. *Weil du dich nicht dafür interessiert hast,* mußte sie sich eingestehen. *Du hast immer nur den Fall im Kopf gehabt, dabei weder nach links oder rechts geschaut. Selbst wenn du Anna geküßt hast, nahmst du dir nie die Zeit, darüber nachzudenken, warum du das tatest. Wenn es passierte, hast du dich irgendwie aus der Situation herauslaviert, bist einfach zur Tagesordnung übergegangen.* Warum verschwieg sie Anna, daß sie Frauen mochte? Weil es unwichtig war? Weil es ihr peinlich war? Nein. *Weil es dich zwingen würde, Farbe zu bekennen, wie du zu Anna stehst.*

An dieser Stelle der Überlegungen öffnete Maike ihre Augen. *Schluß damit!* rief sie sich zur Ordnung und hielt nach Markus Ausschau. Wo blieb er denn so lange? Maike stieg aus dem Wagen, ging zum Schulhof. Dort stand an einer Mauer eine Gruppe Jugendlicher. Sie ging zu ihnen. Vielleicht hatten sie Maria gekannt.

»Hallo«, rief Maike ihnen zu. Sie drehten sich zu ihr um. Gelangweilte Gesichter. »Mein Name ist Roloff, ich bin von der Kripo. Ihr habt doch sicher auch von Marias Tod gehört.«

»Na klar, jeder hat das«, sagte einer der Jungen.

»Hat jemand von euch Maria näher gekannt? Wißt ihr oder habt ihr mal gesehen, ob sie Drogen nahm oder Alkohol trank? Habt ihr irgendwelche Streits mitbekommen? Mit Lehrern oder anderen Schülern?«

Die Jungen und Mädchen sahen einander an, schüttelten die Köpfe oder zuckten mit den Schultern.

»Niemand?« fragte Maike. »Weiß einer, ob Maria einen festen Freund hatte?«

»Maria ging mit einem Jungen nie länger als ein oder zwei Monate«, sagte eines der Mädchen. »Das wissen alle. Manchen der Jungs war es recht, andere dachten, bei ihnen würde es anders und litten, als Maria sie abservierte.«

»Wer war ihr letzter Freund?«

»Das war Ralf Sander.«

»Ging sie auch mal mit Tino Nolte?«

»Ja, ist aber schon 'ne Weile her.«

»Wie lange?«

»Drei, vier Monate ungefähr.«

»Und war Tino einer derjenigen, die das Ende leicht nahmen?«

Das Mädchen schüttelte den Kopf. »Das kann man nun wirklich

nicht sagen. Maria und ich waren nicht befreundet, aber wir gingen in dieselbe Trainingsgruppe. Dort prahlte sie öfter mit ihren Jungsgeschichten. Ich fand es nicht besonders fair, was sie machte. Doch mal ehrlich, wie viele Typen gehen auf dieselbe Art mit den Mädels um, und das finden dann alle normal. Jedenfalls, als Maria mit Tino fertig war, erzählte sie, daß er sie verfolgte.«

Maike horchte auf. »Was erzählte sie genau?«

»Tino hing den ganzen Tag in der Schule in ihrer Nähe rum. Weil er ja ungefähr ihren Tagesablauf kannte, tauchte er oft dort auf, wo Maria war. Er belagerte sie praktisch. Aber Maria war nicht blöd. Nach einigen Tagen hat sie sich einen Neandertalertypen aufgerissen, der Tino in die Mangel genommen hat.«

Das war mehr als interessant. Tino verschwieg ihnen nicht nur seine Beziehung mit Maria, sondern auch die nachfolgend erlittene Demütigung. Sein Groll auf Maria mußte dementsprechend groß gewesen sein. Das war ein gutes Motiv.

»Ich wußte, daß Sie mich verdächtigen, wenn Sie davon erfahren. Deshalb habe ich nichts gesagt«, verteidigte sich Tino hilflos. Er saß wieder auf dem Stuhl vor Pelzers Schreibtisch, wie bereits vor zwei Stunden.

»Da hast du richtig gedacht«, erwiderte Markus. »Und nun mach den Mund auf.«

»Aber ich war's wirklich nicht. Ich schwöre.«

»Und du hast die anderen aus deiner Klasse auch nicht in ihrer Aussage beeinflußt«, sagte Maike mit deutlicher Ironie in der Stimme.

»Doch«, gab er zu. »Das habe ich. Weil ich Schiß hatte. Ich dachte, daß wäre der einzige Ausweg.«

»Warum tun die anderen so was für dich? Bist du so ein netter Kerl?«

»Ich habe jedem von ihnen mehr als einmal aus der Patsche geholfen«, erwiderte Tino. »Bei Hausaufgaben, Tests oder ich weiß nicht was.«

Maike bezweifelte, daß das seine Kameraden zu einer Falschaussage in einem Mordfall bewegt hätte. Außerdem fand sie, Tino hatte mit der Antwort eine Sekunde zu lange gezögert. Für sie stand fest: »Du hast deine Mitschüler erpreßt.« Die Frage war nur, womit.

»Erpreßt? Womit denn?« fragte Tino auch prompt.

»Das werden wir rausfinden, verlaß dich drauf«, versprach Maike.

»Sie phantasieren ja.« Tino verschränkte demonstrativ die Arme vor seinem Körper.

Nach einer weiteren halben Stunde fruchtlosem Hin und Her blieb ihnen nichts anderes übrig, als ihn gehen zu lassen. Sie hatten leider nach wie vor nur Vermutungen, keine Beweise. Die Tatsache, daß Tino etwas mit Maria gehabt hatte, reichte nicht aus, ihn festzunehmen. Denn da war er nur einer von vielen. Mehr konnten sie ihm jedoch nicht nachweisen.

Maike war sauer. Markus ging es nicht viel besser.

»Was zum Teufel kann eine ganze Klasse dazu bringen, daß alle für einen lügen?« brummte er unmutig.

»Möglicherweise haben sich einige irgendwie die Prüfungsaufgaben beschafft. Alle wissen es. Keiner sagt was. Tino drohte vielleicht, es zu verraten. Schließlich muß er nicht befürchten durchzufallen.«

Pelzer griff zum Telefon, wählte. »Direktor Berg bitte.«

Fünf Minuten später stand fest: Fehlanzeige. Die Prüfungsaufgaben lagen verschlossen im Tresor des Direktors. Keine Chance, da ranzukommen.

Maike knabberte an ihrem Bleistift herum. »War ja auch nur so 'ne Idee. Was machen wir jetzt?«

»Keine Ahnung.« Markus zuckte mit den Schultern.

»Wir müssen rausfinden, wer aus der Klasse von Marias Krankheit und der lebensgefährlichen Wirkung eines solchen Alkohol-Drogencocktails auf sie wußte«, sagte Maike. »Maria nahm den Cocktail nicht freiwillig. Jemand hat sie gezwungen. Wahrscheinlich haben sich mehrere ihrer Mitschüler mit dieser Aktion an ihr rächen wollen, vielleicht die ganze Klasse. Und deshalb sagt auch keiner was. Aber wie viele der Beteiligten wollten ihr einfach nur eine Lehre erteilen und wie viele wußten, daß diese Racheaktion Marias Leben gefährdete? Da sie mit mehreren Jungs liiert war, wußten auch sicher mehrere von ihrer Krankheit. War Tino einer von ihnen? Schlug er die Aktion vor, hetzte er die anderen auf? Gründe genug hatte er.«

»Und alle machten mit? Es gab keinen, der versuchte, die anderen aufzuhalten? Glaube ich nicht. Die Aktion muß die Klasse gespalten haben.« Markus blickte zu Maike.

»Du hast recht. Wäre schon merkwürdig, wenn sich zwanzig Jugendliche in einer Sache einig wären. Die Opponenten wurden eingeschüchtert. Also suchen wir sie.«

Sie standen fast synchron auf. »Auf zur Schule«, brummte Markus.

Ihre Strategie brauchten sie nicht erst besprechen. Sie war klar und tausendmal erprobt. Ähnlich wie sie vorher Tino eingeschüchtert hatten, würden sie jeden der Schüler mit dem vollen Programm der zu erwartenden Strafe konfrontieren. Und auch wenn das bei Tino nicht so erfolgreich war, irgendeiner seiner Klassenkameraden würde einknicken.

Ihre Geduld wurde auf eine harte Probe gestellt. Erst als sie mit zwei Dritteln der Schüler gesprochen hatten, wendete sich das Blatt endlich zu ihren Gunsten. Dieses Mädchen war ihre Kandidatin. Sie wußten es schon nach ihrem ersten Satz: »Ich wollte nicht, daß Maria etwas passiert, wirklich. Ich mochte sie.«

Markus und Maike sahen sich nur an. Einschüchterung war hier überflüssig. Sie hatte sich bereits verplappert. »Du bist Jana Hahn?« fragte Maike.

»Ja.« Sie saß da wie ein Häufchen Elend. Die Berichte ihrer Klassenkameraden, die bereits verhört wurden, machten ihr offensichtlich zu schaffen. Und garantiert hatten alle ihr eingeimpft, die Klappe zu halten. Das machte sie noch nervöser.

»Wir waren der Meinung, daß Maria keine Freunde hatte. Sie war unbeliebt.«

»Ich hatte keinen Streit mit ihr. Ich hatte nie einen Freund, den sie mir hätte ausspannen können.« Das glaubte Maike ihr sofort. Jana Hahn war die typische graue Maus, wie es in jeder Klasse eine oder zwei gab. »Warum sollte ich was gegen Maria haben? Im Gegenteil. Sie hat all diesen eingebildeten Tussis endlich mal einen Dämpfer verpaßt.«

»Vielleicht hast du eine Freundin unter den Mädchen der Klasse, der Maria den Freund ausgespannt hat«, sagte Maike.

»Ich habe keine Freundin.«

»Du hast weder Freundin noch Freund in der Klasse? Das muß wirklich schwer sein. Nur ausgenutzt, herumgeschoben und bei allen Partys vergessen zu werden.« Maike stocherte mit Absicht in der Wunde herum.

»Ich habe mich dran gewöhnt. Ist nicht so schlimm, wie es sich anhört«, behauptete Jana.

»Na ja. Aber im Fall von Marias Tod ist das schon was anderes.«

»Was meinen Sie?«

»Nun sollst du wortlos zusehen, wie die anderen deine Zukunft aufs Spiel setzen. Das ist immerhin was anderes, als einen Abend allein auf einer Party zu stehen.«

Plötzlich liefen dem Mädchen Tränen die Wangen herunter. »Ich wollte nicht, daß Maria etwas passiert«, wiederholte sie schluchzend. »Sie hat mich sogar einmal ins Kino eingeladen.«

»Tino sagte, an dem Abend habt ihr ein Spiel gespielt, eine Mutprobe. Cocktailtrinken bei unbekanntem Mischungsverhältnis. In jedem Cocktail wurden auch eine unbekannte Anzahl Ecstasypillen aufgelöst. Irgendwann wußte keiner mehr, wer was mixte und wer was trank.«

»Ich fand die Idee von Anfang an hirnlos. Aber wer hört schon auf mich?«

»Hat Maria sich an diesem Spiel beteiligt?«

»Sie wollte nicht. Tino hat sie deshalb blöd angemacht, hat sie provoziert. Doch darauf ließ sie sich nicht ein.«

»Und dann?« fragte Maike gespannt.

»Irgendwie ergab ein Wort das andere. Die anderen bedrängten Maria, sie soll sich nicht so haben. Sie sei ja sonst auch kein Kind von Traurigkeit. Sie setzten den Cocktail Maria einfach an den Mund.«

»Und Maria wehrte sich.«

»Ja. Einige der Jungs und Mädchen hielten sie fest. Maria schrie und flehte. Es half nichts. Die meisten der anderen waren ja selbst schon betrunken, von den Cocktails die sie getrunken hatten. Sie realisierten die Situation gar nicht. Alles war so . . . unwirklich.«

»Was machte Tino währenddessen?«

»Er stand nur daneben. Hat sich gar nicht an dem Spektakel beteiligt. Ich glaube, er war entsetzt.«

»Aber war es nicht Tino, der das Ganze anzettelte?«

»Ja. Doch es geriet außer Kontrolle. Nicht einmal Tino konnte die anderen aufhalten.«

»Hat er es versucht?«

Jana dachte nach. »Nein«, sagte sie nach einer nachdenklichen Pause. »Er stand einfach nur daneben.«

Maike nickte Markus zu. Der schaute düster drein. »Okay«, sagte er und bedeutete Jana mit einer Kopfbewegung in Richtung Tür zu gehen. »Wir sind fertig.«

Das Mädchen verließ eilig den Raum.

Markus schüttelte unzufrieden den Kopf. »Wenn Tino sich nicht an der Gruppenmaßnahme gegen Maria beteiligt hat, können wir ihn nicht rankriegen.«

»Er hat die anderen angestiftet, hast du doch gehört.«

»Ja. Aber wie willst du ihm das nachweisen? Durch Janas Aussage? Immer vorausgesetzt, sie wiederholt das fürs Protokoll und widerruft nicht; Tinos Anwalt wird locker zehn Zeugen beibringen, die aussagen, daß die eigentliche Idee zum Spiel nicht von Tino stammte. Demzufolge ist die Mordtheorie hinfällig, weil nur die Anstiftung zu beidem, Spiel und Cocktail, den Tatbestand des Vorsatzes erfüllt.«

»Bleibt immer noch Totschlag. Bringt auch ein paar Jahre.« So schnell wollte Maike nicht aufgeben.

»Körperverletzung mit Todesfolge, höchstens. Und das nicht mal vorsätzlich«, korrigierte Markus sie. »Weil der Junge erst achtzehn ist, fällt er unter das Jugendstrafgesetz. Er ist nicht vorbestraft, hat ausgezeichnete Zeugnisse und einen ebenso guten Leumund. Er kommt mit einer Bewährungsstrafe davon.«

»Scheiße«, fluchte Maike.

»Du sagst es.«

»Feierabend«, verkündete sie resigniert. »Machen wir mit dem Rest der Bande morgen weiter. Ich habe keinen Bock mehr.«

»Feierabend?« Markus blickte seine Kollegin fragend an. »Es ist erst vier Uhr.«

Noch eine Stunde bis zur Abendfütterung der Tiere, dachte Maike automatisch. »Schaff dir 'ne Freundin an«, bluffte sie Markus an.

»Dann weißt du mit deiner Freizeit was anzufangen.«

»Was ist los mit dir? Schlecht drauf? Dir fehlt wohl selbst 'ne

Freundin?« Markus grinste.

Maike grinste nur dumm zurück, schnappte sich ihren Rucksack und winkte ihm zu. »Ich bin jedenfalls für heute weg.«

Maike reihte sich in den Feierabendstau ein. Stop and go schlich sie in Richtung zu Hause – und dachte an Anna. Schon wieder! Das irritierte sie langsam ernsthaft. Warum beschäftigten ihre Gedanken sich so viel mit Anna? Gut, sie hatten in den letzten Tagen viel Zeit miteinander verbracht. Sie hatte Anna sogar geküßt. Aber war ihr Annas Gesellschaft etwa schon so zur Gewohnheit geworden, daß sie diese bereits vermißte, wenn sie sie nur einen Tag mal nicht sah?

Wenn das so ist, warum fährst du nicht einfach zu ihr? Eine Weile spielte Maike ernsthaft mit dem Gedanken. Sie war schon drauf und dran, die Fahrtrichtung zu ändern, als ihre Vernunft sie zurückpfiff: *Na, das geht ja gar nicht! Was willst du Anna denn sagen, warum du kommst? Daß du sie vermißt hast?* Maike rief sich zur Ordnung. Sie würde Anna heute abend anrufen, wie sie es ursprünglich vorhatte. Und das mußte genügen.

Zu Hause angekommen, machte Maike sich erst mal was zu essen. Danach las sie die Zeitung, schaute Nachrichten . . . der erste Film begann. Sie zögerte den Anruf bei Anna hinaus. *In der ersten Werbepause rufst du sie an*, sagte Maike sich, tat es dann aber doch nicht, setzte sich die nächste Pause als Ziel. Aber auch in der rief Maike nicht an. So ging es den ganzen Abend. Sie fand immer einen neuen Grund, warum es gerade ein schlechter Moment für einen Anruf war. Was Maike sich nicht eingestehen wollte, sie verspürte eine unerklärliche Scheu davor, Annas verwunderte Stimme fragen zu hören, warum sie anrief. Maike wußte keine Antwort auf eine solche Frage. Keine andere als die, daß sie wissen wollte, was Anna tat und wie es ihr ging. Maike fühlte sich schlicht unsicher, weil sie nicht wußte, wie Anna auf ihren Anruf reagieren würde. So schob sie ihr Vorhaben hinaus, bis der erste und auch der zweite Film vorbei und es bereits viertel nach zwölf war. Zu spät für einen Anruf.

14.

Ich muß gestehen, deine Einladung hat mich überrascht. Wie komme ich zu der Ehre?« Greta setzte sich Anna gegenüber. Als die sie anrief und zum Abendessen einlud, war ihre Verwunderung groß. Noch mehr, als Anna sie auch noch das Restaurant wählen ließ. Greta entschied sich für eine Pizzeria. Sie liebte Pizza. Anna war egal, was es zum Essen gab. Sie brauchte nur jemanden zum Reden.

»Es gibt keinen besonderen Anlaß. Ich dachte einfach, wir könnten uns mal einen gemütlichen Abend machen.« Anna lächelte. Wohl etwas lahm, denn Greta schaute sie forschend an.

»Gute Idee. Gern öfter«, sagte sie.

»Wie geht es mit deiner neuen Flamme?« erkundigte Anna sich in Erinnerung an ihr letztes gemeinsames Gespräch. Da erzählte Greta von einer Frau, in die sie sich verguckt hatte.

Greta winkte ab. »Frag nicht. Ein Reinfall auf der ganzen Linie. Es stellte sich heraus, daß die Frau so hetero war wie Frau nur sein kann.«

»Tut mir leid für dich.«

»Ach, was soll's.«

Die Kellnerin kam, brachte die Karte.

»Wo wir gerade beim Thema sind«, meinte Greta beiläufig, »wie steht es um dich und deine Polizistin?«

»Was heißt hier beim Thema?« fragte Anna abweisend. »Und im Übrigen ist sie nicht *meine* Polizistin.«

»Also gut. Wie steht es um die Sache?« formulierte Greta neu. Sie verkniff sich ein breites Grinsen. Das sah Anna ganz deutlich.

»Die Angelegenheit ist erledigt«, erwiderte sie kurz angebunden.

»Ach was.« Greta blieb hartnäckig. »Mir war, als hörte ich in den Nachrichten, daß die Entführung immer noch nicht aufgeklärt ist.«

»Ist sie auch nicht. Aber Maike ist vom Fall abgezogen worden. Und ergo ist sie weg. Wozu soll sie sich jetzt noch mit einer vorbestraften Tierschützerin abgeben?« erklärte Anna.

»Weg? Seit wann?«

»Vorgestern.«
»Aha, verstehe.«
»Was verstehst du?«
»Deine schlechte Laune.«
»Quatsch, schlechte Laune. Wie kommst du denn darauf?«
Greta lachte. »Ich sehe dich, ich hör dir zu.«
Anna atmete tief durch. »Okay. Nun hattest du deinen Spaß. Laß uns von was anderem reden.«
Doch Greta zeigte sich unerbittlich. »Erzähl mir von ihr. Ich möchte gern mehr über sie hören.«
»Nein, Greta, bitte. Muß das sein?«
»Ja, es muß sein. Sag schon, wie ist sie so?«
Anna seufzte, suchte nach Worten. »Furchtbar«, sagte sie schließlich nur.
Greta sah Anna irritiert an. »Furchtbar?« wiederholte sie. »Furchtbar was? Furchtbar klug, stolz, leidenschaftlich, dominant, ignorant . . .«
»Nein. Ja! Von allem etwas. Aber vor allem ist sie furchtbar ehrgeizig. Sie ordnet alles ihrem Beruf unter. Ohne Rücksicht auf sich und andere.«
»Eine Frau, die weiß, was sie will.«
»Das kann man wohl sagen.«
»Ich dachte, so was gefällt dir.«
»Ganz und gar nicht. Ich bin schon tausend Tode gestorben aus Angst um sie.«
»Aus Angst um sie?!« wiederholte Greta spitzbübisch.
Die Kellnerin kam. Greta bestellte eine Pizza, Anna Pasta. Dazu nahmen sie eine Flasche Rotwein.
»Ja, verdammt«, fluchte Anna, als die Bedienung gegangen war. »Ich meine, ich konnte sie doch nicht ins offene Messer rennen lassen. Ich war verantwortlich für sie. Oder nicht?«
»Blödsinn. Warum denn? Sie ist doch erwachsen, oder?«
»Ja, schon. Trotzdem.« Gretas simpler Argumentation hatte Anna nichts entgegenzusetzen. »Na, ist ja auch egal. Das Problem hat sich nun erledigt. Jetzt, wo Maike weg ist, bin ich die Sorge los. Endlich habe ich wieder meine Ruhe.« Selbst in Annas Ohren klang das wie der schlechte Versuch, sich von etwas zu überzeugen, woran sie nicht glaubte.

»Du siehst aber irgendwie nicht besonders entspannt aus«, meinte Greta.

»Ach was«, wehrte Anna ab. »Hör auf, mich hochzuziehen.«

»Tu ich das?«

»Ja, du willst mir was einreden.«

»Muß ich gar nicht. Du weißt selbst am besten, was los ist.«

»Keine Ahnung, was du meinst«, behauptete Anna.

»Wirklich?« Greta neigte den Kopf leicht zur Seite. »Dann will ich es mal so sagen: Offenbar ist dir diese Frau nicht ganz gleichgültig.«

»Was du für einen Unsinn erzählst«, wehrte Anna ab.

Die Kellnerin brachte das Essen. Es duftete köstlich. Ein, zwei Minuten vergaßen sie das Reden. Nach einigen Bissen nahm Greta das Gespräch wieder an der Stelle auf, wo sie es unterbrochen hatten. »Willst du sie etwa nicht wiedersehen?« fragte sie.

»Wenn es sich so ergibt, natürlich. Warum nicht?« tat Anna harmlos.

»Und wenn es sich nicht so ergibt? Was dann?«

Sie schwieg. Ja, was dann? Anna hatte sich Maike mehr als einmal weit weg gewünscht, als sie noch da war. In dem Moment, da sie wirklich ging, fühlte Anna sich – niedergeschlagen. Das paßte nicht zusammen. Sie sollte doch eigentlich froh sein, Maike los zu sein. Statt dessen: *Verdammt, wer hätte das gedacht. Diese Nervensäge fehlte ihr. Absolut idiotisch war das.*

»Na?« Greta sah Anna immer noch fragend an. »Was?«

»Ich kann ihr doch nicht hinterherlaufen. Wie sieht das denn aus?«

»Ist doch egal, wie es aussieht. Außerdem sollst du ihr ja nicht gleich einen Antrag machen.«

Anna schüttelte den Kopf. »Ich kann das nicht.«

»Tja, dann war es das«, stellte Greta fest.

»Was meinst du?«

»Ganz einfach. Wenn du nichts unternimmst, kannst du natürlich nichts verlieren. Aber auch nichts gewinnen.«

»Ich weiß ja nicht mal, ob sie überhaupt auf Frauen steht. Wahrscheinlich tut sie es nicht. Ich mache mich nur zum Klops.«

Greta lachte. »Dann können wir ja Erfahrungen austauschen.«

Ihr Galgenhumor brachte auch Anna zum Lachen. »Ja, wir bilden eine Selbsthilfegruppe.«

Greta schaffte es, Anna im Laufe des Abends aufzumuntern, aber sie machte Anna auch nachdenklich, denn diese begriff: Früher oder später, am besten so schnell wie möglich, sollte sie sich eingestehen, was sie für Maike empfand. Und gleich anschließend sollte sie sich darüber klar werden, ob sie Maike das, was sie empfand, zeigen wollte oder nicht.

Maike verstand ihre Scheu von gestern und heute nicht mehr. Sie kam ihr geradezu albern vor. Sie zweifelte auch, daß es überhaupt Scheu war, die sie davon abhielt, Anna anzurufen. Viel einleuchtender war die Erklärung, daß sie einfach nur zu groggy gewesen war. Man kennt das ja. Den ganzen Tag hetzte man von einem Termin zum nächsten. Sobald man sich dann nach Feierabend fünf Minuten setzt oder hinlegt, mutiert der Körper zu einer einzigen schweren Bleimasse, unmöglich sich zu bewegen. So lag sie einfach nur auf der Couch und sah fern. Das und nur das war die Erklärung dafür, daß sie so eine einfache Handlung wie ein Telefonat nicht mehr hatte ausführen können.

Deshalb setzte Maike sich heute erst gar nicht hin, als sie von der Arbeit kam. Sobald sie die Wohnungstür hinter sich zugemacht hatte, nahm Maike das Telefon und wählte Annas Nummer. Es war schon nach sieben. Sicher war Anna mit ihren Arbeiten auf dem Hof fertig und im Haus. Der Ton im Hörer zeigte an, daß es am anderen Ende klingeln mußte. Maike wartete. Eine Minute und länger. Nichts geschah. Na, vielleicht war Anna doch noch draußen. Maike probierte es weiter, alle halbe Stunde. Vergebens. Anna war offenbar nicht zu Hause.

Ein wenig enttäuscht stellte Maike ihre Versuche ein. Na ja, morgen war auch noch ein Tag, sagte sie sich und setzte sich an ihren Computer, um nachzuschauen ob E-Mails angekommen waren. Aber außer Reklame verschiedener Internetboutiquen, derer sie sich hin und wieder bediente, fand Maike nichts. Nur eine Mail ihres Steuerberaters, der sie gern sprechen wollte, um einige Belege zu hinterfragen. Maike suchte in ihrer Visitenkartensammlung die Karte des Steuerberaters heraus, um ihn am nächsten Tag anzurufen. Dabei fiel ihr auch Annas Karte vom Tierhof in die Hand. Annas Mailadresse stand auch dort. Eine Weile starrte Maike auf die Karte. Dann drückte sie auf den Button, um eine neue Nachricht zu schreiben.

Bevor Anna ins Bett ging, mußte sie noch den Computer ausschalten. Das hatte sie vergessen, als sie zu ihrer Verabredung mit Greta fuhr. Der Bildschirmschoner gab die Ansicht auf das Desktop frei. Anna sah, daß während ihrer Abwesenheit eine neue Nachricht eingetroffen war. Gerade eben erst, vor vielleicht zehn Minuten. Von Maike! Sie öffnete sie: »Hallo. Habe versucht dich anzurufen. Was treibst du?«

Anna fühlte eine Last von sich fallen. Grenzenlose Erleichterung erfüllte sie. Diese eine Zeile bedeutete für sie im Moment den Unterschied zwischen Himmel und Hölle. Sie setzte sich an den Computer, drückte auf »Beantworten.« Vielleicht saß Maike ja noch an ihrem PC.

»War mit einer Freundin zum Essen«, schrieb sie.

»Ein Date?« kam kurze Zeit später die Frage.

Jetzt wurde Anna die Schreiberei zu umständlich. Sie griff zum Telefon, wählte Maikes Nummer.

»Warum willst du wissen, ob es ein Date war?« fragte Anna Maike, als die sich meldete.

»Wenn es ein Date war, vielleicht ein vielversprechendes dazu, dann werde ich wohl in absehbarer Zeit nicht mehr gebraucht«, sagte Maike in laxem Ton. In Annas Bauch begann es leicht zu kribbeln. Völlig unnötig, wie sie sich sagte. Maike machte ihr keine Avancen. Sie alberte nur herum, betrieb lediglich Small Talk.

»Woher die plötzliche Sehnsucht nach mir?« Anna versuchte den gleichen unbekümmerten Tonfall zu treffen.

»Sehnsucht. Gut gesagt. Ich wollte tatsächlich deine Stimme hören.«

Anna horchte auf. Ach ja? »Hast du eine Erklärung für diese seltsame Anwandlung?«

Sie hörte Maikes Lachen. »Nein. Ich habe auch nicht vor, weiter darüber nachzudenken. Was bringt das schon?«

Ja, was brachte es schon. Praktische Einstellung, dachte Anna. Damit sollte ich es auch mal versuchen. Aber stimmte es, was Maike sagte? Und war sie wirklich so gelassen? Vielleicht tat sie nur so? *Immerhin gibt sie zu, daß sie dich vermißt – irgendwie.* Hoffnung keimte in Anna auf. Die Maike mit ihrer nächsten Bemerkung schnell und gründlich zerstörte: »Schließlich haben wir nur der Umstände halber einige Zeit miteinander verbracht.«

»Ja, da hast du recht«, erwiderte Anna und kämpfte gegen die lähmende Betäubung in ihr. Tja, so viel zum Thema gegenseitiges Vermissen. Das war dann wohl doch eher einseitig. Anna betete inständig, Maike möge nichts von ihrer Enttäuschung darüber merken, daß sich das Gespräch plötzlich in so unverbindlichen Bahnen bewegte. Andererseits – was hatte sie erwartet? »Entschuldige, aber es ist spät und ich bin sehr müde. Ich glaube, ich gehe jetzt ins Bett«, rang Anna sich ab. Sie wartete Maikes Antwort nicht ab, sagte schnell »Gute Nacht« und legte auf. Sie wollte nur noch eines, so schnell wie möglich ins Bett, einschlafen und nicht mehr an Maike denken.

Maike legte langsam das Telefon auf die Ladeschale. Die Enttäuschung in Annas Stimme klang in ihr nach. Maike schüttelte über sich selbst den Kopf. *Was redete sie da? Der Umstände halber?* Sie hatte doch nicht der Umstände halber Anna geküßt und sich mit zunehmender Häufigkeit den Kopf über sie zerbrochen. Und neuerdings spukte ihr sogar die Frage im Kopf herum, ob Anna wohl Interesse an ihr hatte. Diese Frage traute Maike sich bisher nicht zu beantworten. Aber jetzt lag die Antwort klar vor ihr: Ja, sie wollte. Doch mit ziemlicher Sicherheit würde Anna nicht den ersten Schritt auf sie zu machen. Auch wenn Maike bemerkt zu haben glaubte, daß Anna sie mochte, war die sehr zurückhaltend. Was nicht wunderte, wußte Anna doch nicht, woran sie bei ihr war. *Du mußt endlich Flagge zeigen, Maike!*

15.

Das Gespräch mit Maike drückte auch noch am nächsten Tag Annas Gemüt nieder. Zu allem Überfluß erhielt sie mit der Post den unerfreulichen Bescheid von der Bank, daß ihr Kreditantrag abgelehnt worden war. Anna rief ihren Sachbearbeiter an.

Beim fünften Versuch bekam sie ihn endlich an die Strippe. Aber all ihre Interventionen halfen nicht. Er blieb unerbittlich. Der Hof sei in einem zu schlechten Zustand, um ihn beleihen zu können. Er folge nur den Richtlinien: Keine Sicherheiten – kein Kredit. Damit würde die Renovierung des Hofes auch weiterhin nur in winzigen Schritten vorangehen. Die Absage ärgerte Anna, und ihre Laune sank auf den Tiefpunkt.

Den Rest des Tages schwirrten ihre Gedanken zwischen ihrer bescheidenen finanziellen Lage und ihrer noch bescheideneren Gemütsverfassung hin und her. Als sie nach der Fütterung der Tiere ohne rechten Elan zum Haus ging, um sich Abendbrot zu machen, fuhr ein Auto auf den Hof. Anna blieb stehen. Den Wagen kannte sie. Ungläubig starrte sie ihn an. Maike stieg aus. »Hallo«, kam sie strahlend auf Anna zu. »Komme ich ungelegen?«

»Ungelegen?« Annas Verwirrung war perfekt.

»Warum siehst du mich denn an wie ein Gespenst?« fragte Maike. Sie lächelte unsicher.

»Ich habe nicht mit dir gerechnet«, erwiderte Anna zurückhaltend. Maike blieb dicht vor Anna stehen. »Ich weiß«, sagte sie. »Ich . . . ich dachte, ich komme einfach mal vorbei.« Nun wirkte Maike sogar verlegen.

Mit allem hatte Anna gerechnet, aber nicht damit, Maike wieder zu sehen. Jedenfalls nicht so schnell. Sofort stellte sie sich die Frage: Was führte Maike her? Jedenfalls nahm Anna ihr das »Ich dachte, ich komme einfach mal vorbei« nicht ab.

Angesichts Annas Schweigen nahm Maikes Verlegenheit zu. Sie wurde sogar ein wenig rot. »Kann ich dir bei der Fütterung der Tiere helfen?« fragte sie.

»Bin gerade fertig.«

»Oh.«

Anna seufzte. »Willst du mir beim Abendessen Gesellschaft leisten?«

»Aber nur, wenn ich dich nicht störe.«

Sie gingen ins Haus. In der Küche setzte Maike sich auf »ihren« Platz.

»Ich muß erst mal unter die Dusche«, sagte Anna. Nicht, daß sie sich so schmutzig fühlte, aber sie brauchte einfach ein paar Minuten, um Maikes unerwartetes Auftauchen zu verarbeiten. »Im

Kühlschrank steht Bier. Bedien dich.« Damit ließ sie Maike allein.

Normalerweise verschaffte es Anna ein entspanntes Gefühl, wenn ihr das warme Wasser von der Haarspitze bis zur Fußsohle über den Körper rieselte. Heute war das anders. Sowohl ihr Körper als auch ihr Geist waren viel zu angespannt, um die beruhigende Wirkung des Wassers genießen zu können.

Anna rätselte, was Maike wirklich dazu veranlaßt hatte, bei ihr aufzukreuzen. Wenn Maike gekommen war, weil sie wieder mal ihre Hilfe benötigte, war das zwar nicht so überwältigend schmeichelhaft für sie, aber wenigstens überschaubar. Doch was, wenn nicht? Was, wenn Maike aus einem ganz anderen Grund kam? Vielleicht hatte sie ihre Enttäuschung am Telefon doch bemerkt, sich ihren Reim darauf gemacht und war nun gekommen, um die Situation zu klären: Gute Freunde und nicht mehr. Bei diesem Gedanken verspürte Anna ein deutliches Unwohlsein im Magen. Es verschwand auch nicht beim Abtrocknen und während sie sich anzog. Als sie wieder zu Maike in die Küche ging, war Anna nur noch mehr durcheinander als vor zehn Minuten, da sie diese verlassen hatte.

Maike saß am Tisch, zwei Bier und zwei Gläser vor sich. Sie hatte auf Anna gewartet. Doch Anna setzte sich nicht zu ihr, sondern versuchte sich in Geschäftigkeit. Leider war die Art und Weise, wie sie ihr Essen zubereite, nicht besonders dazu geeignet, lange beschäftigt auszusehen. Weil sie oft erst sehr spät mit ihrer Arbeit fertig wurde und dann sehr schnell Essen auf dem Tisch haben wollte, lebte Anna größten Teils von Tiefgefrorenem. Das mußte sie nur in den Ofen legen und warten, bis es fertig war. Normal arbeitete Anna in der Zwischenzeit am Computer. Nun konnte sie Maike aber schlecht hier allein sitzen lassen, nachdem die Schale mit der marinierten Putenbrust und zwei Knoblauchbaguettes im Ofen lagen. Notgedrungen setzte Anna sich.

Maikes Augen leuchteten erfreut auf, dann schlugen sich ihre Lider sofort nieder. »Du bist überrascht, daß ich gekommen bin«, sagte sie leise.

»Allerdings«, gab Anna zu. »Das war so ziemlich das Letzte, womit ich gerechnet hätte.«

»Warum? Dachtest du, der Abbruch des Falles wäre gleichbedeutend mit dem Abbruch unserer Freundschaft? Einfach so. Aus den Augen, aus dem Sinn? Außerdem habe ich dich doch angerufen.«

Anna sah Maike offen an. »*Mach's gut, danke für alles* und nur *der Umstände halber Zeit miteinander verbracht* klingt nicht eben nach einem baldigen Wiedersehen. Und mir war bis eben nicht klar, daß du mich als deine Freundin betrachtest.«

»Aber ich dachte, das hätten wir bereits geklärt.« Maike legte ihre Hand auf Annas. »Ich habe dir viel zu verdanken. Deine Hilfe war sehr wertvoll für mich. Auch wenn ich am Ende vom Fall abgezogen wurde.«

Anna seufzte innerlich. Immer noch brachte Maike alles nur mit einem in Verbindung. Ihrer Arbeit. Anna wußte, wenn sie das Wort »Fall« heute noch mal hören mußte, würde sie laut schreien. Sie zog ihre Hand demonstrativ zurück. »So wie du es erzählst, klingt es für mich, als fühltest du dich mir gegenüber zu Dank verpflichtet. Zur Freundschaft gehört aber mehr als Dankbarkeit.«

»Wenn ich nur dankbar wäre, hätte ich dir einen Präsentkorb oder Blumen mit einer Karte geschickt und mein Gewissen wäre bereinigt. Aber wie du siehst, bin ich hier.«

»Hm«, war alles, was Anna darauf erwiderte.

Maike wußte, wenn sie Annas Abwehr überwinden wollte, mußte sie mit mehr kommen. Aber es fiel ihr schwerer als angenommen, über ihre Gefühle zu reden. »Ich weiß auch nicht, warum. Ich ... ich habe dich vermißt. Schon nach nicht einmal vierundzwanzig Stunden. Aber ich traute mich nicht, zu dir zu fahren. Und am Telefon habe ich Blödsinn geredet«, kam es leise aus Maikes Mund. Von der sonst so selbstsicheren Kommissarin war im Moment nicht viel übrig. »Ich bin hier, weil ich ... dir sagen wollte, daß du dich geirrt hast. Ich habe durchaus Gefühle. Ich bin es nur nicht gewohnt, sie zuzulassen. Deshalb kann ich manchmal ziemlich schwierig sein. Ich weiß, das klingt blöd. Und ich komme mir auch genauso vor.«

Der Klumpen in Annas Magen löste sich langsam auf und machte einem warmen Gefühl Platz. Maike war also nicht hier, weil sie eine künstliche Freundschaft ins Leben rufen wollte. Diesmal legte Anna ihre Hand auf Maikes. »Schon gut. Du mußt dir keine Gedanken machen. Ich freue mich, daß du hier bist.«

Maike bemerkte erleichtert, wie Anna nach ihrer anfänglichen, deutlichen Zurückhaltung nun sichtlich auftaute. Sie hatte schon fast befürchtet, daß Anna sie wegschicken würde.

Sie aßen gemeinsam Abendbrot. Anschließend machten sie einen Spaziergang über die benachbarten Wiesen, zum nahe gelegenen winzigen See. Dort saßen sie beide still nebeneinander, genossen die Ruhe und das Farbenspiel des Sonnenunterganges. Maike sah Anna verstohlen von der Seite an, beobachtete sie heimlich. Anna schaute konzentriert auf den Himmel. Wieder einmal stellte Maike fest, wie schön Anna war. Ihre kantigen Gesichtszüge verliehen dem Gesicht zwar eine gewisse Strenge. Doch ihr klarer, offener Blick weichte diese Strenge auf, verlieh ihr diesen edel wirkenden Ausdruck, der Maike schon bei ihrer ersten Begegnung mit Anna aufgefallen war. Maike konnte nicht anders, sie strich mit ihrer Hand sacht Annas Wange. Anna wandte Maike ihr Gesicht zu, lächelte still. Dann wandte sie den Blick zurück gen Himmel.

Leider wurde es nach dem Sonnenuntergang schnell kühl und sie mußten sich beeilen, zurück zum Haus zu kommen. »Das war ein richtig schöner Abend«, sagte Maike zu Anna, während sie beide neben Maikes Wagen standen. Sie fühlte sich wunderbar entspannt wie lange nicht mehr. »Daß ich jetzt nach Hause fahren muß, gefällt mir gar nicht«, rutschte es ihr heraus. Sie spürte, wie sie rot wurde. Schnell sah sie verlegen zur Seite.

Anna lächelte genauso still wie vor wenigen Minuten am See. Nun war *sie* es, die *Maikes* Wange streichelte. Maike hielt ganz still. Es war das erste Mal, daß Anna sie so sanft berührte. Maike genoß das Prickeln ihrer Haut, das schwummrige Gefühl im Bauch. Sie schloß die Augen, lehnte sich an Anna, seufzte.

»Willst du noch einen Augenblick mit reinkommen?« fragte Anna leise.

Lieber nicht, wollte Maike sagen. »Ja«, kam es statt dessen sehnsüchtig von ihren Lippen. Anna legte ihren Arm um Maike. So gingen sie die restlichen paar Schritte bis ins Haus.

Anna schloß die Tür hinter ihnen.

Maike sah Anna an. Und Anna stellte fest: So hatte sie noch nie in deren Augen lesen können. Jetzt legte Maike beinahe schüchtern ihre Hände um Annas Hüften. »Ich habe mich einsam gefühlt ohne dich.«

Anna schluckte nervös. Was wollte Maike damit sagen?

»Erst wußte ich nicht, was mit mir los ist.« Maike lächelte. »Dann sah ich ein, daß es einen Grund geben muß, warum meine Gedanken fortwährend um dich kreisen.« Sie sprach immer leiser. Anna hatte Mühe, ihre Worte zu verstehen. »Ich werde dich jetzt küssen«, kündigte Maike dicht neben Annas Ohr an. »Und zwar nicht aus Dankbarkeit. Und nicht als Freundin. Sondern als Frau.« Anna spürte Maikes warmen Atem an ihrem Hals. Maikes Lippen wanderten von ihrer Wange zum Kinn, verweilten dort jeweils als Hauch, bevor sie schließlich Annas Mund fanden. Maikes Körper schmiegte sich an ihren. Schon nach wenigen Sekunden warf Anna alle Bedenken über Bord, öffnete ihre Lippen, ließ Maike bereitwillig ein. Sie verschmolzen in einem ungeduldigen Kuß.

Dann suchten Maikes Lippen sich neue Ziele. Sie glitten über Annas Halsbeuge in ihren Nacken. Anna stöhnte genußvoll auf, als sie plötzlich Maikes Hände unter ihrer Bluse auf ihrer nackten Haut spürte. Das trieb Maike nur noch mehr an. Ihre Lippen fanden erneut Annas Mund, ihre Hände Annas Brüste. Das war zu viel für Anna. »Stop«, japste sie atemlos.

Etwas erschrocken hielt Maike inne. Fragend sah sie Anna an. »Willst du nicht?«

Anna fand mit Mühe die Kraft zu sagen: »O doch, nur nicht hier im Flur.«

Maike atmete sichtlich erleichtert auf, lächelte verschmitzt. »Warum nicht?« Sie knöpfte aufreizend langsam Annas Bluse auf, küßte den vom BH unbedeckten Teil ihrer Brüste, streichelte ihren Bauch. Anna lehnte sich stützend an die Wand, atmete schneller. Sie schloß ihre Augen, spürte, wie der Knopf ihrer Jeans aufgedrückt wurde, hörte das Geräusch des Reisverschlusses. Maikes Hand schob sich in ihre Jeans hinein, strich die Mitte zwischen Annas Beinen entlang. Anna merkte, wie ihr Slip naß wurde. In Ihren Schläfen und Ohren pochte das Blut. Sie wußte, nur noch wenige Sekunden und es war ihr egal, wo Maike sie nahm. Hauptsache sie tat es. Sie drängte sich Maikes Hand entgegen. Maike hielt sich angesichts dieser mehr als deutlichen Aufforderung nun nicht mehr zurück. Ihre Hand fuhr in Annas Slip, erfühlte das nasse Fleisch, das sie sehnsüchtig erwartete. Anna stöhnte laut auf, als sie Maikes Finger in sich spürte. Ungeduldig drückte sie ihr Becken Maike entgegen, bewegte ihren Körper im Takt, den Maike vorgab. Erst langsam, dann immer schneller. Anna spürte die Welle langsam in sich heranrollen. Ihr Stöhnen ging über in ein Flehen an Maike. Die verstand die Wortfetzen zwar nicht, wußte sie aber durchaus zu deuten: Anna war kurz vor ihrem Höhepunkt.

Anna kam mit einem leisen Seufzen, wonach sie buchstäblich zusammenfiel. Maike fing sie auf, hielt sie, zog sich langsam zurück.

Anna öffnete endlich ihre Augen, blickte Maike zärtlich an und dann verlegen an sich herab. »Was hast du mit mir gemacht?« fragte sie lächelnd.

Maike verschloß Annas Mund mit einem Kuß. »Was ich schon lange tun wollte«, flüsterte sie.

»Ach ja? Das ist mir gar nicht aufgefallen«, meinte Anna schelmisch.

»Weil du mich für eine übereifrige Beamtin hältst. Ohne Gefühl«, erinnerte Maike mit leisem Vorwurf in der Stimme.

Anna umarmte sie. »Nun ja, du bist immer noch den endgültigen Gegenbeweis schuldig.« Noch ein schelmischer Blick. »Bis du so aussiehst wie ich.« Sie küßte Maike, zog sie mit sich und ließ sie nicht los, bevor sie im Schlafzimmer ankamen. Und dort auch nur, um Maikes Kleidung abzustreifen.

16.

Aus Gewohnheit wachte Anna trotz der kurzen Nacht früh auf. Sie beobachtete Maikes schlafendes Gesicht. Es sah sehr entspannt aus. Anna versuchte sich diesen Ausdruck einzuprägen. Da sie sich absolut nicht sicher war, was nun kam, wollte sie diesen Ausdruck in Erinnerung behalten. Nur um sich später sagen zu können, daß sie Maike ganz sicher nicht zu dem gezwungen hatte, was passiert war. Gestern abend war die Leidenschaft mit ihnen *beiden* durchgegangen. Anna hatte keine Ahnung, wie Maike heute darüber dachte.

Sie merkte, wie Maike unter ihrem Blick unruhig wurde. Deren Augen begannen schläfrig zu blinzeln. »Guten Morgen«, sagte Anna sanft. Vorsichtshalber bedeckte sie sich und rückte ein Stück von Maike ab. Diese öffnete langsam die Augen. Einen Moment hatte sie Orientierungsprobleme. Als sie Anna sah, lächelte sie. »Guten Morgen.«

Anna wartete immer noch, um sicherzugehen, daß Maike die Situation auch wirklich voll erfaßte. Die streckte ihre Arme nach Anna aus. »Komm her«, flüsterte sie.

Nur zu gern kam Anna der Bitte nach. Sie versanken in einem langen Kuß. Unmittelbar konnte Anna bei Maike keine Reue über die vergangene Nacht entdecken. Im Gegenteil.

Maike seufzte genießerisch. »Ich danke allen widrigen Umständen, die mich zu dir geführt haben. So wie vergangene Nacht habe ich noch nie gefühlt.«

War das nun ein Kompliment oder war die Bemerkung nur so zu verstehen, daß Maike eine neue Erfahrung gemacht hatte? Schließlich war es immer etwas Besonderes, zum ersten Mal mit dem anderen Geschlecht, in diesem Fall dem gleichen, zu schlafen.

»Ich hoffe, es waren angenehme Gefühle«, sagte Anna deshalb zaghaft.

»Machst du Witze? Habe ich mich vielleicht angehört, als hätte ich irgendwas in dieser Nacht als unangenehm empfunden?«

»Den Eindruck hatte ich nicht gerade. Obwohl«, ein wenig gutmütigen Spott konnte Anna sich nicht verkneifen, »es schien mir ab und zu schon, als würdest du etwas leiden.« Sie grinste.

»Klar, wenn du mich so lange zappeln läßt«, kicherte Maike.

Ihre Sorgen waren offenbar unbegründet, stellte Anna fest. Bis jetzt schien Maike die vergangene Nacht jedenfalls nicht zu bereuen.

»Frühstück?« fragte Anna.

»O ja. Ich bin sehr hungrig.«

Anna ging ins Bad, duschte schnell und machte anschließend Frühstück.

»Wann mußt du denn auf Arbeit sein?« fragte sie Maike. Es war mittlerweile schon acht Uhr, und die Fahrt in die Stadt würde um die Zeit mindestens eine halbe Stunde dauern.

»Ungefähr jetzt«, meine Maike sorglos. »Da muß sich Pelzer wohl erst mal allein mit den Jugendlichen rumplagen. Er wird es überleben. Ich ruf mal an, daß ich eine Stunde später komme.«

Gesagt, getan. Maike rief kurz ihren Kollegen an. »Kein Problem«, verkündete sie dann. »Sollte mein Chef nach mir fragen, bin ich schon auf dem Weg zur Schule. Wir treffen uns dort. Wir können also ganz in Ruhe frühstücken.« Sie strahlte Anna an.

Maike erstaunte Anna wirklich mit ihrer Gelassenheit. Man sollte meinen, daß die Tatsache, daß sie die Nacht mit einer Frau verbracht hatte, Maike wenigsten etwas irritierte. Machte sie sich keine Gedanken, ob dies ein Ausrutscher oder eine Tendenz war? Und wenn es eine Tendenz war, wie sie diese zukünftig in ihr Leben integrieren sollte? Oder verbarg Maike diesen inneren Konflikt nur geschickt vor ihr? Anna wußte ja sehr gut, daß Maike nicht gerade der aufgeschlossene Typ war. Sie versuchte lieber alles selbst in den Griff zu bekommen.

Vielleicht irritierte sie Maikes Gelassenheit aber auch nur so, weil *sie* gern wissen wollte, ob Maike irgendeine Vorstellung hatte, wie es mit ihnen beiden weiterging. Sie, Anna, hatte schon eine Vorstellung. Eine ziemlich konservative, zugegeben. So was in der Richtung wie: Sie lebten glücklich zusammen bis an ihr Lebensende.

Maikes Handy klingelte. Sie nahm den Anruf entgegen, hörte aufmerksam zu, sagte ein paarmal ja und nein und legte wieder auf.

»Das war Wallbach«, sagte sie. Ihre Stimme klang aufgeregt. »Claudia ist bei einer ihrer Aktionen gestern von einem Wachmann angeschossen worden. Sie lehnt jede Operation und Medikamentierung ab, weil alle diese Mittel laut ihrer Überzeugung in Tierversuchen erprobt wurden. Die Wunde wird sich nach Meinung der Ärzte entzünden. Ein Psychologe ist bei Claudia, um sie erstens zur Behandlung zu überreden und zweitens zur Zusammenarbeit. In beiden Sachen ist der Erfolg jedoch sehr fraglich. Der Psychologe meint, es würde helfen, wenn eine Person, die Claudia gut kennt, ihn beraten würde. Die bisherigen Gespräche wurden auf Tonband aufgenommen. Wallbach sagte, ich soll zu dir fahren und dich fragen.« Maike grinste. »Wie gut, daß ich schon hier bin. Da können wir gleich zusammen zum Krankenhaus.«

Annas Begeisterung hielt sich in Grenzen. Und ein Verdacht beschlich sie. Sie erinnerte sich plötzlich daran, daß Maike mal eine Bemerkung machte, wie nützlich die Information für sie sei, daß

Claudia auf Frauen stand. So konnte sie mit Claudia flirten, um an Informationen zu kommen. Anschließend stellte sie es so dar, als habe sie einen Scherz gemacht. Was, wenn sie diese Methode doch angewandt hatte? Nur bei einer anderen. Und mit mehr Einsatz. Nicht für Informationen, sondern um eine Gegenleistung zu bekommen?

»Seit wann weißt du das alles?« fragte Anna tonlos.

»Was?«

»Das mit Claudia.«

»Seit eben. Du hast doch den Anruf mitbekommen.«

»Bist du dir sicher? Deine Chefs haben dich nicht vielleicht schon gestern hergeschickt, um mich zu überreden?« In Annas Kopf hämmerte es unaufhörlich: Sie hat dich getäuscht. Es war dieser verdammte Fall, der sie herkommen ließ. Sie ist zurückberufen worden und brauchte wieder mal deine Hilfe. Statt dich einfach zu fragen, hat sie eine Show abgezogen. Eine verdammt gute sogar.

Maike schüttelte den Kopf. »Aber nein, ich sage dir doch . . .«

»Du hättest nicht mit mir schlafen müssen, um mich zu überreden«, schnitt Anna ihr das Wort ab. »Ich hätte es bestimmt auch nach einer unserer üblichen Diskussionen getan. Aber du wolltest wohl auf Nummer Sicher gehen?« warf sie Maike an den Kopf. Sie war davon überzeugt, daß es so war. Nur so ergab das alles einen Sinn.

»Das ist absoluter Quatsch«, sagte Maike. »Hör auf damit und laß uns fahren«, überging sie Annas Vorwurf einfach.

Anna konnte es nicht fassen. Maike ging wie selbstverständlich davon aus, daß sie mitkam. Natürlich. Maike hatte schließlich alles dafür getan! Und obwohl Anna sich elendig fühlte, so hinters Licht geführt worden zu sein, fuhr sie wirklich mit Maike mit. Sie war einfach nicht in der Lage, mit Maike eine Diskussion darüber zu führen.

Im Krankenhaus fing Wallbach sie schon am Eingang ab. Er stellte sich Anna vor und führte die Frauen in das Zimmer, in dem der Psychologe und sein Tonband auf sie warteten. Maike und Anna hörten sich das Material an. Viel war es nicht.

»Wie Sie hören können, verhält sich Frau Schrader bis dato absolut unkooperativ«, kommentierte der Psychologe. »Ihre radikale

Einstellung macht es mir beinah unmöglich, überhaupt eine Art Gesprächsbasis zu finden. Sie akzeptiert nur ihre eigene Meinung. Keine Abweichung rechts oder links davon. Entweder ist man für oder gegen sie und ihre Sache. Dazwischen existiert nichts.«

Maike sah Anna an und nickte. »So kennen wir Claudia.«

»Wir brauchen unbedingt jemanden, der Frau Schrader von früher kennt und vielleicht an sie rankommen kann. Ich hoffe, daß Sie, Frau Ravensburg, mir da weiterhelfen können.«

Anna schaute ihn ausdruckslos an. »Sie sind offenbar nicht richtig informiert, was das Verhältnis zwischen mir und Claudia Schrader betrifft«, sagte sie. »Ich habe ihrer Art Tierschutz den Rücken gekehrt. Ich bin die Letzte, zu der Frau Schrader Vertrauen hat. Sie haßt mich. In ihren Augen bin ich eine Verräterin.«

Wallbach mischte sich ein. »Das wissen wir. Trotzdem versprechen wir uns viel von einem Gespräch zwischen Ihnen beiden. Eine unbedachte Bemerkung, die Frau Schrader vielleicht in einem Streitgespräch fallen läßt. Oder so etwas in der Art.«

»Sie unterschätzen Claudia gewaltig«, sagte Anna.

»Sie ist angeschlagen, hat bereits hohes Fieber. Das schwächt sie«, warf Wallbach ein.

»Warum nur habe ich den Eindruck, daß Claudias Gesundheit Ihnen kaum am Herzen liegt?«

Annas Vorwurf traf Wallbach nicht. »Die Ärzte können ihr nicht gegen ihren Willen helfen. Sie würde das Krankenhaus verklagen. Aber keine Bange, wenn sie erst bewußtlos ist, wird eingegriffen.«

»Welches Zimmer?« fragte Anna nur.

»205.«

»Du wirst sterben, wenn du deine Sturheit nicht aufgibst. Laß dir helfen!«

Claudia öffnete ihre Augen. Annas Auftauchen überraschte sie nicht sonderlich. »Bist du besorgt um mich?«

»Wie oft habe ich dir gesagt, daß du es übertreibst. Man kann nicht immer mit dem Kopf durch die Wand gehen.«

»Kannst du mir einen Gefallen tun? Ich brauche ein Telefon. Der Akku zu meinem Handy ist alle. Ich will ein paar Reporter anrufen, die über meinen Fall berichten.«

Anna gab Claudia ihr Handy. »Wenn es das ist, was du willst.

Einen Bericht auf Seite zehn oder elf, den die Leute morgen schon wieder vergessen haben. Ist es nicht logischer, sich am Leben zu erhalten, um auch weiterhin Signale setzen zu können?«

»Nicht, wenn ich damit meine Prinzipien verrate. Für die kämpfe ich schließlich. Notfalls sterbe ich auch dafür.«

»Eine Märtyrerin, wie sie im Buche steht«, sagte Anna in sarkastischem Ton.

»Früher warst du auch so.«

»Nein«, widersprach sie. »So war ich nie. Ich war eine radikale Tierschützerin, das ist wahr. Aber das Leben von Menschen stand für mich immer an erster Stelle. Deine Sache ist wirklich eine gute, aber ... du gehst es falsch an.«

»Ja, ja. Die Leier kenne ich. Wir brauchen sinnvolle Gesetze, Kontrolle und Bestrafung. Und vor allem Aufklärungsarbeit. Bla, bla, bla ...« Claudias Tonfall ließ keinen Zweifel darüber, daß sie nichts auf diese Dinge gab.

Dennoch ging Anna auf ihre Worte ein. »Genau«, sagte sie. »Es gibt andere Wege, aber dennoch wirksame. Zum Beispiel, daß Hersteller von Kosmetik und Medikamenten, welche in Tierversuchen erprobt wurden, in der Fernsehwerbung einen Spruch akzeptieren müssen, der zum Beispiel lautet: *Dieses Produkt wurde in Tierversuchen erprobt*. Ähnlich dem Spruch *Zu Risiken und Nebenwirkungen fragen sie Ihren Arzt oder Apotheker.* Auf selbigen Produkten muß, wie auf Zigarettenpackungen der Hinweis auf die Schädlichkeit, ein entsprechender Aufkleber angebracht sein: *Das Produkt wurde in Tierversuchen erprobt.* Und so weiter und so weiter.«

Claudia winkte nur ab. »Und wie lange soll es dauern, bis das durchgesetzt wird?«

»Es ist ein langwieriger Prozeß. Aber ...«

»... Rom wurde auch nicht an einem Tag erbaut«, unterbrach sie Anna. »Den Spruch kenne ich. Ich kann ihn nicht mehr hören.«

»Es wäre eine von der Gesellschaft akzeptierte Art des Tierschutzes. Und das ist es, was die Tiere brauchen. Selbstverliebte Märtyrer bringen die Sache nicht weiter.«

»Ich verstehe dich nicht, Anna. Früher warst du ganz anders. Wir haben gemeinsam Pläne geschmiedet. Auge um Auge, Zahn um Zahn. Das war unser Motto.«

»Und ich verstehe dich nicht. Du bist total verblendet.«

»Danke für das Gespräch. Du kannst dem Psychoonkel sagen, er soll mich in Ruhe lassen. Und deiner kleinen Polizistin, mit der du sicher hier bist, kannst du sagen, sie bekommt noch ihre Abreibung.« Claudia schloß die Augen und demonstrierte damit, daß das Gespräch für sie beendet war. Anna ging. Das Gespräch war genauso verlaufen, wie sie erwartet hatte. Es brachte absolut gar nichts. Auf dem Gang warteten die anderen. Maike sah Anna fragend an. »Na? Wie war es?«

Anna zuckte mit den Schultern. »Sinnlos«, erwiderte sie.

»Hast du sie nach dem Versteck gefragt?«

»So weit kamen wir gar nicht.«

»Konntest du denn gar nichts aus ihr rausbekommen?«

»Du meinst, außer der Erinnerungen an alte Zeiten, als wir noch gemeinsam ...« Anna hielt inne, erinnerte sich plötzlich. Claudia und sie hatten früher einmal, rein theoretisch wie Anna damals dachte, den Fall einer Entführung erörtert. Als Versteck dachten sie sich etwas Besonderes aus. Sie würden die Entführten nicht an einem bestimmten Ort verstecken, sondern in einem LKW-Anhänger einsperren. Den Anhänger wollten sie jeden Tag auf einem anderen Parkplatz abstellen, um nicht die Aufmerksamkeit der Polizei auf ihn zu lenken. Er sollte ausgepolstert sein wie die sprichwörtliche Gummizelle, damit keine Schreie nach außen dringen konnten. Als Beleuchtung eine Glühlampe, die sich alle zwölf Stunden ein- und ausschaltete, Wasser und Brot, und für die Notdurft einen Vorrat an Windeln, vorübergehend entsorgt in einem Gefrierschrank, der durch dasselbe Stromaggregat betrieben wurde wie die Glühlampe. Damit würden keine Gerüche entstehen. Der Plan war perfekt.

Maike sah Anna fragend an. »Was ist?«

Anna erzählte, woran sie sich erinnerte.

»Und damit kommen Sie erst jetzt?« fragte Wallbach aufgebracht.

»Ich hatte es vergessen.«

Wallbach lief eilig fort. Mit einem entschuldigenden Blick zu Anna folgte Maike ihm.

Die Pressemitteilung kam pausenlos im Fernsehen: *Nach einem entscheidenden Hinweis durchforstete die Polizei gestern in beispielloser Ak-*

tion alle Landstraßen. Die entführten Norich-Manager wurden um 15:43 Uhr auf einem Parkplatz nahe Marburg in einem abgestellten LKW-Anhänger gefunden. Sie waren entkräftet, aber sonst in guter Verfassung.

Die Aufklärung des Falles wurde von der Presse drei Tage lang bejubelt. Man sah Wallbach auf allen Bildschirmen, manchmal auch Maike und ihre Kollegen. Anna saß zu Hause und schaute sich den Rummel um die Sache mit gemischten Gefühlen an.

Maike hatte nach der Fahrt ins Krankenhaus weder angerufen noch war sie bei ihr aufgetaucht. Anna gehöre nicht zu den Leuten, die sich vormachten, daß man drei Tage lang keine Gelegenheit findet, sich zu melden, wenn man es will. Die Funkstille bedeutete nichts anderes, als daß Maike bekommen hatte, was sie wollte. Den entscheidenden Hinweis zur Lösung des Falles und obendrein noch ein Abenteuer, in dem sie ihre sexuelle Neugier befriedigte. Ein zusätzlicher Reiz, den sie sicher genossen hatte. Auf ihre, Annas, Kosten.

Sie hatte offensichtlich das Pech, immer an Frauen zu geraten, die sie nur so lange interessant fanden, wie sie ihnen als Mittel zum Zweck diente. Erst war es Claudia, und nun auch Maike. Anna seufzte. Wieder einmal hatte sie sich ausnutzen lassen, ohne es zu merken. Dabei hätte sie, hätte sie nur mal einen Moment ernsthaft nachgedacht, leicht darauf kommen können, daß eine Frau wie Maike sicherlich nicht an jemandem mit ihrer Vergangenheit interessiert war. Darüber hinaus waren sie beide so verschieden, wie man nur sein konnte. Sie teilten nur eines, nämlich die Gewißheit, die andere würde genau das Gegenteil von dem tun, was man selbst für richtig erachtete. Anna faßte einen Entschluß: Komme, was da wolle. So etwas passierte ihr nicht noch mal. Sie hatte endgültig genug von Spielen wie diesen. Ab sofort würde sie sich nur noch um ihren Hof, die Tiere und sich selbst kümmern. Vor allem würde sie keinen Gefühlsbeteuerungen mehr glauben. Oder irgendwelchen anderen Versprechungen. Damit war es endgültig vorbei.

17.

In den letzten Tagen ging alles dermaßen drunter und drüber, daß Maike keine zehn Minuten Ruhe am Stück fand. Nachdem die Entführungsopfer gefunden wurden, begann ein unglaubliches Spektakel um alle Beteiligten. Maike und ihren Kollegen wurde absolutes Schweigen befohlen. Allein der Polizeisprecher durfte Kommentare abgeben. Zur bevorstehenden Pressekonferenz wurden sie einen Tag lang bis ins Detail instruiert. Und danach mußte Maike einen Tag lang Berichte schreiben. Den dritten Tag verlangte sie nur noch nach einem: Schlaf.

Die ganze Zeit über wollte Maike Anna anrufen, aber nicht wie nebenbei. Sie wollte Annas Stimme in sich aufnehmen, sich ihr Gesicht vorstellen, ihre lächelnden Augen. Deshalb wartete Maike lieber auf den richtigen Zeitpunkt. Und der war jetzt. Sie wählte Annas Nummer.

»Was willst du denn noch?« fragte Anna schroff. Maike verschlug es die Sprache. Warum reagierte Anna so aggressiv? Maike war so perplex, es dauerte einige Sekunden, bis sie ihren Schreck überwand. »Ich habe dich vermißt«, lautete ihre verwirrte Antwort.

»Ach wirklich? Den Eindruck hatte ich nicht.«

Maike verstand. Anna war sauer, weil sie sich die letzten Tage nicht gemeldet hatte. »Ich hatte wirklich enorm viel Arbeit. Du machst dir keine Vorstellung«, beschwichtigte sie Anna. Zumindest versuchte sie es.

»Und nun hast du wieder Zeit? Und da soll ich praktischerweise auch welche haben. Damit du noch ein wenig den Reiz des Neuen genießen kannst, bevor er vorbei ist?«

Maike konnte Anna nicht folgen. »Welche Laus ist dir denn über die Leber gelaufen?« wollte sie wissen.

»Entschuldige, daß ich mich nicht gebührend freue, daß du mich nach deinem Fall nicht ganz ad acta gelegt hast. Brauchst du mich noch für einen deiner Berichte? Soll ich dir beim Formulieren helfen? Wie wäre es damit: Anna Ravensburg verhielt sich anfangs sehr unkooperativ. Ich konnte aber ihr Vertrauen erlangen. Dazu machte ich mir den Umstand zunutze, daß Frau Ravensburg lesbisch ist. Ich flirtete mit ihr, täuschte Gefühle vor. So erarbeitete ich mir ihre Unterstützung. Nachdem ich mit ihr schlief, gab Anna Ravensburg den entscheidenden Hinweis zur Lösung des Falles. Absatz. Ich ersuche um die entsprechende Beförderung.«

Fassungslos hörte Maike, was Anna sagte. Das war doch wohl nicht ihr Ernst! Glaubte sie das wirklich? Hielt sie sie für derart hinterhältig? Dann fiel Maike ein, daß Anna einen solchen Verdacht ihr gegenüber schon mal geäußert hatte. Am Morgen nach ihrer gemeinsamen Nacht, als Wallbach sie anrief und von Claudias Festnahme erzählte. Sie hatte diesen Vorwurf Annas bereits wieder vergessen. Leider, wie sich jetzt herausstellte. Denn offenbar kreiste Anna dieser absurde Gedanke seitdem im Kopf herum. Kein Wunder, daß sie auf hundertachtzig war. Wie konnte sie Anna von dieser fixen Idee, sie hätte sie nur benutzt, abbringen?

»Anna, du hast da was in den falschen Hals bekommen. Ich lege jetzt auf und komme zu dir. Dann reden wir vernünftig über alles«, sagte Maike beschwörend.

»Den Weg kannst du dir sparen.« Anna legte auf.

Entgeistert starrte Maike auf den Hörer in ihrer Hand.

Maike fuhr auf den Hof, stieg aus dem Wagen, rief laut Annas Namen. Nichts rührte sich. Aber Annas Wagen stand da. Also war sie auch zu Hause. Maike ging zum Haus, klopfte. Keine Antwort. Sie drückte die Türklinke. Die Tür war nicht verschlossen, deshalb trat Maike ins Haus. In der Küche fand sie Anna nicht. Sie rief noch mal.

»Ich sagte doch, den Weg kannst du dir sparen«, sagte Anna plötzlich unwirsch hinter ihr. Maike drehte sich um. Anna stand in der Tür und sah sie mißmutig an.

»Anna!« rief Maike, ging auf sie zu, um sie zu umarmen. Anna wich aus.

»Was willst du hier?«

»Mit dir reden natürlich.«

»Es gibt nichts zu reden.«

»O doch. Ich möchte wissen, was zum Teufel du dir in deinem Kopf zusammengereimt hast. Glaubst du wirklich, ich hätte nur aus Berechnung mit dir geschlafen?«

Anna verschränkte die Arme vor ihrem Körper. »Ist doch egal, weshalb«, sagte sie barsch. »Am besten, wir vergessen es einfach. Es war nichts von Bedeutung.«

»Nichts von Bedeutung?« Da war Maike aber anderer Meinung. Und Annas Überempfindlichkeit strafte sie Lügen. »Mir kam es so vor, als würde es dir sehr wohl etwas bedeuten«, widersprach sie energisch. Leise setzte sie hinzu: »Unabhängig davon, für mich war es sehr schön gewesen.«

Anna hätte beinah gesagt: *Für mich doch auch*. Sie biß sich auf die Zunge. Maike sollte nicht wissen, wie es in ihr aussah. Anna war enttäuscht und verletzt. Und absolut überzeugt, Maike fühlte sich nur angehalten, etwas Nettes zu sagen, um ihren häßlichen Trick zu kaschieren. Die Mühe konnte sie sich sparen. Sie durchschaute Maike. Aber bitte, wenn die darauf bestand. Sie, Anna, konnte auch eine gute Schauspielerin sein.

»Sicher war es schön.« Sie gab ihrer Stimme einen unbeteiligten Klang. »Aber es war nur eine Nacht. Machen wir daraus nicht mehr. Das würde die Sache überbewerteten.«

»Und ich dachte . . . « Maike stockte.

»Was?« Anna sah sie an. Maike wirkte enttäuscht. Einen Moment kamen Anna Zweifel. Was, wenn Maike nun doch etwas für sie empfand? Wenn sie sogar ein wenig in sie verliebt war? *Quatsch, Anna! Hör auf, dir was schönzureden!* Und um sich endgültig vom Gegenteil zu überzeugen: *Maike kann gut ohne dich sein. Das haben die letzten drei Tage deutlich bewiesen.* »Mal ehrlich, Maike. Wir beide?! Das würde nie was werden. Wenn du nur ein wenig darüber nachdenkst, wird das auch dir klar. Wir sind wie Tag und Nacht, Feuer und Wasser, Hund und Katze. Such dir was aus. Wir passen nicht zusammen.«

Maike versuchte zu verstehen, warum Anna plötzlich so abweisend war. Sie entzog sich ihr völlig, ließ keine Berührung zu. Ein Eisblock war eine Wärmequelle im Vergleich zu ihr. Warum tat Anna, als wäre zwischen ihnen nicht mehr als diese eine Nacht? Warum tat sie, als wäre sie ihr gleichgültig? Maike nahm Anna nicht ab, wenn sie jetzt behauptete, sie sei nur einer Leidenschaft erlegen. Und die Tatsache, daß sie beide sehr verschieden waren, konnte man ebensogut zum Positiven auslegen. Annas Argument war völlig daneben.

Ihre Abwehr hatte andere Gründe. Und als jemand, der gewohnt war, aus den zur Verfügung stehenden Informationen zu kombinieren, war Maike auch klar, welche Gründe das waren und daß sie nicht ganz unschuldig an der entstandenen Situation war. *Du hättest Anna ja auch einfach mal deutlich sagen können, wie du zu Frauen stehst.* Nun war der denkbar ungünstigste Zeitpunkt dafür, denn das viel größere Problem war das zweite. Annas Mißtrauen. Ein Mißtrauen, drei Tage lang genährt von der Enttäuschung, vergessen worden zu sein wie ein ausgedienter Pantoffel. Ach was, vergessen – weggeschmissen! Maike hatte keine Ahnung, wie sie den Vorwurf der Berechnung aus dem Weg räumen sollte. Sie probierte es mit dem Naheliegendsten. »Da bin ich aber ganz anderer Meinung. Und dein Vorwurf ist völlig absurd. Wenn es so wäre, wie du sagst, wäre ich nämlich nicht hier. Dann hätte ich ja, was ich wollte. Ich hatte einfach keine Zeit, mich zu melden, das ist alles. Du ahnst ja nicht, was im Büro los war.«

»Nein, das ahne ich nicht. Und es interessiert mich auch gar nicht. Aber da es dir ja dort so gefällt, schlage ich vor, du gehst einfach wieder in dein geliebtes Büro, um dich weiter mit deiner Karriere zu beschäftigen.«

Maike sah ein, es hatte im Moment keinen Sinn, weiter mit Anna zu diskutieren. »Wie du meinst«, sagte sie gegen ihre innere Überzeugung und einzig und allein aus dem Grund, daß jeder Widerspruch sowieso an Anna abprallte. »Dann lassen wir es eben dabei. Ich werde dich ganz sicher nicht bedrängen.«

»Gut«, erwiderte Anna. Auch wenn sie es durchaus nicht gut fand. Warum machte Maike sich den weiten Weg, nur um diesen halbherzigen Widerspruch abzuliefern? Aber sie fühlte sich jetzt wahrscheinlich besser, weil sie ja alles versucht hatte. Wenigstens konnte sie sich das einreden und ihr schlechtes Gewissen damit beruhigen. Falls Maike überhaut eines hatte. Denn mehr war es ja wohl nicht, was sie hierher getrieben hatte. »Dann gibt es wohl nichts mehr zu sagen.«

»Nein, wohl nicht.« Maike wandte sich zum Gehen. Doch dann drehte sie sich wieder zu Anna um. »Nur eines noch, damit du es weißt. Ich mag dich.«

Ehe Anna darauf etwas erwidern konnte, war Maike draußen. Verwirrt sah Anna ihr nach.

Anna machte gerade eine Pause, um sich schnell etwas zum Mittag zu »kochen«, da klingelte das Telefon.

»Frau Ravensburg?« fragte eine männliche Stimme am anderen Ende.

»Ja.«

»Mein Name ist Pechstein, ich bin Reporter beim Marburger Kurier. Ich habe erfahren, daß Sie es waren, die der Polizei geholfen hat, die entführten Männer zu finden. Sie haben praktisch deren Leben gerettet. Wir wollen einen Artikel darüber bringen.«

Anna seufzte. »Davon kann ich Sie wohl kaum abhalten.« Sie wollte alles, was mit der Geschichte zu tun hatte, insbesondere Maike, vergessen.

»Ich würde gern ein Interview mit Ihnen machen.«

Anna stöhnte. Das fehlte ihr gerade noch. »Auf meine Mitwirkung müssen Sie dabei verzichten.«

»Unsere Zeitung wäre bereit, Ihnen ein gutes Honorar zu zahlen.«

Offenbar verkaufte sich die Story so hervorragend, daß die Zeitungen sie immer wieder aufnahmen. Und sogar noch Geld boten. Anna für ihren Teil war jedoch nicht an dem Presserummel interessiert. Auch wenn sie die finanzielle Unterstützung gut hätte gebrauchen können.

»Bedaure«, lehnte Anna erneut ab.

»Sind Sie sicher?«

»Ja.«

»Na, da kann man nichts machen.«

Der Artikel erschien dennoch in der nächsten Ausgabe. Anna las die Schlagzeile in der Zeitung ihres Gegenübers, als sie am anderen Tag mit dem Bus von der Arbeit in der Taxizentrale nach Hause fuhr. Ihr Auto mußte sie morgens in die Werkstatt bringen, weil die Batterieleuchte permanent brannte. Die Lichtmaschine war defekt.

»Seitenwechsel – Ehemalige Tierschützerin half der Polizei«, sprang Anna die Schlagzeile entgegen. Sie kaufte sich die Zeitung im nächsten Laden und las den Artikel. Es war haarsträubend. Im Grunde ging er nur wenig auf die Entführung ein. Das Thema war ja auch schon x-mal durchgekaut worden. Statt dessen – Anna hatte keine Ahnung, wie der Reporter an all die Informationen gekommen war – beschrieb er ziemlich detailliert ihre Vergangenheit, lobte ihren »Sinnungswandel« und ihre jetzige Arbeit. Es war nicht nötig, daß er Annas Namen nannte. Jeder in der Szene wußte, wer gemeint war. Sie konnte sich schon mal ein paar Liter Graffitientferner kaufen, denn in ein paar Tagen würden die Mauern des Hofes nicht mehr weiß, sondern mit Verräterparolen vollgesprüht sein. Sie kannte das ja schon.

Zu Hause angekommen, warf Anna die Zeitung ärgerlich auf den Küchentisch, ihre Tasche daneben, ging ins Wohnzimmer, hörte den Anrufbeantworter ab. Eine Nachricht von Greta. »Wie geht es dir? So viel Berühmtheit wird dir hoffentlich nicht zu Kopf steigen. Ruf mich doch mal an. Ich habe was für dich.«

Anna wählte Gretas Nummer. »Ich bin neugierig«, sagte sie.

Greta lachte. »Ja, damit habe ich gerechnet.«

»Was ist es, was du für mich hast?«

»Eine Kundin erzählte mir von einer geplanten Urlaubsreise. Das Einzige, was der Reise im Wege steht, ist ihr Hund, den sie im Flugzeug nicht mitnehmen kann. Sie sucht eine Unterkunft für das Tier. Da habe ich ihr gesagt, sie soll dich anrufen, ob du Platz für einen Gast hast. Ich dachte, das ist eine gute Möglichkeit, nebenbei deine Kasse etwas aufzubessern.«

»Danke. Was ist es denn für ein Hund? Weißt du das?«

»Hab vergessen, was es für eine Rasse ist. Einer von den großen jedenfalls.«

Sie plauderten noch ein wenig über belanglose Dinge. Dann legte Anna auf, zog sich andere Klamotten an und ging in den Stall. Sie schaute nach ihrem Neuzugang Mia, einem Pferd, das von seinem ehemaligen Besitzer mißhandelt und dermaßen vernachlässigt worden war, daß das Tier nur noch aus Haut und Knochen bestand. Die Tierklinik hatte das Pferd retten und wieder aufbauen können. Nun galt es, diesen Zustand durch gutes Futter und viel Liebe zu stabilisieren. Anna strich Mia den Kopf. Die zog sich ängstlich zurück. Beruhigend sprach Anna auf das Tier ein, legte ihren Kopf an den immer noch knochigen Hals und strich mit der Hand die Seite von Mias Bauch. Dann holte Anna ein Stück Zucker aus ihrer Tasche und bot es Mia auf ihrer flachen Hand an. Mias Nase reagierte sofort, ihr Maul näherte sich jedoch nur sehr vorsichtig Annas Hand. Sie hielt ganz still. Schließlich nahm Mia die

Leckerei. Doch ihr Blick war nach wie vor ängstlich. Die lange Zeit der Qualen stand darin geschrieben, das Mißtrauen gegenüber Menschen. Ob es jemals verschwinden würde? Anna setzte sich auf den Boden der Box in das Stroh, direkt neben Mia. Das Pferd machte Anna Platz. Fünfzehn Minuten saß sie so. Sie wollte sich gerade aufrappeln, als Anna plötzlich einen großen Kopf an ihrer Schulter spürte. Mia dachte wohl, es ginge ihr schlecht. Na ja, so unrecht hatte sie da nicht. Anna legte dankbar ihre Hand auf Mias Kopf. Diesmal zog sie sich nicht zurück. Während Anna mit Mia »sprach«, hörte sie ein Auto auf den Hof fahren. Das typische Geräusch von Autoreifen, die über kleine runde Steine fuhren. Sie ging um nachzusehen, wer da kam.

Es war der kleine Lieferwagen des Futterlieferanten. »Alles am gewohnten Platz abstellen?« fragte der junge Mann beflissen.

»Ja, danke.« Anna brachte ihm die Schubkarre, half beim Ausladen.

Jedenfalls so lange, bis ihr Handy klingelte. Die Dame mit dem Hund rief an. Sie erklärte, daß sie Annas Nummer von Greta hatte, und fragte nach der Möglichkeit, ihren Hund für drei Wochen in Pension zu geben.

»Ich möchte mir Ihren Hof aber vorher gern ansehen. Und Cash, so heißt mein Hund, auch erst mal ein, zwei Tage zur Probe bringen. Was würde das denn kosten?«

»Die Probetage nichts, wenn Sie den Hund dann bringen, vierzig Euro pro Woche.«

Sie vereinbarten gleich den morgigen Tag für die erste Schnupperrunde.

Der junge Mann hatte alle Säcke abgeladen, winkte Anna zu. »Lieferschein liegt bei der Ware. Bis zum nächsten Mal«, rief er, sprang in seinen Wagen und fuhr vom Hof. Anna winkte kurz zurück und ging die Lieferung kontrollieren. Vorher ließ sie noch die Hunde ins Freigehege. Der Rest des Tages verging mit der üblichen Routine der Tierbetreuung und dem Haushaltskram. Erst als sie sich gegen halb neun vor den Fernseher setzte, um einen Film anzusehen, kam sie zur Ruhe – und dachte sofort wieder an Maike.

Daß die so weit gehen würde in ihrem Eifer, den Fall zu lösen. Anna seufzte in sich hinein. Sie konnte ja nicht ernsthaft behaupten, daß es sie überraschte. Schließlich kannte sie Maike genau so:

Ehrgeizig bis zum Umfallen. Aber es gehörte eine gehörige Portion Gefühllosigkeit dazu, um so mit den Empfindungen anderer zu spielen. Anna war wütend auf Maike. Und auf sich, daß sie sich von ihr hatte an der Nase rumführen lassen. Was Anna aber am meisten ärgerte, war, daß Maike nicht den Mumm hatte zuzugeben, was sie da mit ihr gemacht hatte.

18.

Maike kam nicht darüber hinweg, daß Anna ihr zutraute, sie hätte mit ihr aus purer Berechnung geschlafen. Natürlich stellte Anna nur deshalb alles so hin, als wäre es rein körperlich gewesen. Aber das war es nicht. *Nicht für mich!* Und so weit Maike es beurteilen konnte, auch nicht für Anna. Sie wußte schließlich, was sie in Annas Augen gesehen hatte. Leidenschaft, ja, aber nicht nur. Da war auch sehr viel Zärtlichkeit. Und am Morgen danach alberten sie beide herum. Na schön, sie schmiedeten keine gemeinsamen Zukunftspläne. Wäre wohl auch übertrieben. Doch daß sie einander wiedersehen, wieder berühren wollten, stand außer Frage.

Zumindest bis zu Wallbachs Anruf. Danach veränderte sich Annas Stimmung schlagartig.

Sollte es das nun gewesen sein? Das wollte Maike nicht glauben. Es war zwei Tage her seit ihrem Disput mit Anna, viel Zeit zum Nachdenken. Anna war eine intelligente Frau und mittlerweile sicher ganz von allein darauf kommen, wie schwachsinnig ihr Verdacht war. Wahrscheinlich traute Anna sich bloß nicht, sie anzurufen. Es war an der Zeit, ihr einen Besuch abzustatten . . .

Maike sah Anna mit einer Frau am Freigehege der Hunde stehen. Sie beobachteten die Tiere. Jetzt rief die Frau einen der Hunde zu sich. Anna öffnete die Tür zum Gehege, die Frau nahm den Hund in Empfang. Sie gingen in Maikes Richtung. Maike sah, wie Anna kurz in ihrer Bewegung stockte, als sie sie erkannte. Doch dann begleitete Anna die Frau weiter zum Parkplatz, wo ihr Wagen neben Maikes stand. Jetzt, da sie fast bei Maike angekommen waren, hörte diese auch, worüber gesprochen wurde.

»Cash hat den Tag genossen, glaube ich. Er ist absolut sozial mit den anderen Hunden, spielt mit ihnen, tollt herum. Er bewegt sich gern«, sagte Anna.

»Ja, ich glaube, es hat ihm gefallen. Er sieht jedenfalls sehr zufrieden aus.«

»Wenn Sie ihn für drei Wochen hier in Pension geben, müssen Sie das Futter mitbringen und was Sie denken, was der Hund sonst noch so braucht. Eine Decke, die er kennt, oder so was in der Richtung. Damit er auch einen vertrauten Geruch um sich hat, wenn er schläft.«

»Mein Urlaub ist zwar erst in ein paar Wochen, aber ich glaube, ich bringe Cash noch ein paarmal vorher her. Zum besseren Eingewöhnen.«

»Eine gute Idee. Rufen Sie mich einfach an.«

Die Frau reichte Anna die Hand. »Vielen Dank, Frau Ravensburg. Jetzt kann ich mich ohne schlechtes Gewissen auf meine Reise freuen.«

Frau und Hund stiegen ins Auto und fuhren ab.

Anna hatte Maike die ganze Zeit nicht beachtet, oder zumindest so getan, und gedachte offensichtlich damit fortzusetzen. Sie ging zum Haus, ohne Maike eines Blickes zu würdigen.

Maike war angesichts des mehr als kühlen Empfanges enttäuscht. Andererseits – hatte sie etwa erwartet, Anna würde ihr mit offenen Armen entgegenlaufen? Nein. Aber daß sie ihr nicht mal *Hallo* sagte . . . Anna hatte offensichtlich die Einsicht, daß sie Maike Unrecht tat, noch nicht erreicht. Maikes Idee, sie würde Anna einfach besuchen und ihr die Chance geben, sich zu entschuldigen, war damit nach hinten losgegangen. Wahrscheinlich dachte Anna, sie, Maike, müsse sich entschuldigen, und wollte ihr das auch noch so schwer wie möglich machen. Maike folgte Anna ins Haus.

»Was willst du?« fragte diese Maike beinah böse.

»Mit dir reden. Dich zur Vernunft bringen«, sagte Maike ruhig.

Anna sah Maike abweisend an. »Mir war bis eben nicht klar, daß ich unvernünftig bin. Oh, halt, nein, das nehme ich zurück. Immerhin besaß ich die Unvernunft, mich mit dir einzulassen.«

Maike mußte erkennen, daß sie mit ihrer Vermutung eben ganz falsch lag. Anna wollte keine Entschuldigung von ihr hören. Anna wollte, daß sie ging. Sie war nicht bereit, ihr zu vergeben. Mal abgesehen davon, dachte Maike, daß sie ja gar nichts getan hatte. Aber das Anna zu erklären, würde ihr nicht gelingen. Die blockte immer noch völlig ab. Dennoch versuchte Maike es.

»Anna, du mußt mir glauben. Es war alles reiner Zufall. Hätte ich geplant, deine Gefühle zu manipulieren, um dich für meine Zwecke zu gewinnen, hätte ich es dann nicht geschickter angefangen?«

»Du hieltest es sicher für geschickt, bis dir aufging, daß ich dich durchschaut habe.«

»Das ist Blödsinn.« Maike schüttelte den Kopf. Sie versuchte es noch einmal mit dem Argument, das sie bereits vor zwei Tagen benutzte. Vielleicht war Anna dem jetzt ja zugänglicher. »Nur mal angenommen, es wäre so, wie du sagst, warum bin ich dann hier? Dann hätte ich ja alles, was ich wollte. Fall gelöst, Beförderung in Aussicht, alles schön. Dem ist aber nicht so.«

»Auch wenn du es noch so oft abstreitest: Ich glaube dir nicht.« Anna hielt beharrlich an ihrer Meinung fest.

»Okay, dann laß uns zu Wallbach fahren. Er wird dir bestätigen, daß ich vor seinem Anruf nicht wußte, wo Claudia war. Und ergo konnte ich auch nicht planen, dich zu überreden, mit ins Krankenhaus zu kommen. Ich war doch von dem Fall längst abgezogen. Oder denkst du, das habe ich dir auch nur vorgespielt?«

Anna war die Diskussion leid. Was brachte das? Sie wollte darüber nicht mehr reden. »Ich will einfach nur endlich meine Ruhe. Warum verschwindest du nicht aus meinem Leben?« erwiderte sie kraftlos.

»Du kannst mich doch nicht wegschicken, nur aufgrund eines so dummen Verdachtes. Was ist, wenn du dich irrst? Was ist, wenn ich dich nicht anlüge? Schon mal daran gedacht?«

Nein, bisher nicht. Aber Maikes anhaltende Beharrlichkeit verunsicherte Anna nun doch etwas. *Natürlich Anna. Das war es ja, was Maike erreichen wollte.* Sie mußte sich zusammenreißen. Sonst entschuldigte sie sich am Ende noch bei Maike. »Ich kann. Ich tue es gerade. Bitte geh.«

»Wie kann man nur so stur sein«, rief Maike wütend. »Warum tust du das? Warum machst du kaputt, was gerade erst begonnen hat? Hast du Angst? Dann rede mit mir. Sag, was los ist!«

»Es ist nichts anderes los, als daß ich allein sein möchte. Ist das so schwer zu verstehen?«

Maike schüttelte resigniert den Kopf, drehte sich um und ging. Anna hörte die Tür ihres Wagens zuschlagen, dann das Geräusch des Motors. Maike fuhr weg.

Mit einem Mal fühlte Anna sich sehr müde. Diese erneute Auseinandersetzung hatte sie aller Energie beraubt. Doch was viel schlimmer war, sie ließ sie zweifeln, ob ihr Vorwurf gegenüber Maike wirklich berechtigt war. Es war ja immerhin möglich, daß es so war, wie Maike sagte. Oder schaffte diese es gerade, mit viel Geschicklichkeit und Psychologie, sie ein weiteres Mal zu manipulieren?

Anna wußte nicht mehr, was sie glauben sollte, war uneins mit sich selbst. Sie würde Maike ja gern glauben. Doch etwas in ihr verwehrte sich dagegen. Sie war schon einmal belogen und betrogen worden. Und das von einem Menschen, mit dem Anna weit mehr verband als mit Maike. Claudia und sie waren einmal beinah seelenverwandt gewesen. Sie lebten für die gleiche Sache, standen Seite an Seite im Kampf für Tierrechte. Als ihre Meinungen begannen auseinanderzudriften und als Claudia merkte, daß sie Anna nicht für ihre neuen Ziele gewinnen konnte, verriet sie diese. Wie konnte Anna da von Maike, deren Ansichten zu den Dingen den ihren absolut konträr gegenüberstanden und die sie nur kurze Zeit kannte, annehmen, daß die es ehrlich meinte? Zumal Maike sie von Anfang an nur benutzt hatte, um ihren Fall zu lösen. Das würde sie wohl kaum abstreiten.

Die Tatsache, daß Claudia und Maike sich in ihrem Wesen so glichen, machte es Anna schwer, einen eventuellen Irrtum als Möglichkeit in Betracht zu ziehen. Gleichzeitig war Anna klar, wenn sie Maike wirklich zu Unrecht beschuldigte, quälte sie nicht nur sich sinnlos, sondern auch Maike. In diesem Fall wäre es an der Zeit, eine Entschuldigung zustande zu bringen. Andererseits, wenn ihr Verdacht richtig, dagegen ihre Entschuldigung unangebracht war, würde sie es sich nie verzeihen, sich zum zweiten Mal von Maike so an der Nase herumgeführt haben zu lassen. Wie Anna es auch drehte und wendete, jedesmal blieb die Ungewißheit, ob sie nicht genau das Falsche tat.

Schluß jetzt damit! Keinen Gedanken mehr daran verordnete

Anna sich. *Du hast anderes, Besseres zu tun!*

Als sie vorhin Cash und seine Besitzerin zum Wagen begleitete, war ihr eine Idee gekommen, der nachzugehen interessant sein konnte. Warum machte sie aus dieser Hundebabysittergeschichte eigentlich nicht eine regelmäßige Sache? Die Frau war ganz sicher nicht die einzige mit einem derartigen Problem.

Die Idee ließ Anna nicht mehr los. Sie schaltete den Computer an, rief das Internet auf, gab verschiedene Suchbegriffe ein: Hundepension, Hundetagesstätte, Hundeschule. Eine ganze Reihe Links wurden angezeigt. Die Idee war natürlich nicht bahnbrechend neu. Anna klickte sich durch die Seiten. Sehr schnell fand sie heraus, daß sich der Hof leicht zu einer Tagesstätte erweitern ließ. Und die notwendige Erfahrung für ein solches Objekt besaß sie ja wohl auch.

Es gab nur ein entscheidendes Problem. Für eben diese Erweiterung bedurfte es ein paar finanzieller Mittel. Und die Bank hatte sie ja schon mal abblitzen lassen. Aber wer nicht wagt, der nicht gewinnt. Anna nahm sich vor, basierend auf ihre neue Idee, noch mal einen Kreditantrag zu stellen, mit geänderten Umbauplänen und einer neuen Kalkulation. Immerhin waren hier Einnahmen zu erwarten. Das war etwas anderes als ein Umbau nur zum Zwecke der Sanierung.

»Klingt gar nicht so doof«, meinte auch Greta am Nachmittag, während sie in Annas Haar herumhantierte. »Hundebesitzer können ihre Lieblinge bei dir abliefern, während sie auf Arbeit sind, im Urlaub, im Krankenhaus oder einfach nur zum Einkaufen. Die Hunde sind mit Artgenossen zusammen, können spielen, sich austoben, sind unter Aufsicht. Was macht es da aus, wenn die Besprechung oder die Shoppingtour mal etwas länger dauert? Die Vierbeiner sind in guter Obhut. Da braucht man doch kein schlechtes Gewissen mehr zu haben, weil Bello zu Hause vor Frust sein Kissen zerbeißt. Ich glaube auch, daß vielen Hundebesitzern das ein paar Euro wert ist.«

»Genau, und eine solche Tagesstätte in die bestehende Struktur des Hofes zu integrieren, stellt eine lösbare Aufgabe dar. Einen Nachteil hat die Sache natürlich. Der Hof liegt außerhalb der Stadt. Wie viele machen sich den weiten Weg, nur um ihren Vierbeiner für ein paar Stunden den psychischen Streß des Alleinseins zu ersparen?«

»Darüber würde ich mir nicht zu große Sorgen machen. Viele Hundebesitzer nehmen gern ein paar Umstände in Kauf, wenn es um das Wohl ihrer Tiere geht. Natürlich wird es eine Zeit brauchen, bis du einen festen Kundenstamm hast. Ein halbes Jahr, oder auch ein ganzes. Aber so ist es in jedem Geschäft. Glaubst du, mir hat man vom ersten Tag an die Bude eingerannt? Das Wichtigste ist eine gute, weit gestreute Werbung. Bei mir kannst du Flyer auslegen, und du kannst doch Krämer fragen, ob die Taxifahrer nicht welche in ihre Wagen legen dürfen.«

»Im Tierheim haben die sicher auch nichts dagegen«, fiel Anna ein.

»Und die Tierärzte nicht zu vergessen« zählte Greta weiter auf.

»Ich werde eine Homepage anlegen. Mit Bildern vom Hof.«

»Ist das so'n neumodischer Computerkram? Klingt kompliziert. Kannst du das denn?«

Gute Frage, dachte Anna. Sie war bestimmt keine Niete im Umgang mit Computern, aber mit so etwas hatte sie sich bisher noch nicht beschäftigt. »Ich lerne es eben«, sagte sie. »Kann ja nicht so schwer sein. Heutzutage gibt es doch für alles einfache Programme. Vielleicht kann man sogar kostenlos was downloaden.«

»Down. . . was?«

»Vom Netz herunterladen.«

»Keine Ahnung, wovon du sprichst. All diese Dinge jagen mir einen Heidenrespekt ein.«

Anna lachte. »Wie machst du denn deine Buchführung? Immer noch mit einem Kassenbuch?«

»Na wie denn sonst?«

»Ach herrje. Ich glaube, es wird wirklich langsam Zeit, daß du mal ein paar Unterrichtsstunden bei mir nimmst.«

Doch davon wollte Greta nichts wissen. »Danke, nein«, lehnte sie ab. »So lange ich noch einen Kopf zum Rechnen habe, kommt mir so ein Ding nicht ins Haus.«

»Du bist hoffnungslos altmodisch, Greta.«

»Na, und wenn schon.«

Sie zupfte noch an ein paar Haaren herum. »So, fertig. Nun kannst du wieder unter Frauen gehen. Oder besser gesagt, zu ei-

ner ganz bestimmten.« Sie lächelte verschmitzt.
Annas Lächeln viel dagegen eher unglücklich aus. »Danach steht mir gerade nicht der Sinn.« Kaum ausgesprochen, bereute sie ihre Worte auch schon. Gleich würde Greta nachhaken, wie sie das denn meinte. Und richtig.
»Wieso?« fragte Greta. »Hast du immer noch nichts unternommen?«
»O doch.« Anna stand aus ihrem Stuhl auf.
»Ich bin ganz Ohr«, sagte Greta.
»Na ja. Kurz und gut: Es war eben doch eine Schwachsinnsidee anzunehmen, Maike interessiert sich über ihren Job hinaus für mich.«
»Sie hat dir einen Korb gegeben?«
»So kann man das nicht sagen. Aber so oder so: Es ist vorbei.«
Gretas forschender Blick zeigte Anna, daß sie sie gern einem Verhör unterziehen würde. Aber Greta verzichtete darauf. Vielleicht aus Rücksicht auf ihre, wie Greta sich sicher denken konnte, ohnehin schon gebeutelten Gefühle. »Das ist schade«, sagte sie und umarmte Anna. »Na ja, dann wird es wohl doch die Selbsthilfegruppe. Mach dir nichts draus. Du kommst schon drüber weg.«
Anna nickte automatisch. »Ja. Sicher.«

19.

Maike saß mit Pelzer im Büro. Der Fall um Marias Tod war aufgeklärt. Tino Nolte hatte am Ende gestanden. Sie zerbrachen sich bereits die Köpfe über ein neues Verbrechen.
Ein Kollege steckte den Kopf zur Tür herein. »Maike. Da will dich jemand sprechen.«
»Wer denn?«
»Ein Frau Blum.«
Der Name sagte Maike nicht das Geringste. »Schick die Frau rein.«
»Sie will unter vier Augen mit dir reden. Sie wartet im Vernehmungszimmer zwei auf dich.«

Maike zuckte mit den Schultern und ging in das von ihrem Kollegen besagte Zimmer. Die Frau, die dort am Tisch saß, war ihr fremd. Maike hatte sie noch nie in ihrem Leben gesehen und konnte den Namen der Frau keinem der aktuellen Fälle zuordnen.

»Sind Sie Maike Roloff?« fragte die Frau.

»Ja. Was kann ich für Sie tun?«

»Sie für mich nichts, aber ich für Sie, falls Sie interessiert sind.«

Maike schickte einen fragenden Blick zu der Frau.

»Eine Frage: Anna Ravensburg, möchten Sie über sie reden? Sagen Sie einfach nein, wenn Sie es nicht möchten. Dann verschwinde ich ohne Diskussion. Falls Ihnen aber etwas an ihr liegt . . .«

»Wer sind Sie? Was ist mit Anna? Ist ihr was passiert?« sprudelte es nur so aus Maike heraus.

»Kein Grund zur Sorge. Ich bin eine Freundin von Anna. Mein Name ist Greta Blum.«

Maike beruhigte sich wieder. »Nun Greta, warum sind Sie hier? Was glauben Sie, können Sie für mich tun?«

»Das sollten wir lieber nicht hier besprechen. Wann haben Sie Feierabend?«

»Um fünf.«

»Ich warte auf dem Parkplatz auf Sie.« Damit stand die Frau auf und ließ Maike mit ihrer Überraschung allein zurück.

Sie ging wieder in ihr Büro. Pelzer sah sie neugierig an. »Was Interessantes?« fragte er.

»Das kann man wohl sagen«, erwiderte Maike abwesend.

»Welcher Fall?«

»Keiner. Rein privat.«

Pelzer grinste frech. »Du mußt ja wirklich was draufhaben, daß dir die Frauen quasi bis in dein Büro folgen.«

Maike grinste zurück. »Neidisch?«

Er winkte ab, widmete sich wieder der Akte vor sich. Maike tat es ihm gleich, schaute auf den vor ihr liegenden Bericht des Labors über die Spuren an einem Tatort. Ihre Konzentration war aber nicht mehr dieselbe wie vor dem Gespräch mit Annas Freundin. Die verschiedensten Spekulationen darüber, was Greta Blum ihr zu sagen hatte, mischten sich in Maikes Gedanken. Und vor allem: Hatte Anna sie geschickt?

Zehn Minuten vor fünf stand Maike auf dem Parkplatz und sah sich nach Greta um. Das Klappen einer Autotür in Maikes Rücken ließ sie hinter sich schauen. Greta kam auf sie zu.

»Wollen wir irgendwo einen Kaffee trinken? Dabei redet es sich besser.«

»Hier um die Ecke ist ein Kiosk. Wenn das genügt?«

»Allemal besser als hier.«

Sie standen an einem der Stehtische, rührten in den Plastikbechern. Maike musterte Greta. Ihre Neugier stand ihr deutlich im Gesicht geschrieben, denn Greta sagte lächelnd: »Sie fragen sich, warum ich hier bin. Gleich vorab: Anna weiß nichts von meinem Besuch bei Ihnen. Wüßte sie es, würde sie mir wahrscheinlich den Hals umdrehen wollen. Kurzum: Ihren Namen habe ich aus meinen Gesprächen mit Anna, daher weiß ich auch, daß Sie bei der Kripo sind. Also machte ich mich einfach auf den Weg zum Präsidium und fragte nach Ihnen.«

»Und warum sind Sie gekommen?«

»Weil ich es nicht mit ansehen kann, wie Anna leidet.«

Offensichtlich irrte Greta und glaubte, sie, Maike, sei diejenige, die Anna von sich stieß. Da wollte sie doch mal eines klarstellen: »Es ist nicht meine Schuld, daß es so ist. Anna ist diejenige, die mich nicht sehen will.«

Und tatsächlich, Greta schaute Maike überrascht an. »Jetzt verstehe ich gar nichts mehr«, sagte sie. »Ich dachte, *Sie* wollten nicht . . .«

»Hat Anna das gesagt?«

»Nein. Anna sagte nicht viel. Aber für mich klang es so . . . da habe ich wohl was falsch verstanden. Ich bin eigentlich hier, um Ihnen zu sagen, was für ein wundervoller Mensch Anna ist, und daß sie es wert ist, geliebt zu werden.«

»Natürlich ist sie das. Ganz sicher. Und ich würde auch gern die Chance dazu bekommen. Nur Anna will davon nichts wissen.«

»Das verstehe ich nicht. Ich sehe doch, wie sie unter Ihrem Verlust leidet.«

Maike horchte auf. »Tut sie das?«

Greta nickte. »Ja, das kann ich mit Sicherheit sagen.«

Maike atmete tief durch, vergaß, daß Greta eine ihr fremde Person war, und erzählte, was passiert war. Greta hörte Maike aufmerksam zu. Zum Schluß nickte sie. »Jetzt wird mir so einiges klar.«

»Was?«

»Sie kennen Annas Geschichte, wie sie von Claudia hintergangen wurde?«

»Ja, in groben Zügen. Sie hat sie mir mal erzählt.«

»Ich habe das Ganze miterlebt. Die Besuche Claudias, Annas Glaube an sie, der langsam zerbröckelte. In der Zeit, die wir zusammen in Haft saßen und uns kennenlernten, veränderte Anna sich innerlich sehr. Sie verschloß sich zunehmend.«

Die Überraschungen hörten heute gar nicht mehr auf. Greta und Anna saßen gemeinsam in Haft? Und was bedeutete »kennenlernten«? Wie gut? Maike musterte Greta erneut, diesmal eingehender. Sie war wesentlich älter als Maike und auch um einige Jahre älter als Anna. Dennoch. Innerhalb der Gefängnismauern war die Auswahl begrenzt . . . Waren die beiden ein Paar gewesen? Leichte Eifersucht regte sich in Maike. Sie rief sich zur Ordnung.

»Der Verrat Claudias hat Anna tief verletzt«, erzählte Greta weiter. »Sie wissen sicher, wie schnell sich ein Mensch in sich selbst zurückzieht, und wie lange es dauert, ihn aus diesem Versteck wieder hervorzuholen.«

Nun ja, damit erklärte ihr Greta zwar gerade einleuchtend, warum sich Anna so verhielt, wie sie sich verhielt. Wie sie Anna aber davon abbringen konnte, dafür zeigte Greta ihr bisher auch keine Lösung.

»Und was soll ich Ihrer Meinung nach tun?«

»Abwarten und Tee trinken.«

Toll!

»Ich mache Ihnen einen Vorschlag: Hier ist meine Telefonnummer.« Greta reichte Maike die Visitenkarte ihres Friseursalons. »Sie können mich jederzeit anrufen. Dann erzähle ich Ihnen, was Anna so treibt. Und wenn Anna vernünftiger geworden ist und nachzudenken beginnt, dann gebe ich Ihnen Bescheid.«

Maike nahm die Karte. Schaute zweifelnd auf sie. Sollte sie Greta nun dankbar sein, weil sie ihre Hilfe anbot, oder sollte sie über ihren Vorschlag den Kopf schütteln? Maikes anfängliche Erwartung wich jedenfalls einer gewissen Enttäuschung. Gretas Angebot war zwar nett gemeint, wirklich weiter brachte es sie aber nicht.

20.

Es war Anna gelungen, einen Termin bei Professor Gerster zu bekommen. Im Verlaufe eines längeren Vorgespräches willigte der Laborchef der Universität zwar zögerlich, aber endlich doch ein, mit ihr über die an der Universität durchgeführten Tierversuche zu debattieren, genauer gesagt, die damit verbundenen ethischen Gesichtspunkte. Und so saß Anna jetzt in seinem Büro. Annas Hoffnung war, Gerster, als einen der Verantwortlichen, für die Thematik zu sensibilisieren. Sie hatte allerdings nicht das Gefühl, daß der Professor an dem Thema sonderlich interessiert war. Trotzdem. Vielleicht würde er ja in Erinnerung an ihr Gespräch den ein oder anderen Versuch überdenken, im besten Fall ihn gar nicht erst durchführen beziehungsweise durchführen lassen.

»Ich würde auch gern mit Ihren Studenten die Problematik erörtern. Vielleicht in einer Seminarstunde, wenn Sie einverstanden sind, Herr Professor. Gerade die neue Generation Wissenschaftler sollte ihre Aufmerksamkeit dahin lenken, alternative Methoden zu entwickeln.«

Gersters Gesicht zeigte deutliche Ablehnung. »Die Seminare dienen der Vertiefung des Lehrstoffes.«

»Dann vielleicht ein Seminar außerhalb des Lehrplanes. Auf freiwilliger Basis. Wen es interessiert, der kommt, die anderen nicht. Wären Sie damit einverstanden?«

»Wenn ich es nicht bin, wenden Sie sich dann an den Marburger Kurier? Sie haben da sicher Möglichkeiten. Nach dem letzten Bericht über Sie.«

Offensichtlich fühlte Gerster sich unter Druck gesetzt. Er dachte wohl, sie wollte ihn erpressen. »Natürlich nicht«, sagte Anna nachdrücklich. »Es ist eine Bitte. Kein Ultimatum. In diesem Fall liegt mir daran, das Bewußtsein für die Problematik bei denen zu wecken, die unmittelbar Einfluß auf die Dinge haben. Einen Zeitungsartikel halte ich dafür als absolut ungeeignet.«

»Sie versprechen, nichts darüber an die Presse zu geben? Weder Ort und Zeit der Veranstaltung, Anzahl der Teilnehmer oder irgend etwas anderes?«

»Versprochen.«

»Also gut. Ich bin einverstanden. Sie können einen der Hörsäle benutzen. Sagen Sie nur, welchen Abend und machen Sie einen Aushang in der Mensa.«

Anna setzte gerade an, sich zu bedanken, da wurden sie unterbrochen. Es klopfte an die Tür. Sie wurde geöffnet. Maike stand in ihr, gefolgt von einem Mann mit kleiner Statur. Beide betraten das Büro.

»Professor Gerster?« fragte Maike.

»Ja.«

»Roloff mein Name. Mein Kollege, Kommissar Pelzer. Wir bekamen eine Anzeige, daß aus Ihrem Labor ein Gift entwendet wurde.«

»Das ist korrekt. Ich habe es heute morgen dem Dekan gemeldet.«

»Und der hat Anzeige erstattet.« Erst jetzt erkannte Maike Anna. Überraschung stand in ihrem Gesicht. »Hallo«, sagte sie leise. Für einen Moment war Maike sprachlos. Dann fing sie sich. »Um was für ein Gift handelt es sich?«

»Morphin. Wir benutzen es in der Medikamentenforschung.«

»Welche Menge wurde entwendet?«

»Zwei Gramm in reinster Form.«

»Können wir das Labor sehen, wo der Diebstahl stattfand?« fragte Maike.

»Aber ja. Bitte kommen Sie.«

»Markus, mach du das doch«, bat Maike ihren Kollegen. Der ging mit Gerster aus dem Büro. Maike blieb mit Anna allein.

Anna saß immer noch in dem Stuhl vor dem Schreibtisch, den Blick geradeaus, dahin, wo Gerster eben noch gesessen hatte. Maike stand nach wie vor dicht neben der Tür. Stille breitete sich im Raum aus. Eine Stille von der Art, die jeder im Raum als drückend empfindet, weil so viel Spannung in der Luft liegt.

Anna überlegte, ob sie nicht einfach gehen sollte. Mit Gerster hatte sie eigentlich alles besprochen. Sie blieb nur, weil sie befürchtete, Gerster könnte es als unhöflich ansehen, wenn sie verschwand, ohne sich von ihm zu verabschieden, und weil sie sich Gersters Unterstützung erhalten wollte. Sie stand jetzt auf, ging zum Fenster und blickte hinaus. Es gab dort nichts Spannendes zu sehen. Anna wollte so nur Maikes Blicken entgehen, die fragend auf ihr ruhten.

Maike hielt das Schweigen nicht länger aus. »Wie geht es dir?« brach sie die lastende Stille.

Anna regte sich nicht, starrte weiterhin aus dem Fenster.

»Anna? Redest du jetzt gar nicht mehr mit mir?« fragte Maike.

Immer noch keine Regung. Maike ging zu ihr, stellte sich so dicht hinter Anna, daß sie sie wahrnehmen *mußte*. Es sei denn, sie würde plötzlich überhaupt nicht mehr auf sie reagieren. Wenn Maike aber Greta glauben durfte, dann war Anna, was das betraf, durchaus empfänglich. Daß Anna sie dennoch bereits zweimal weggeschickt hatte, daran wollte Maike jetzt nicht denken. Sie setzte alles auf ein Karte.

»Ich vermisse dich, Anna«, flüsterte sie. Zärtlich strich Maike Annas Nacken, küßte ihre Halsbeuge, umarmte sie von hinten, zog sie an sich. Zumindest wollte sie das tun, scheiterte aber an Annas steifem Körper. Anna kam ihr in keiner Weise entgegen. Ihr ganzer Körper war Abwehr. Maike ließ sie los, seufzte. »Ich sehe ja ein, daß es weh tat, damals, als Claudia dich hinterging. Und ich sehe ein, daß dich das vorsichtig macht. Aber du mußt doch auch ein wenig Vertrauen aufbringen.«

Anna drehte sich abrupt um. »Wie kommst du auf diese alte Geschichte?« fragte sie hart.

»Eigentlich hätte es mir selbst einfallen müssen. Aber es war Greta . . .«

»Diese Verräterin«, schnitt Anna Maike das Wort ab.

»Ach komm, Anna, jetzt gehst du wirklich zu weit.« Langsam erreichte auch Maikes Geduld ihre Grenze. »Greta wollte nur helfen. Verrenn dich doch nicht immer gleich in eine Verschwörungstheorie.«

»Habe ich etwa keinen Grund dazu? Erst Claudia, dann du, jetzt auch noch Greta. Wie hast du es geschafft, sie auf deine Seite zu ziehen?«

»Weder ich noch Greta oder wir beide zusammen haben uns in irgendeiner Weise gegen dich verschworen. Wir wollen lediglich, daß du aufhörst, dich in etwas hineinzusteigern. Und was mich betrifft, will ich, daß du mir endlich glaubst, daß ich nie einen anderen Grund hatte, mit dir zu schlafen als den, daß ich dich gern habe. Ja, zugegeben, Ehrgeiz ist mir nicht fremd. Manchmal entwickle ich auch zu viel davon. Aber niemals würde ich, egal mit wem, schlafen, damit ich beruflich weiterkomme. Für diese Annahme habe ich dir nie einen Grund gegeben.«

»Nie einen Grund gegeben?« fragte Anna bitter. »Erinnerst du dich wirklich nicht daran?«

Maike ahnte nicht, was Anna meinte.

»Warst du es nicht, die in Erwägung zog, mit Claudia zu flirten, um an Informationen zu kommen, nachdem ich dir das *nützliche Detail*, wie du es nanntest, verriet, daß Claudia lesbisch ist?«

Maike erinnerte sich an den Tag. »Ja, aber das war ein Scherz. Das habe ich dir doch anschließend auch gleich gesagt. Woraufhin du dachtest, ich mache mich darüber lustig, daß du lesbisch bist. Und ich traute mich nicht, dir zu sagen, daß ich keine Veranlassung habe, darüber zu scherzen, weil ich selbst Frauen mag.« So, nun war wenigstens das raus. »Zwischen uns stehen ständig irgendwelche Mißverständnisse, weil die eine der anderen nicht so richtig traut oder sich selbst nicht. Warum hören wir nicht einfach auf mit diesem unnützen Mißtrauen?«

Annas Gedanken rasten. Sagte Maike ihr gerade, daß sie lesbisch war? Das hieße ja, es war gar nicht der Reiz des Unbekannten, der Maike in ihr Bett gezogen hatte. Mit dieser Vermutung lag sie also schon mal falsch. Galt das Gleiche auch für ihre Annahme, Maike habe nur mit ihren Gefühlen gespielt? Lag sie wirklich so daneben?

Gerster und Maikes Kollege kamen zurück. »Ich habe die Spurensicherung angerufen«, sagte er zu Maike. Und an Gerster gewandt: »Und Sie machen mir die Liste mit den Namen der Personen, die Zugang zum Schrank haben.« Gerster nickte.

Maike wandte sich an Gerster. »Kann man mit der entwendeten Menge Morphin einen Menschen töten?«

»Ja. Bereits dreihundert Milligramm reines Morphin sind eine tödliche Dosis. Aber wenn es darum ging, haben wir wirkungsvollere Mittel im Schrank. Botulinumdoxin zum Beispiel. Ein bakterielles Gift, welches bereits im Nanogrammbereich tödlich wirkt. Zudem wäre es geeignet, einen Mord wie eine einfache Lebensmittelvergiftung aussehen zu lassen.«

»Sie meinen das Morphin wurde von einem Drogenabhängigen gestohlen, der den Stoff für sich braucht oder einen Dealer, der ihn verkaufen will?«

»Das halte ich für sehr wahrscheinlich. Aber wenn derjenige keine Ahnung von der Mischung hat, kann das für ihn oder einige seiner Kunden natürlich auch tödlich enden.«

Maike nickte. »Danke, Professor Gerster. Wir sind dann hier fertig.«

Sie und ihr Kollege verabschiedeten sich. Beim Hinausgehen streifte Maikes Blick Anna. Maikes Augen baten sie, ihr zu glauben.

Gerster lächelte Anna entschuldigend an. »Unangenehme Sache«, sagte er. »Entschuldigen Sie die Unterbrechung.«

»Nicht der Rede wert. Wir waren ja eigentlich auch fertig«, sagte sie. »Fehlten nur noch die praktischen Dinge. Welchen Hörsaal ich für meinen Vortrag benutzen darf und ab wann er frei ist.«

»A 104 im neuen Sektionsgebäude wird normalerweise für so etwas benutzt. Welcher Tag paßt Ihnen am besten?«

»Montag in einer Woche?«

Gerster schaute in den Computer. »Geht nicht. Da ist Kinoabend im Saal. Dienstag wäre frei. Sechzehn fünfundvierzig endet die letzte Vorlesung.«

»Ich reserviere für neunzehn Uhr.«

»Ist hiermit eingetragen.«

»Danke, Professor.«

Anna fuhr nach Hause. Dort wartete viel Arbeit auf sie. Abgesehen von den Tieren, die versorgt werden wollten, lag jede Menge Büroarbeit an. Sie war noch nicht sehr weit mit dem neuen Kreditantrag gekommen, brannte aber förmlich darauf, die Sache endlich richtig in Angriff zu nehmen. Die Kalkulation für das neue Projekt würde hieb- und stichfest sein und sogar den skeptischsten aller Sachbearbeiter überzeugen.

Mitten in den Berechnungen klingelte das Telefon. Greta war dran. Anna legte deutliche Zurückhaltung in ihre Stimme, als sie auf Gretas Frage, was sie gerade tat, antwortete: »Sitze vor dem Computer.«

»Was Wichtiges oder nur Zeitvertreib?«

»Fragst du mich aus, um es hinterher Maike zu erzählen?« fragte Anna pikiert. »Dann kann ich nur sagen, daß ich es nicht sehr schätze, wenn man sich hinter meinem Rücken über mich unterhält.«

Für ein paar Sekunden war Schweigen in der Leitung. Dann fand

Greta ihre Sprache wieder. »Du wirst es nicht glauben, aber eigentlich ging ich zu Maike, um ihr meine Meinung zu sagen. Du kannst dir mein Erstaunen vorstellen, als sie mir ihre Version der Geschichte erzählte. Anna! Du hast mir mit keinem Wort gesagt, daß *Du* ihr eine Abfuhr erteilt hast.«

»Aus gutem Grund.«

»Ach ja?«

»Allerdings«, beharrte Anna.

»Und der wäre?«

»Das weißt du genau.«

»Mach dich nicht lächerlich.«

»Sie hat dich auf ihre Seite gezogen. Ich wußte es. Und so was nennt sich Freundin. Weißt du was? Ihr könnt mich beide mal gernhaben.« Anna schmiß den Hörer auf. Es dauerte keine fünf Sekunden, da klingelte das Telefon erneut. Anna nahm ab.

»Wehe, du machst das noch mal«, warnte Greta sie. »Rede gefälligst mit mir.«

»Worüber?« fragte Anna bockig.

»Was dein Problem ist zum Beispiel. Willst du den Rest deines Lebens das Sensibelchen spielen, nur weil eine Frau dich mal hintergangen hat? Ich dachte, gerade du wüßtest, wie vielschichtig das Leben ist, und wie verschieden die Menschen. Mein Eindruck von Maike ist jedenfalls der, daß du ihr nicht gleichgültig bist. Im Gegenteil.«

Anna seufzte. »Greta, du meinst es sicher gut. Aber du kennst Maike doch gar nicht. Wie kannst du ihr mehr glauben als mir?«

Greta schniefte aufgebracht. »Weil ich unvoreingenommen bin vielleicht? Weil ich nicht durch verletzte Gefühle daran gehindert werde zu sehen und zuzuhören!«

Ich habe es nicht nötig, mir zweimal am Tag so was anzuhören, wollte Anna sagen. Und: *Ihr könnt mich nicht zwingen, wider besseren Wissens zu handeln*. Aber etwas hielt sie davon ab. Die Stimme in ihr, die fragte, ob nicht vielleicht doch sie es war, die sich auf dem Holzweg befand, wurde immer lauter.

»Was verlangst du von Maike?« fragte Greta. »Daß sie ihren Job aufgibt?«

»Warum nicht?«

»Ist das nicht ein bißchen viel verlangt?«

Natürlich war es das. Anna meinte das auch nicht ernst. Sie wollte nur . . . ja, was eigentlich? Absolute Gewißheit, daß Maikes Gefühle für sie echt waren. Ja. Aber wie wollte sie die bekommen? Welche Beweise sollte Maike abliefern? Am Ende lief es doch auf eines hinaus: Entweder vertraute sie ihr oder nicht. Das alles war eine einzige verdammte Zwickmühle!

Maike saß bei Greta im Salon. Diese hatte den Laden bereits geschlossen und ihnen Kaffee gemacht.

»Anna ist nicht von ihrer Idee abzubringen«, sagte Greta kopfschüttelnd.

»Was macht sie außer mich zu hassen sonst so?« fragte Maike fatalistisch.

Greta zuckte mit den Schultern. »Ich nehme an, sie arbeitet an ihrem neuen Projekt. Sie will den Hof erweitern, zusätzlich den Service einer Hundetagesstätte anbieten. Die Idee ist gut. Nur ob die Bank mitspielt, ist die Frage. Der letzte Kreditantrag wurde abgelehnt. Da fehlte dem Umbaukonzept aber auch die rentable Aussicht für die Zukunft. Mit der Idee der Tagesstätte ist das was anderes. Doch ob die zu erwartenden Einnahmen als Argument ausreichen? Immerhin sind die ja sehr begrenzt. Anna hofft, die entscheidenden Leute von ihrem neuen Konzept trotzdem zu überzeugen.«

»Die Banken wollen im Allgemeinen eine Sicherheit«, gab Maike zu bedenken. »Hat Anna die?«

»Eben nicht. Das macht die Sache ja so schwierig. Der Hof in seinem jetzigen Zustand ist nichts, woraufhin die Bank auch nur einen Cent auslegt. Und einen ordentlichen Vollzeitjob hat Anna auch nicht. Nur den Gelegenheitsjob in der Taxizentrale und den Vertrag mit dem Tierheim. Viel Arbeit ja, aber keine regelmäßigen Einnahmen, wie die Bank sie gern sieht.«

»Dann wird es wohl eher nichts mit dem Kredit beziehungsweise mit dem Projekt.«

»Das wäre wirklich schade«, meinte Greta. »Anna setzt große Hoffnung in die Sache.«

»Ich könnte Anna ein paar tausend Euro borgen. Als Beamtin verdiene ich nämlich ganz gut, nur bleibt bei meinem Job wenig Zeit, das Geld auszugeben. Aber garantiert nimmt sie es nicht an.«

»Das sehe ich auch so. Hat gar keinen Zweck, das Angebot zu machen.«

Maike kam eine Idee. »Und wenn du so tust, als wäre es dein Geld?«

Greta winkte ab. »Funktioniert nicht. Anna weiß, daß bei mir auch Flaute in der Kasse herrscht. Ich *habe* nämlich einen Kredit von der Bank bekommen und muß meine Raten zahlen.«

»Na ja, vielleicht genehmigt man Anna den Kredit ja auch. Zu wünschen wäre es ihr jedenfalls.«

»Ja, zu wünschen wäre es ihr«, wiederholte Greta. »Und was ist mit dir?«

»Mit mir? Was meinst du?«

»Wie verkraftest du die Trennung von Anna?«

Maike zuckte mit den Schultern. »Wie schon. Ich lerne damit zu leben.«

»Das hört sich an, als gibst du auf.«

»Manchmal denke ich wirklich, es hat keinen Sinn. Wenn Anna partout nicht will, dann sollte ich sie vielleicht einfach in Ruhe lassen. Andererseits, ich kann mich einfach nicht damit abfinden, daß ich sie nur wegen eines Irrtums verlieren soll, eines eingebildeten Vertrauensbruches wegen. Wenn ich wirklich etwas getan hätte, sie einen Grund hätte, mich zu verachten, wäre das etwas anderes. Und hätte ich zum Beispiel getan, was sie mir vorwirft, wäre das so ein Grund. Deshalb verstehe ich Anna sehr gut. An ihrer Stelle würde ich vielleicht genauso reagieren.«

»Bist du nicht gekränkt, weil Anna dir so etwas zutraut?« wollte Greta wissen.

»O ja. Das bin ich ganz sicher. Besonders als sie mir den Vorwurf zum ersten Mal an den Kopf geworfen hat. Zuerst schnallte ich gar nicht, was sie meinte, so absurd fand ich den Gedanken. Je länger ich aber darüber nachdenke, je besser kann ich ihn nachfühlen. Wenn man bedenkt, wie kurz Anna und ich uns erst kennen und unter welchen Umständen wir uns kennengelernt haben, ist ihr Vorwurf so abwegig nicht. Deshalb bin ich natürlich trotzdem gekränkt. Aber nicht so tief, wie du vielleicht denkst. Ich sage mir, die Umstände sind nun mal so, wie sie sind. Ich habe meinen Teil dazu beigetragen.«

21.

Die Ankündigung zu Annas Vortrag las Maike nur zufällig, als sie auf dem Weg zu Professor Gerster kurz am Fahrstuhl warten mußte. Maike überflog die Aushänge an der Tafel neben dem Fahrstuhl, ließ selbigen fahren, schaute genauer, was dort stand, schüttelte mit dem Kopf. Anna war wirklich unglaublich. An einer Universität, die ein ganzes biomedizinisches Forschungszentrum hatte und wo gerade der Grundstein für ein neues Hochsicherheitslabor für virologische Forschung gelegt worden war, wo also tierexperimentelle Forschung so normal war wie der Gebrauch von Messer und Gabel beim Mittagessen, an so einer Uni wollte Anna einen Vortrag über die Vermeidung von Tierversuchen halten. Maike konnte vor sich sehen, wie das endete. Die Teilnehmer würden Anna in kleine Stücke zerlegen, ihr vorwerfen, den Fortschritt zu behindern und ihr die national und international anerkannten wissenschaftlichen Preise der Mitarbeiter der Uni vorhalten.

Was dachte Anna sich nur dabei? Glaubte sie, auch nur einen der Zuhörer auf ihre Seite zu ziehen? Falls überhaupt jemand kam, dann doch nur, um ihr Paroli zu bieten, um die Forschung am Tier und ihre Methoden zu verteidigen. Hier war wirklich nichts für Anna zu holen, ihr Vorhaben die reine Energie- und Zeitverschwendung. Trotzdem ... Maike bewunderte Annas Kampfgeist. Auch wenn er etwas Don-Quichotte-artiges hatte, weil ihr Kampf genauso aussichtslos war.

Der Fahrstuhl hielt erneut. Diesmal stieg Maike ein, weiter auf dem Weg zu Gersters Büro. Sie wollte Einsicht in einige Formulare nehmen. Heute Morgen rief sie Gerster an, weil ihr die Liste mit den Personen, die Zugang zu dem aufgebrochenen Laborschrank hatten, sehr kurz vorkam. Nur drei Personen außer ihm? Gerster erklärte Maike das Verfahren. Für jede Entnahme giftiger Substanzen oder Substanzen, die unter das Betäubungsmittelgesetz fielen, mußte ein Formular ausgefüllt werden. Generell konnte das jeder Student, brauchte nur eine Unterschrift vom jeweiligen Leiter der Forschungsgruppe. Die drei Personen, die er aufschrieb, waren diejenigen mit einer Zugangsberechtigung zum

Schrank. Was nicht ausschloß, daß jemand in deren Beisein geschickt genug war, das Morphin zu entwenden und der Schrank erst im Nachhinein aufgebrochen wurde, um es wie einen Diebstahl durch Universitätsfremde aussehen zu lassen. Besagte Formulare wollte Maike jetzt einsehen, kopieren und die Antragsteller genauer unter die Lupe nehmen. Beim Durchblättern des Ordners kam Maike ein Gedanke – der mit ihrer Arbeit so gar nichts zu tun hatte.

Warum ging sie nicht zu Annas Vortrag? Maike konnte sich nicht denken, daß Anna nicht wußte, worauf sie sich einließ. Also hatte sie sich gründlich vorbereitet, gute Argumente vorbereitet. Die zu hören, war Maike neugierig. Auf dem Weg zum Parkplatz nahm sie wieder den Fahrstuhl, las noch einmal den Aushang, als sie ausstieg, um sich Ort und Zeit in ihrem Kalender zu notieren.

Maike setzte sich in eine der hintersten Reihen, direkt hinter einen jungen Mann mit Fitneßstudiofigur, dessen Rücken sie ganz gut verdeckte. Wenn möglich, sollte Anna sie nicht sehen. Maike wollte Anna in ihrer Konzentration, die sie sicher für dieses Unterfangen brauchte, nicht ablenken.

Anna stand am Pult im unteren Teil des Hörsaales, schaute auf die Uhr. Es fehlten nur noch zehn Minuten bis zum Beginn der Veranstaltung. Die Zuhörerreihen waren fast ausgefüllt. In einer Stadt, die zu einem Viertel aus Studenten bestand, konnte man so viel Interesse auch erwarten. Anna schien nicht sonderlich nervös. Aber vielleicht täuschte das auch. Vielleicht beherrschte sie sich nur sehr gut. Darin war sie ja geübt.

Anna schaltete den Overheadprojektor an, der wiederum an ihren Laptop gekoppelt war. Vier Bilder erschienen auf der Leinwand vor dem Auditorium. Bild eins: Eine Anordnung von zwei übereinanderliegenden Käfigreihen, in denen man Primaten erkennen konnte. Bild zwei: Der Gesichtsausdruck eines dieser Primaten in seinem Käfig. Depressiv, apathisch. Bild drei: Ein Primat in unnatürlich verrenkter Körperhaltung in einer Versuchsanrichtung fixiert. Bild vier: Der geöffnete blutige Bauch eines abgemagerten Primaten in einem Abfalleimer. Nach Gebrauch weggeschmissen.

Es ergab sich von selbst, daß Stille im Hörsaal eintrat. Anna wartete etwa zwanzig Sekunden, dann begann sie zu sprechen.

»Dies hier sind Bilder, die ich aus dem Internet geladen habe. Bilder aus einem Versuchslabor in Münster. Sicher ein schwarzes Schaf der Branche. Wir wollen es jedenfalls hoffen. Aber ganz sicher auch kein Einzelfall. Wenn wir über Tierversuche sprechen, sprechen wir über Leid und Schmerzen von Tieren. Ich kann mir nicht vorstellen, daß irgendeiner der hier Anwesenden ernsthaft behaupten will, ein Tier, welches eine Substanz verabreicht bekommt, sei es nun durch Injektion oder auf irgendeine andere Art, empfände dies als angenehm und keinen Streß dabei.

Im Jahr 2004 wurde in Deutschland alle vier Minuten ein Tier durch einen Wissenschaftler getötet. Das sind weit über zwei Millionen Tiere im Jahr. Nur 40.000 dieser Tiere gingen in Untersuchungen zur Diagnose von Krankheiten ein. Die anderen Versuchstiere verloren ihr Leben in der biologischen Grundlagenforschung, bei toxikologischen Untersuchungen oder einfach beim Test von Zusatz- und Farbstoffen für Kosmetika und Lebensmittel. Bei Tierversuchen sind schwerste Eingriffe ohne Narkose erlaubt und durchaus üblich. Labortiere werden mit Erregern von qualvollen, oft sogar tödlichen Krankheiten kontaminiert. In der Verhaltensforschung werden sie experimentell psychischem Streß ausgesetzt, werden verbrannt, verbrüht, mit Elektroschocks gequält, verletzt und verstümmelt. Man durchtrennt Versuchstieren ihre Stimmbänder, um ihre Schreie nicht mehr hören zu müssen. Die Ergebnisse aus Tierversuchen sind nicht auf den Menschen übertragbar. Nicht wenige, nach Tierversuchen zugelassene Zusatzstoffe in Lebensmitteln lösen Allergien beim Menschen aus. In Tierversuchen getestete Medikamente rufen lebensgefährliche Nebenwirkungen hervor. Der Blutfettsenker Lipobay und das Rheumamittel Vioxx sind aktuelle Beispiele dafür, daß Tierversuche gravierende Probleme, die schließlich zur Marktrücknahme von Medikamenten führen, nicht verhindern können. Viele Gesundheitsschäden durch Substanzen aller Art werden gar nicht erkannt oder können vom Geschädigten nicht bewiesen werden.«

Es herrschte immer noch aufmerksame Stille im Hörsaal. Maike mußte zugeben, Anna überraschte auch sie. Sie war sehr beeindruckt vom Aufbau in Annas Vortrag. Die Bilder und Fakten, welche sie, ohne sie viel zu kommentieren, aneinanderreihte, hinterließen nicht nur bei Maike ihre Wirkung.

»Viele von Ihnen wissen, daß im Bereich der tierversuchsfreien Forschung in den letzten Jahren erhebliche Fortschritte verzeichnet werden konnten. Es steht eine Vielzahl In-vitro-Verfahren zur Verfügung, im Reagenzglas durchgeführte Tests. Diese sind vor allem aussagekräftiger, aber auch reproduzierbarer als Tierversuche. Neue Arzneimittel können an menschlichen Zell- und Gewebekulturen, die zum Beispiel aus Operationen zur Verfügung stehen, getestet werden. Die hautreizenden Eigenschaften von Chemikalien und kosmetischen Stoffen können an künstlicher Haut getestet werden. Für die Untersuchung hinsichtlich fieberauslösender Substanzen in Medikamenten und Impfstoffen stehen Tests mit menschlichem Blut zur Verfügung. Alternativen gibt es also reichlich.

Neben Reagenzglastests ist die Erforschung der wirklichen Ursachen unserer Krankheiten eine wesentlich sinnvollere, billigere und aussichtsreichere Methode der Erkenntnisgewinnung als das Tierexperiment. In Studien mit kranken und gesunden Menschen wurde beispielsweise der Einfluß unserer Lebensweise auf die Entstehung und den Verlauf verschiedenster Krankheiten untersucht. Es konnte eindeutig gezeigt werden, daß Faktoren wie Rauchen, Alkoholmißbrauch, falsche Ernährung, Streß, mangelnde Bewegung usw. wesentlichen Einfluß haben. Für solche Untersuchungen muß kein Tier leiden und sterben. Mit ein wenig Vernunft und ein wenig Einsicht können wir alle das Leiden von Millionen Versuchstieren verhindern.«

»In einer bestimmten Phase der Forschung müssen Medikamente an Tieren erprobt werden. Sonst würden sehr viele Menschen an Nebenwirkungen leiden oder sogar sterben«, meldete sich einer der Studenten zu Wort und unterbrach Anna in ihrem Vortrag. »In-vitro-Verfahren reichen da nicht aus.«

»Sehen Sie, und gerade das zweifle ich stark an. Tierversuche geben keine gesicherte Aussage über die Wirkung der erprobten Stoffe auf Menschen. Ich gehe so weit, daß ich fordere, vor jedem neuen Tierversuch dessen Nutzen und Notwendigkeit zu hinterfragen. Denn diese Versuche sind nicht nur aus ethischen Gründen abzulehnen. Auch aus medizinischen Gründen. Das künstlich geschädigte Versuchstier hat außer gewissen Symptomen nur wenig mit der menschlichen Erkrankung gemein. Wichtige Aspekte der

Krankheitsentstehung, wie Ernährung, Lebensgewohnheiten, Verwendung von Suchtmitteln, schädliche Umwelteinflüsse und Streß, werden bei dieser Art der Forschung außer acht gelassen. Ergebnisse aus Studien mit Tieren sind daher eher irreführend. Tatsächlich hat die tierexperimentell ausgerichtete Wissenschaft trotz jahrzehntelanger Forschung und des Einsatzes von Abermillionen von Tieren Krankheiten wie Krebs, Herz- Kreislauf-Erkrankungen, Diabetes und Rheuma nicht besiegen können.«

»Aber solche Experimente haben mitgeholfen, Medikamente zu entwickeln, die Leiden mindern. Die Lebenserwartung der Menschen wurde dadurch verlängert«, kam der erneute Einwurf. Und dem konnte selbst Anna nicht ernsthaft widersprechen. Nicht, wenn sie glaubhaft bleiben wollte. Maike wartete gespannt auf Annas Antwort.

»Ich weiß. Sehr zur Bekümmerung unserer Rentenkasse«, sagte Anna ironisch und lockerte durch den Scherz die Spannung auf, die im Saal entstanden war und die spürbar zu einer Verhärtung der Fronten führte. Ein Diskussionspartner, der einen Scherz machen kann, ist den meisten sympathisch, weil man davon ausgehen kann, daß man nicht in eine Verteidigungsposition gedrängt werden soll, sondern einfach nur eine andere Sichtweise dargelegt bekommt. Was durchaus interessant und lehrreich sein kann.

»Ich leugne ganz sicher nicht, daß eine Vielzahl Medikamente, die Mehrheit, dem Menschen hilft. Das dürfen Sie nicht glauben.« Anna machte eine Pause. »Was ich sagen will, ist, wir sollen die Art und Weise hinterfragen, wie wir diese Medikamente entwickeln und testen. Noch einmal: Die Ergebnisse von Tierexperimenten lassen sich nicht mit der nötigen Sicherheit auf den Menschen übertragen. Das Tierexperiment kann keine wirklich verwertbare Aussage darüber treffen, ob und wieweit sich der menschliche und der tierische Organismus vergleichbar verhalten. In jedem Fall muß der gleiche Versuch mit einem unkalkulierbaren Risiko und einem kaum vorhersagbaren Resultat am Menschen wiederholt werden. Vorher ist jede übertragende Aussage Spekulation. Eine Konsequenz dieser wissenschaftlich nicht zulässigen Übertragung vom Versuchstier auf den Menschen sind die vielen für sicher gehaltenen Medikamente, welche in den letzten Jahrzehnten trotz exzessiver tierexperimenteller Erprobung wieder vom Markt genommen wurden, weil sie beim Menschen – im Gegensatz zum Tier – schwerwiegende oder gar tödliche Nebenwirkungen hervorriefen. Ich nannte bereits zwei Beispiele.«

In der folgenden Stunde entstand eine rege Diskussion. Sowohl zwischen Anna und den Zuhörern als auch unter den Zuhörern selbst. Maike hörte zu und beobachtete Anna. Einige im Saal setzten sich ernsthaft mit ihr auseinander. Anna ging nicht zimperlich mit ihren Widersachern um, dennoch respektvoll. Zeigte der ein oder andere Student bei einer Frage Anzeichen der Aggression, weil er sich vielleicht in ein falsches Licht gesetzt fühlte, lenkte Anna diese Aggression geschickt um, fragte nach seinem Namen, in welchem Bereich er studierte, in welche Richtung seine beruflichen Interessen gingen und ähnliches. Indem sie über sich selbst sprachen, wurden sie ein wenig abgelenkt. Zwei Minuten später kam Anna auf den Ausgangspunkt, die Frage oder den Einwurf, zurück und stellte ihre Ansicht dar.

Schließlich beendete Anna den Abend mit den Sätzen: »Ich anerkenne Ihren Drang, Erkenntnisse zu gewinnen, egal, ob auf dem Gebiet der Medizin oder der Forschung und Entwicklung – auf ethisch vertretbare Weise, mit sinnvollen Mitteln. Einzig und allein darum möchte ich Sie bitten. Seien Sie in Ihrer Arbeit kritisch mit dem Umfeld, mit sich selbst. Zeigen Sie Verantwortung nicht nur gegenüber den Menschen. Sondern auch gegenüber anderen Lebewesen. Egal welcher Art.« So gab Anna ihrem Vortrag einen positiven Ausklang. Und Maikes Bewunderung für sie wuchs.

Die Studenten verließen den Hörsaal. Anna kabelte ihren Laptop vom Projektor ab, schaltete ihn aus, packte alles zusammen. Maike stand auf, ging zu ihr hinunter.

»Wenn es um Tiere geht, bist du unschlagbar souverän. Nichts kann dich erschüttern. Du weißt genau, was du tun und sagen mußt, was richtig und falsch ist. Warum versuchst du das nicht auch mal in unserem Fall?«

Anna sah auf. Überraschung stand in ihrem Gesicht. Erfreulicherweise mischte sich nicht die Abwehr hinein, die bei ihren letzten Begegnungen immer sofort Annas Gesicht überschattete. »Wie kommst du denn hierher?« fragte sie gelassen. Anna war anscheinend mit dem Verlauf des Abends sehr zufrieden und nicht zu

Streit aufgelegt. Maike nahm es dankbar zur Kenntnis.

»Ich bin beeindruckt«, sagte sie anerkennend. »Als ich den Aushang an einer der Tafeln sah, befürchtete ich, die jungen Forscher würden dich in Grund und Boden stampfen.«

»Und da bist du gekommen, um mich anschließend moralisch aufzubauen?« fragte Anna spöttisch.

»Wie ich sehe, ist dies überflüssig«, gab Maike lächelnd zu.

»Trotzdem danke.«

Maike stand Anna unschlüssig gegenüber. Sollte sie gehen? Sollte sie Anna zu einem Kaffee einladen?

»Wollen wir irgendwo was trinken? Mir ist danach zu feiern«, kam Anna ihr mit der Frage zuvor. Perplex schaute Maike sie an. Anna nahm ihr Laptop und was sie sonst noch dabei hatte unter den Arm und ging die Treppe des Hörsaales zum Ausgang hinauf. Nachdem sie die ersten Stufen genommen hatte, drehte sie sich um, sah Maike immer noch bewegungslos am selben Fleck stehen. »Was ist?« fragte sie. »Soll ich etwa allein feiern?«

Maike überwand ihre Lähmung, folgte Anna und fragte sich natürlich: Was war plötzlich mit Anna los? Sie war ja wie ausgewechselt!

Anna war in guter Laune, weil ihr Vortrag bei den Studenten doch ganz gut angekommen war. Besser, als sie es erwartet hatte. Man bewarf sie weder mit Tomaten noch faulen Eiern. Natürlich würden nun nicht morgen alle hingehen und ihr Leben der Erforschung alternativer Versuchsmethoden widmen. Zumal ja nur ein geringer Teil direkt mit tierexperimenteller Forschung zu tun hatte. Aber Anna bildete sich ein, sie hoffte, doch wenigstens einen Denkprozeß in Gang gebracht, ein wenig an das Verantwortungsgefühl, das Gewissen der Leute im Saal plädiert zu haben. Immerhin würde ein nicht unwesentlicher Teil von ihnen nach Abschluß des Studiums in Bereichen und Positionen arbeiten, wo sie Einfluß auf Dinge nehmen konnten.

Dieser Hochstimmung tat es keinen Abbruch, daß Maike plötzlich vor ihr stand. Im Gegenteil. Anna fand es schon irgendwie süß, daß Maike nur gekommen war, sie im Falle des Falles wieder aufzurichten. Darin lag nun auch wirklich nichts Zweideutiges oder irgendein egoistischer Hintergedanke. Maike wollte ihr lediglich den Rücken stärken. Sollte sie diese deswegen anraunzen? Das wäre unfair. Was sprach dagegen, den Abend bei einem Glas Wein, mit einem netten Gespräch ausklingen zu lassen? So lud sie Maike einfach ein. Das hieß ja nicht, daß sie ihre Meinung änderte oder Maike gar verzieh. Ihre Meinungsverschiedenheit war nur ausgesetzt, nicht ausgestanden.

Anna sah im Rückspiegel Maikes Wagen. Sie blinkte rechts und fuhr auf den Parkplatz eines kleinen Restaurants, das sie kannte. Erst als sie sich im Lokal an dem kleinen Tisch gegenübersaßen, Anna in Maikes Gesicht sah und deren fragender Blick auf sie ruhte, wurde ihr bewußt, wie sehr sie Maike vermißte. »Laß uns für einen Abend vergessen, was zwischen uns steht«, schlug Anna vor.

»Gern, von mir aus vergessen wir es ganz«, bot Maike an.

Anna schüttelte leicht den Kopf. »Nur ein Kompromiß, mehr nicht.«

»Immerhin ein Anfang«, sagte Maike und lächelte. »Wie läuft es mit deinem neuen Plan, den Hof zu erweitern und als Hundetagesstätte zu nutzen?« fragte sie.

»Woher weißt du ...«, wollte Anna fragen. Konnte es sich aber im selben Moment auch schon erklären. »Oh, klar doch, Greta. Ihr seid ja so was wie Verbündete in letzter Zeit. Ich fasse es immer noch nicht, daß sie dich einfach überfiel.«

»Ich bin ihr dankbar dafür.« Maike lächelte.

Die Kellnerin kam, sie bestellten eine Flasche Wein.

»Ich glaube, meine Idee ist wirklich gut«, kam Anna auf Maikes Frage zurück. »Ich muß nur noch die Kreditabteilung meiner Bank davon überzeugen. Aber das hat dir Greta sicher auch erzählt.«

Maike nickte bestätigend. »Ja. Hat sie.«

»Was ist mit dir? Hast du viel Arbeit?« fragte Anna, um dem Gespräch eine andere Richtung zu geben. »Habt ihr die Sache mit dem Diebstahl im Labor geklärt?«

»Noch nicht.«

»Schon eine Spur?«

»Nicht wirklich.«

»Na ja, du knackst die Nuß schon.«

»Früher oder später.«

Das Gespräch verlief jetzt eher zäh. Maike verhielt sich zurückhaltend. Wie auch anders? Sie, Anna, hatte ja selbst die Direktive für den Abend ausgegeben und damit praktisch ein Tabu für alle persönlichen Themen erteilt. Nur lagen gerade die natürlich ungeklärt zwischen ihnen. Sie spürten es beide.

Anna seufzte. »So geht es wohl auch nicht.«

Maike wußte sehr wohl, was Anna meinte. »Nein«, bestätigte sie. »So geht es nicht. Wir brauchen eine Entscheidung, so oder so«, sagte sie leise. »Ich möchte dich nicht bedrängen, nur ... ich weiß auch, daß ich nicht länger warten will. Verstehe mich bitte nicht falsch. Mir ist klar, in gewisser Weise habe ich dein Mißtrauen verdient. Dennoch. Ich bin es leid, fortwährend meine Unschuld beteuern zu müssen. Ich habe es dir nie *so* gesagt. Nun tue ich es: Ich liebe dich. Aber ich gehe, wenn du mir nicht vertraust.«

Anna sah Maike hilflos an. »Du stellst mir ein Ultimatum?«

»Ja.«

Anna fühlte sich völlig überrumpelt. Mit allem hatte sie gerechnet, nur nicht damit. Wie sollte sie von einer Sekunde zur nächsten so eine Entscheidung treffen? »Entschuldige, aber ich kann das jetzt nicht entscheiden.«

»Du hattest lange genug Zeit, dich auf diesen Moment vorzubereiten. Du wußtest, daß es nicht ewig so weitergehen kann wie bisher.«

»Ja«, mußte Anna zugeben. »Das wußte ich.« Das machte es aber nicht einfacher für sie. »Trotzdem. Ich weiß nach wie vor nicht, was ich glauben soll.«

»Dann finde es heraus«, sagte Maike, stand auf und ging.

Anna lag im Bett und dachte über Maikes Worte nach, erinnerte sich an den klaren, warmen Blick ihrer Augen. Dieser Blick war es, der Anna nicht mehr losließ. Aber sie konnte sich einfach nicht entscheiden, was sie glauben sollte. Irrte sie sich wirklich in so fataler Form? Oder spielte Maike ihr ein phantastisches Schauspiel vor? Aber welches Motiv hätte Maike dafür? Die Theorie, daß Maike nur ihr Gewissen bereinigen wollte und der anfangs noch wenig entgegenzusetzen war, wurde zunehmend unhaltbarer. In einem solchen Fall versuchte man vielleicht ein, zwei oder auch drei Mal, die Anschuldigungen zu entkräften, aber nicht öfter. Maike jedoch bestritt hartnäckig. Und blieb darüber hinaus zugänglich. Von ihrem anfänglichen Ärger über den Vorwurf mal abgesehen, verhielt sie sich sehr verständnisvoll. Man sollte annehmen, daß sie verstockt reagierte, beleidigt war und den Vorwurf in irgendeiner Weise umdrehte. Nichts von alldem. Maike wartete mit einer Engelsgeduld auf. *Warum sollte sie so viel Zeit und Mühe investieren, dir glauben zu machen, ihr läge etwas an dir, wenn dem nicht so war? Sie hat dir gestanden, daß sie dich liebt.* Anna wurde flau im Magen. Es dämmerte ihr, daß sie den ein oder anderen Fehler gemacht haben könnte.

22.

Den Entschluß, ihre Reisetasche zu packen, traf Maike spontan, nach einer schlaflosen Nacht im Anschluß an das Gespräch mit Anna. Sie rief ihren Chef an und reichte Urlaub ein. »Kommt nicht in Frage«, wehrte der ab.

»Ich habe reichlich Resturlaub, und mein Überstundenkonto sprengt jeglichen Rahmen«, erinnerte Maike ihn. »Aber wenn Sie wollen, kann ich mich auch krank melden.« Ein Knurren war die Antwort. Widerwillige Zustimmung folgte.

Maike nahm ein Taxi zum Bahnhof, fuhr nach München, wo sie den erstbesten Last-Minute-Flug nahm. Der brachte sie nach Mexiko, und weiter ging es zu einem Ort namens Playa del Carmen in ein charmantes Hotel nur fünfhundert Meter vom Strand entfernt. Hier würde sie die nächsten vier Wochen Sonne satt tanken und an nichts anderes denken als an sich und ihr Wohlergehen. Ihr Handy schaltete Maike aus. Sie war nicht Tausende Kilometer geflogen, um sich mit den heimischen Problemen zu beschäftigen.

Merkwürdig. Maike nahm nicht ab. Anna probierte es immer wieder auf ihrem Handy, ohne Erfolg. Zuerst vermutete sie, Maike nahm ihre Anrufe mit Absicht nicht entgegen. Immerhin konnte sie anhand des Nummernanzeigers sehen, wer anrief. Vielleicht stand Maike nicht der Sinn danach, mit ihr zu reden. Vielleicht wollte sie ihr zeigen, daß sie auch stur sein konnte. Oder Maike hatte einfach mit ihr abgeschlossen. Sie hatte im Restaurant ja so was angedeutet.

Anna versuchte es weiter, vier Tage. Ohne Erfolg. Am fünften Tag rief sie Greta an. Die hatte Maike seit einer Woche weder gesehen noch gesprochen.

»Vielleicht ein neuer Einsatz«, suchte Anna nach einer Erklärung. »Kann ja sein, daß sie gezwungen ist, Kontaktsperre zu halten.«

»Was ist denn los?« fragte Greta.

»Nichts weiter. Ich kann sie nur nicht erreichen.«

»Hast du mal auf ihrer Dienststelle angerufen?«

»Nein. Natürlich nicht. Ich will sie ja nicht dienstlich sprechen, sondern privat.«

»Wenn du sie doch aber privat nicht erreichen kannst!«

Manchmal hatte Gretas Logik was. Anna rief also in Maikes Büro an und erfuhr, daß sie Urlaub genommen hatte.

»Urlaub?« fragte Anna ungläubig.

»Ja. Seit fast einer Woche.«

»Aber ...« Maike hatte nichts davon erzählt. Es mußte ein kurzfristiger Entschluß gewesen sein. Unmittelbar nach ihrem letzten Gespräch. Und Anna fielen auch gleich zwei Gründe für diese schnelle Abreise ein. Einer so unerfreulich wie der andere. Entweder wollte Maike sie zu einer Entscheidung zwingen oder – noch schlimmer – sie hatte es aufgegeben, um sie zu kämpfen. So oder so, Maike hielt es für das Beste, eine Weile zu verschwinden. Und sie hinterließ keine Nachricht. Was gleichbedeutend damit war, daß sie keinen Kontakt wünschte. Und konnte sie es Maike verdenken?

»Wie lange denn noch?« fragte Anna.

Die Antwort versetzte ihr einen kleinen Schock. Noch drei Wochen!?

Das bedeutete drei Wochen Ungewißheit. Drei Wochen mit der bangen Frage: Legte Maike noch wert darauf, sie zu sehen?

In den Wochen ihres Urlaubes schwankte Maike zwischen zwei Gemütsverfassungen. Mal bereute sie, daß sie Anna das Ultimatum gestellt hatte, dann wieder bestärkte sie sich darin. Was sollte sie sonst tun? Sie hatte geredet wie ein Buch. Es half nichts. Entweder sah Anna endlich ein, wie unsinnig ihre Vorwürfe waren, und wenn nicht, nützten auch alle Argumente nichts.

Deshalb war es richtig, Abstand zwischen ihnen zu bringen. Maike fand, es tat ihr auch gut, endlich mal wieder an sich selbst zu denken. Anna erhielt nun ausreichend Gelegenheit, in sich zu gehen und zu entscheiden, wie sie sich zu dem Ultimatum stellen wollte. Nach ihrem Urlaub würde Maike erfahren, woran sie war.

Wenn Maike allerdings hoffte, bei ihrer Rückkehr von Anna erwartet zu werden, sah sie sich enttäuscht. Sie fand auch keine Nachricht, weder E-Mail noch SMS noch sonst etwas von Anna vor. Zwar sah Maike auf ihrem Handy, daß Anna ein paarmal nach ihrer Abreise versucht hatte, sie zu erreichen, aber das war drei Wochen her. Seit dem stand Annas Telefonnummer nicht mehr im Speicher der unbeantworteten Anrufe von Maikes Handy. Für Maike stand damit fest: Anna hatte ihre Meinung nicht geändert. Es fiel Maike nicht leicht, sich damit abzufinden, aber dank der letzten Wochen räumlicher Trennung fiel es ihr wiederum leichter als erwartet.

Da kam das Angebot, das Maike auf ihren Schreibtisch vorfand, gerade richtig. Wallbach forderte sie für sein Team an. Es gab keinen Grund abzulehnen. Im Gegenteil. Die neue Arbeit würde sie auf andere Gedanken bringen – und weg aus Marburg. Entfernung von Anna tat ihr gut. Das hatte der Urlaub ja bewiesen.

23.

Anna ließ extra zwei Tage länger verstreichen, um Maike nicht gleich am ersten Tag nach ihrer Rückkehr zu überfallen. Maike hatte sicher jede Menge um die Ohren nach vier Wochen Abwesenheit. Da Anna sie nicht anrufen, ihr eine SMS oder sonstwie schreiben, sondern in Ruhe mit Maike reden wollte, war sie gestern abend zu ihr nach Hause gefahren. Aber da war Maike nicht. Also versuchte Anna es heute in Maikes Büro. Anna war klar, daß Maike kaum Zeit haben würde, aber sie wollte ihr in die Augen sehen können, wenn sie Maike um ein Gespräch bat. Damit diese sah, wie ernst es ihr war.

»Ist Frau Roloff immer noch nicht aus ihrem Urlaub zurück?« fragte Anna den Mann, der in dem Büro saß, zu dem man sie schickte, als sie nach Maike fragte. Anna kannte ihn vom Sehen. Er war es, der mit Maike in Gersters Büro gekommen war. Maike war nicht da.

»Sie werden mit mir vorlieb nehmen müssen, Frau ...?« Die Frage nach ihrem Namen hing unausgesprochen in der Luft.

»Ravensburg«, sagte Anna.

»Pelzer«, stellte er sich nun vor. »Frau Roloff wurde einer anderen Abteilung zugeteilt. Wenn Sie eine Aussage machen wollen, dann bin ich Ihr Ansprechpartner.«

»Wo finde ich sie?«

»Die Frage kann ich Ihnen nicht beantworten.«

»Aber Sie müssen doch wissen, in welchem Büro sie jetzt sitzt.«

Pelzer schüttelte den Kopf. »Frau Roloff wurde einer Sondereinheit zugeteilt. Das Team ist immer dort, wo es gerade einen ungewöhnlichen Fall zu klären gibt. Überall in Deutschland. Dank Frau Roloffs ausgezeichneter Mitwirkung bei der Lösung des Norich-Falles, Sie haben vielleicht davon in der Zeitung gelesen, hat man sie in das Team geholt.«

»Wallbachs Team?« fragte Anna.

»Ja.« Erstaunen lag in Pelzers Gesicht. Er fragte sich sicher, woher sie den Namen kannte.

»Und Sie wissen nicht zufällig, wo dieses Team zur Zeit ist?«

»Nein. Und wenn ich es wüßte, dürfte ich die Information nicht an Sie weitergeben.«

»Verstehe.« Anna seufzte. Niedergeschlagen verließ sie das Büro.

Wie hätte sie ahnen sollen, daß Maike ausgerechnet in den wenigen Tagen, die sie ihr Zeit geben wollte, sich zu akklimatisieren, ihren Traumjob angeboten bekam. Daß Maike zugriff, konnte Anna ihr nicht verdenken. Warum sollte sie ablehnen? Von ihr, Anna, erwartete sie nach dem wochenlangen Schweigen nichts mehr. Was machte es also, daß dieser Job bedeutete, von Stadt zu Stadt zu ziehen, immer nur so lange an einem Ort zu bleiben, wie es dauerte, einen Fall zu lösen, und kaum zu Hause zu sein.

Ja, wenn sie beide eine Beziehung hätten, wäre das etwas anderes. Vielleicht! Vielleicht hätte Maike sich dann anders entschieden. Nicht einmal das war sicher. Sie hatten aber keine Beziehung. Im Gegenteil. *Du selbst warst es, Anna, die Maike immer und immer wieder abgewiesen hat.* Wunderte sie sich jetzt, wenn sie in Maikes Leben keine Rolle mehr spielte? Nein. Da Maike eine Frau war, die in ihrem Job aufging, bot ihr die Stelle in Wallbachs Team genau das, was sie – über eine spannende Arbeit hinaus – brauchte: ein Ziel. So konnte sie sich wieder auf sich selbst und ihre Karriere konzentrieren, wie sie es immer getan hatte. *Vielleicht denkt sie ab und zu noch an dich, Anna, aber sicher nur mit einem Kopfschütteln.*

Schmerzlich sah Anna ein, daß sie den richtigen Zeitpunkt verpaßt, zu lange gewartet hatte. Jetzt, da sie bereit war einzulenken, war es zu spät. Maike stand beruflich endlich an dem Punkt, wo sie immer hin wollte, wo sie sich richtig entfalten konnte. Sollte sie da ankommen und Maike bitten, in die Enge einer mittleren Großstadt zurückzukehren, nur um bei ihr zu sein? Nein! Das stand ihr nun wirklich nicht zu. Lang genug hatte sie sich egoistisch aufgeführt. Wenn ihr Maike etwas bedeutete, und das tat sie, durfte sie ihr jetzt nicht im Weg stehen.

Maike wußte auch nicht so recht, warum sie Greta anrief. Wahrscheinlich hoffte sie, etwas über Anna zu hören. Aber Greta erwähnte sie nicht. Vielleicht aus Rücksicht auf Maike, vielleicht ohne irgendeinen besonderen Grund. Jedenfalls unterließ Maike es deshalb, nach Anna zu fragen.

Da Maike annahm, Anna würde sowieso irgendwie von ihrer Versetzung erfahren, zufällig oder weil sie sich doch mal nach ihr erkundigte, erzählte sie Greta von sich aus davon. Maike war sich sicher, Greta würde es an Anna weitergeben.

Maike meinte zu merken, wie Greta bei der Information für eine Sekunde mit einer Antwort zögerte. Glaubte die nun auch, alles war so geplant gewesen und Anna nur Mittel zum Zweck? Als Maike den Job in Wallbachs Team annahm, war ihr nicht unmittelbar bewußt, daß sie damit praktisch Annas Theorie unterstützte. Das ging ihr erst später auf. Doch dann sagte sie sich: Wozu jetzt noch Rücksicht darauf nehmen?

Greta fing sich schnell. Ihre Stimme und ihre Worte ließen nicht darauf schließen, daß sie Maike mißtraute. Aber die wußte, für eine Sekunde hatte Greta Zweifel gehabt. Und Maike konnte sich an fünf Fingern ausrechnen, was Anna denken würde, wenn sie davon erfuhr. *Damit kannst du das Kapitel Anna endgültig ad acta legen.* Andererseits: Das Kapitel war sowieso beendet. Warum zerbrach sie sich überhaupt immer noch den Kopf darüber?

Anna saß seit dem Morgen am Computer, um der Kalkulation für den neuen Kreditantrag den letzten Schliff zu geben. Ein Blick auf die Uhr zeigte ihr, daß es bereits Mittag durch und Zeit für eine Pause war.

Das Telefon klingelte. »Maike ist zurück«, verkündete Greta.

»Weiß ich schon«, lautete Annas karge Antwort. Sie stand auf, ging in die Küche. Heute morgen hatte sie frische Brötchen beim nahegelegenen Bäcker gekauft. Nun konnte sie sich gut vorstellen, eines mit einem leckeren Belag zu verputzen. Während Anna mit der einen Hand die Zutaten zusammensammelte, hielt sie mit der anderen den Hörer und hörte Greta fragen. »Willst du nicht mehr mit ihr sprechen?«

»Nein. Besser nicht.« Das Aufschneiden des Brötchens mit nur einer Hand gestaltete sich schwierig. Anna preßte den Hörer mit der Schulter gegen ihr Ohr und bekam so beide Hände frei.

»Komisch. Sie hat auch gar nicht nach dir gefragt.«

Anna stellte ihre Aktivitäten hinsichtlich des Brötchens für einen Moment ein. Ein Kloß setzte sich in ihrem Hals fest. Sie schluckte ihn tapfer runter. »Sie hat sicher anderes zu tun, als nach mir zu fragen. Wie ich gehört habe, ist sie jetzt in Wallbachs Team.«

Greta pfiff leise. »Ach, daher weht der Wind. Du weißt davon.«

»Was meinest du?« Anna nahm die Butter, schmierte sie auf die beiden Hälften.

»Tu doch nicht so. Du glaubst jetzt, daß du recht hattest. Daß Maike wirklich nur daran gelegen war, in Wallbachs Team zu kommen. Und nun fühlst du dich in deiner Theorie bestätigt.«

Merkwürdig. Bisher hatte Anna noch gar nicht daran gedacht, daß man die Dinge so auslegen konnte. Es kam ihr nicht im entferntesten in den Sinn. Sie traute es Maike nicht mehr zu. Was ja wohl so viel bedeutete wie, daß sie ihr vertraute. Schade nur, daß Maike davon nichts mehr erfuhr.

»Nein, wirklich nicht«, sagte Anna zu Greta, während sie Salamischeiben aus der Verpackung zottelte. »Ob du es glaubst oder nicht, in die Richtung hatte ich noch gar nicht gedacht.«

Greta konnte Anna nicht folgen. »Ja warum willst du denn dann nicht mehr mit ihr reden? Sie läßt den Job vielleicht Job sein und kommt zurück, wenn du sie darum bittest.«

»Eben, und genau das will ich nicht. So einen Job hat Maike immer gewollt. Mitglied in Wallbachs Team zu sein, ist für sie wie ein Sechser im Lotto. Wenn ich jetzt zu Maike sage, ich will mit ihr zusammen sein, läßt sie diesen Job vielleicht sausen. Ich würde es nicht verlangen, aber sie würde sich unter den gegebenen Umständen sicher dazu verpflichtet fühlen. Deshalb kann ich unmöglich zu ihr gehen.«

Greta stöhnte laut am anderen Ende der Leitung. »Das ist ja zum Mäusemelken mit dir. Kannst du es nicht einmal unkompliziert machen? Sag Maike, was los ist, und laß sie selbst entscheiden!«

»Geht nicht, denn ich muß auch mit dieser Entscheidung klarkommen. Und ich würde mich schuldig fühlen, wenn Maike Wallbach wieder absagt. Bei jeder Auseinandersetzung, die wir haben, würde ich denken, sie bereut ihre Entscheidung und daß ich ihr nur ein Klotz am Bein bin.« Lustlos legte Anna eine Scheibe rote Bete auf die Wurst. Der Imbiß war fertig.

Greta seufzte genervt. »Ich glaube, du brauchst einen Psychiater, meine Liebe. Dein Selbstwertgefühl hat einen erheblichen Knacks. Erst machst du uns alle mit deiner *Sie nutzt mich nur aus*-Leier schwach. Und nun, wo du das überwunden hast, gefällst du dir in der *Ich habe Angst, ihr im Wege zu stehen*-Rolle. Na klar. Ist ja auch viel bequemer, als zu Maike zu gehen und zuzugeben, daß du dich geirrt hast. Sie zu bitten, dir zu verzeihen, und es auf einen Versuch ankommen zu lassen. Wo doch dieser Versuch nur wieder neue Risiken birgt. Ihr seid beide so unterschiedlich, daß Probleme geradezu vorprogrammiert sind. Das weißt du auch. Du weißt, sehr oft wirst du dir die Frage stellen müssen, ob du Maike glauben, ob du ihr vertrauen kannst. Und eines Tages enttäuscht sie dich vielleicht. Und genau davor hast du Angst.«

»Ja«, gab Anna zu. Greta hatte recht. Genau davor hatte sie Angst. Sie hatte sich zwar endlich überwunden, Maike in diesem einen Punkt zu glauben. Doch sie wußte nicht, was als Nächstes kam. Wann sie wieder Zweifel bekam, und ob sie die erneut besiegen würde. Mit ihren ewigen Zweifeln würde sie aber sowohl

Maike als auch sich selbst auf Dauer so sehr belasten, daß ein Zusammenleben nicht möglich war. Da war es doch klüger, gleich die Finger von der Sache zu lassen. Also erst recht ein Grund, nicht zu Maike zu gehen. Oder?

Anna fand ja!

»Die Sache mit Maike ist endgültig vorbei«, verkündete sie deshalb. »Im wirklichen Leben gibt es eben selten ein Happy-End Greta. Das weißt du doch am besten. Ich lege jetzt auf«, sagte Anna und tat es.

Die fertigen Brötchenhälften schmiß sie, wie sie waren, in den Mülleimer. Anna war weiß Gott nicht mehr nach essen. Auch wenn ihr Magen sich leer anfühlte.

Sie setzte sich lustlos wieder an den Computer. Die Kalkulation für den Kreditantrag war fertig. Um die Sache abzurunden, fehlte am Schluß nur noch der Vergleich mit den Erfahrungen ähnlicher Einrichtungen. Dazu hatte Anna einige Termine gemacht. Sie schaute noch mal in den Plan für die nächsten Tage. Sie würde viel unterwegs sein.

24.

Eine halbe Stunde Autofahrt trennte Maike noch von ihrer Wohnung. Es war früh am Morgen, sie war die halbe Nacht gefahren. Maike kam aus Dresden, wo sie bis gestern abend an einem Fall von Kunstdiebstahl arbeitete. Ein freies Wochenende stand ihr bevor. Sie dachte nur an Schlaf. Dennoch bog Maike kurz vor Marburg ab. Ganz automatisch lenkte sie ihren Wagen zu Annas Hof, parkte etwas abseits davon. Sie sah auf den Hof und hing ihren Gedanken nach. Dachte an Anna, wie sie sie kennenlernte. Damals hätte sie sich nie träumen lassen, daß sie die Gedanken an diese Frau eines Tages nicht mehr loslassen würden. Nun lag die letzte Begegnung mit Anna bald sechs Wochen zurück. Doch weder Palmenstrand und Sonne noch die interessantesten Kriminalfälle schafften es, sie Anna vergessen zu lassen. Maike begann ihre Entscheidung, in Wallbachs Team zu wechseln, bereits zu bereuen. Nicht weil ihr die Arbeit keinen Spaß machte, das nicht. Doch im Endeffekt hatte sie damit ihre letzte Chance verspielt, Anna doch noch zu gewinnen. Leider dachte sie vor zwei Wochen noch ganz anders darüber. Sie war niedergeschlagen, weil sie keine Nachricht von Anna vorfand, als sie aus dem Urlaub zurückkehrte. Und ohne überhaupt auch nur noch ein Wort mit Anna zu reden, verschwand sie einfach erneut. Warum hatte sie nicht wenigstens noch einmal versucht, mit Anna zu reden? Dieser Gedanke setzte sich mehr und mehr in Maike fest. Und er war es auch, der sie ihren Wagen hierher lenken ließ. Allerdings fehlte Maike jetzt der Mut für die letzten Meter. Wie würde Anna sie empfangen? Was sollte sie ihr sagen, nach all den Wochen? Würde ihr Gespräch in einem erneuten Streit enden? Maike schloß die Augen, um ihre Gedanken zu ordnen, sich ein paar Worte zurechtzulegen. Darüber schlief sie ein.

Anna kannte Maikes Wagen zu gut, um ihn zu übersehen. Sie fuhr gerade vom Hof, da sah sie ihn am Straßenrand stehen. Für einen Moment überlegte Anna, ob sie einfach vorbeifahren sollte, doch dann hielt sie an, stieg aus und ging zu Maike hinüber. Als Anna näherkam, sah sie, daß Maike schlief. Ihr Gesicht zeigte Erschöpfung.

Anna klopfte vorsichtig an die Fensterscheibe. Maike zuckte leicht zusammen, öffnete die Augen, sah Anna an wie eine Fata Morgana.

Dann kam offensichtlich die Erinnerung, wo sie war. Maike rappelte sich auf, öffnete die Tür und stieg aus ihrem Wagen.

»Hallo«, murmelte sie, immer noch ein wenig benommen.

»Hallo«, erwiderte Anna leise.

Maike suchte nach Worten, um ihre Anwesenheit auf der Straße vor Annas Hof zu erklären. Sie sah dabei so unglücklich aus, daß Anna beinah lachen mußte. Nun ja, was sagte man in so einer Situation? Anna wußte zwar nicht, wie lange Maike hier schon wartete, aber daß sie es tat, weil sie zu ihr wollte, sich dann aber doch wieder nicht traute, das war Anna schon klar. Nur was hatte Maike eigentlich gewollt?

»Du siehst aus, als könntest du ein ordentliches Frühstück vertragen«, sagte Anna. »So lasse ich dich jedenfalls keinen Meter mit dem Auto fahren.«

Maike schaute sie überrascht an. So viel Entgegenkommen hatte sie nicht erwartet. »Warst du nicht auf dem Weg wohin?«

Anna winkte ab. »Das hat Zeit. Komm.«

In der Küche machte Anna Kaffee, toastete ein paar Scheiben Brot, richtete einen Teller mit Belag an und deckte den Tisch für Maike. Sich selbst stellte sie nur eine Tasse hin.

Maike sah Anna bei all dem schweigend zu, ließ die Fürsorge über sich ergehen, wußte nicht, wie sie diese deuten sollte. Nun ja. Wie auch. Das letzte Mal, als sie zusammentrafen, ließ Anna sie noch deutlich ihre Ablehnung spüren. Und Maike konnte nicht wissen, daß Anna dies später bereute.

Anna wiederum traute sich nicht so recht, den Anfang zu machen. Zwar war sie mittlerweile mehr als bereit, sich bei Maike zu entschuldigen, hatte aber trotz allem im Grunde alternativ zu ihrer Skepsis nicht viel zu bieten. Sie hatte immer noch Zweifel an sich selbst und an einer Beziehung mit Maike.

Warum hast du Maike dann mit in deine Küche geschleppt? Du hättest ja einfach grüßen und weiterfahren können. Oder ihr hättet draußen kurz sprechen können. Warum hast du Maike zum Frühstück eingeladen?

Anna füllte den fertigen Kaffee in die Thermoskanne, setzte sich Maike gegenüber. »Greif zu«, sagte sie und schenkte Kaffee ein.

Maike tat es. Während sie sich den Toast belegte, ertappte Anna sich bei dem Gedanken, wie es wäre, jeden Morgen so mit Maike beisammen zu sein, gemeinsam zu frühstücken, sich ihr nahe zu fühlen. Und eingedenk dieses Gefühls sicher den Tag zu bestreiten. Sicher, ja, das war das Stichwort. Sie wollte sich Maikes Gefühlen sicher sein. Doch gleichzeitig ahnte Anna, daß sie damit das Unmögliche verlangte. Und wieder gelangte sie an den Punkt, wo sie erkannte: Sie mußte lernen, Maike zu vertrauen. Mehr noch, sie mußte lernen, sich selbst zu vertrauen, ihrem Gefühl. Warum nicht jetzt damit anfangen? Maike war hier, und das sprach dafür, daß sie ihr immer noch etwas bedeutete. Sie mußte diese Chance ergreifen. Es war vielleicht die letzte, die sich ihr bot.

»Wie geht es dir? Was macht die Arbeit?« fragte Anna, mit der Absicht, endlich ein Gespräch anzukurbeln.

Maike schaute schuldbewußt drein. »Ich weiß, was du denkst«, sagte sie.

Anna schalt sich innerlich. Was für ein ungeschickter Anfang. Natürlich klang diese Frage in Maikes Ohren wie ein weiterer Vorwurf in einer endlosen Reihe.

»Nein, nein, du irrst dich«, sagte Anna hastig und schüttelte den Kopf. »Das war kein Vorwurf, wirklich«, fügte sie beteuernd hinzu. »Ich wollte nur ... ich frage wirklich aus Interesse, ohne Seitenhiebe.« Hilflos zuckte Anna mit den Schultern. »Ich glaube ... nein, ich weiß ... ich war wie zugenagelt. Aber jetzt habe ich das Brett vor meinem Kopf endlich demontiert.«

Maikes Gesicht drückte, wie nicht anders zu erwarten, Überraschung und Ungläubigkeit aus. Zurückhaltung war die Folge. Anna sah, wie es in ihrem Kopf arbeitete. »Sagst du mir gerade, daß du nicht auf mich sauer bist?« fragte Maike.

»Warum sollte ich sauer sein?«

»Weil ich in Wallbachs Team arbeite, was für dich meines Wissens nach gleichbedeutend damit ist, daß ich deine Gefühle verraten und für meine Karriere ausgenutzt habe«, erinnerte sie Maike.

Anna seufzte tief. »Ich verstehe durchaus, wenn du mir nicht glaubst, daß ich meine Meinung, was das betrifft, geändert habe. Aber wie gesagt: Ich hatte das sprichwörtliche Brett vor dem Kopf. Mir ist klar, ich verlange viel. Dennoch bitte ich dich, mir zu verzeihen.«

Maikes Verwirrung war komplett. »Natürlich verzeih ich dir.« Sie war bereit gewesen, sich noch einmal vor Anna auf die Knie zu werfen. Nun war Anna diejenige, welche Abbitte leistete. Was war passiert?

Anna lächelte Maike dankbar an. »Danke.« Wieder entstand Schweigen.

»Und was wird jetzt?« fragte Maike in die Stille.

Anna lächelte erneut, allerdings spiegelte sich diesmal deutliche Hilflosigkeit in ihrem Gesicht. »Ich weiß nicht.« Annas Augen blickten ernst. »Ich möchte gern mit dir zusammen sein, nur bin ich keineswegs sicher, ob es mir gelingt, mein ständiges Mißtrauen zu besiegen. Aber ohne dem geht es nicht.«

Da traf Anna den Nagel auf den Kopf, dachte Maike. Und daß sie ihr immer noch nicht vertraute, verletzte sie. Trotzdem fragte Maike: »Was kann ich tun?«

Anna nahm Maikes Hand. »Du hast alles getan, was möglich

war. Es ist an mir, etwas zu tun. Gibst du mir noch ein wenig Zeit?«

Habe ich eine Wahl? Ich liebe dich, du dumme Nuß, dachte Maike zärtlich. Anna stand auf, kam um den Tisch zu ihr, beugte sich hinunter. Ihre Lippen berührten sanft Maikes. »Willst du es mit mir versuchen?«

Maike stand auf, nahm Anna in die Arme. »Ist dir nicht aufgefallen, daß ich das schon die ganze Zeit tue?« fragte sie sanft. »Du weißt doch, ich habe einen ziemlichen Dickkopf. Wenn ich etwas will, dann gebe ich nicht so einfach auf.«

»Ja, Gott sei Dank für dieses Mal«, sagte Anna schmunzelnd. »Es dauert sicher nicht lange, da werde ich diesen Dickkopf wieder verfluchen.« Anna drückte Maike sanft zurück auf ihren Platz. »Nun frühstücke aber endlich.« Maike belegte einen zweiten Toast und biß hinein.

»Ich war übrigens vorhin auf dem Weg nach Schwerte«, sagte Anna, während Maike kaute. Deren Appetit erfuhr eine enorme Steigerung nach der unerwarteten Wendung der Dinge. »Dort gibt es einen Hundehort, den ich mir ansehen will. Hast du Lust mitzukommen? Die Fahrt dauert ungefähr zwei Stunden.«

Müdigkeit hin, Müdigkeit her, jede Möglichkeit, bei Anna zu sein, war Maike willkommen.

»Wie weit bist du denn mit deinem Projekt? Hast du den Kredit bekommen?« fragte Maike Anna, als sie auf der Autobahn waren.

»Ich habe den Antrag noch nicht eingereicht. Diesmal werde ich mich nicht auf mein Glück verlassen, sondern anhand vergleichbarer Objekte belegen, daß meine Kalkulation Hand und Fuß hat. Das ist der Grund für unsere Fahrt nach Schwerte. Ich habe eine Verabredung mit dem Betreiber des dortigen Hundehofes. Er ist bereit, mir einige praktisch Tips zu geben. Seine Erfahrungen helfen mir sicher, den ein oder anderen Fehler in der Anfangsphase zu vermeiden.«

»Wenn du Hilfe bei den Vorbereitungen brauchst . . .«

»Danke für das Angebot. In den letzten Wochen war ich schon ziemlich aktiv. Der Entwurf für einen Flyer steht bereits, und ich bin dabei, eine Homepage aufzubauen.«

»Ein Tag der offenen Tür. Wie wäre es damit?«

»Gute Idee. Sobald ich die Zusage von der Bank habe.«

In den nächsten Minuten kam Anna regelrecht ins Schwärmen. Sie sprach darüber, wie sie den Hof umzubauen gedachte, welche anderen Tieren sie ebenfalls Herberge bieten konnte. Ihre Augen glühten förmlich vor Begeisterung. Der Besuch des Hundehofes bestärkte Anna noch mehr. Der Besitzer zeigte sich sehr entgegenkommend, gab Anna Anregungen und machte sie auf die ein oder andere Schwierigkeit aufmerksam. Zum Beispiel die Sorge der Tierbesitzer, wie ihre Hunde mit den fremden Artgenossen auskommen. »Aber im Grunde gibt es da keine Probleme«, sagte er. »Ich erkläre es den Leuten so: Die Situation gleicht der, wenn sich Kinder auf dem Spielplatz treffen. Kinder sind in der Regel unvoreingenommen. Sie spielen einfach miteinander. Stimmt die Chemie mal nicht, geht man sich einfach aus dem Weg.«

»Hatten Sie schon mal eine Beißerei unter den Tieren?« fragte Anna.

»Nein. Tiere mit sozial auffälligem Verhalten bringen wir in Gehegen unter. Jeder Tierhalter unterschreibt bei Abgabe seines Tieres einen Vertrag, in dem er sich verpflichtet, eventuelle Verhaltensprobleme und bekannte Krankheiten, Allergien und ähnliches anzugeben. Fragen Sie aber trotzdem lieber immer noch mal nach. Legen Sie eine Kartei an. Notieren Sie eventuelle Auffälligkeiten während des Aufenthalts des Tieres und sprechen Sie anschließend mit dem Besitzer darüber. Seien Sie in keinem Fall leichtsinnig. Unterschätzen Sie nicht die Komplexität der Sache. Was glauben Sie, was für Schwierigkeiten Sie kriegen, wenn ein Tierhalter den Verdacht bekommt, sein Tier hat sich auf Ihrem Hof mit irgend etwas angesteckt, weil Sie Ihre Pflicht versäumt haben. Abgesehen davon, daß er Ihnen einen Anwalt an den Hals schickt, ist Ihr Image gefährdet. Niemand bringt sein Tier in eine Tagesstätte, über welcher der Verdacht schwebt, die Gesundheit der Tiere wird zu nachlässig überwacht. Binden Sie besonders am Anfang bei der Einrichtung des Hofes einen Tierarzt mit ein.«

»Der Hof ist bereits Außenstelle eines Tierheimes. Ich will ihn nur erweitern«, sagte Anna.

»Ja, richtig. Das sagten Sie ja am Telefon. Aber der Umgang mit privaten Kunden ist nicht mit der Zusammenarbeit mit einem Tierheim zu vergleichen. Glauben Sie mir: Von dem Tag an, da Sie sich auf dem freien Markt als Anbieter in der Servicebranche selbständig machen, geben Sie einen beträchtlichen Teil Ihres Privatlebens auf. Der Kunde erwartet praktisch, daß Sie immer für ihn da sind.«

»Das muß ich in Kauf nehmen. Wichtig ist, daß das Konzept aufgeht.«

»Dem sollte normal nichts im Wege stehen.«

»Die Fahrt war ein voller Erfolg«, freute sich Anna auf dem Rückweg. »All die Hinweise sind sehr nützlich. Daß ich so ein Vertragsmuster mitnehmen durfte, spart mir eine Menge Zeit und Kopfzerbrechen.«

Maike legte ihre Hand auf Annas Oberschenkel, streichelte sie sanft. »Besser als du, kann man sich auf so ein Projekt nicht vorbereiten. Das wird auch deine Bank überzeugen«, sagte sie.

Den Rest der Rückfahrt schlief Maike. Anna lächelte in sich hinein. Daß Maike so lange durchhielt, erstaunte sie sowieso. Sie war ja bereits heute morgen völlig groggy gewesen. Anna weckte Maike erst, als sie wieder bei ihr zu Hause waren. Da war es später Nachmittag. Vorsichtig rüttelte Anna Maike an der Schulter.

»Willst du dich ein wenig im Wohnzimmer hinlegen?«

Maike lächelte benommen. »Ja.« Sie gingen ins Haus und Maike schnurstracks zur Couch. Sie legte sich hin, zottelte eines der Kissen heran und steckte es unter ihren Kopf.

»Ich hole dir eine leichte Wolldecke«, bot Anna an.

Maikes Murmeln interpretierte sie als Zustimmung. Als Anna zurückkam und die Decke über Maike ausbreitete, schlief die bereits. Um sie nicht zu stören, ging Anna aus dem Zimmer, setzte sich an den PC und vervollständigte ihren Kreditantrag mit den Fakten, die sie von ihrem Besuch in Schwerte mitgebracht hatten.

Gegen sieben Uhr hörte Anna im Bad die Dusche und kurz darauf Geklapper in der Küche. Sie schrieb den Absatz zu Ende, speicherte die Datei und ging nachsehen, was Maike trieb.

»Na? Wieder munter?« fragte Anna sie.

Eine Packung Eier stand neben dem Herd und in der Pfanne zerlief Margarine. Maike schnitt Speck und Zwiebeln. »Ich sterbe für ein Rührei. Du ißt doch auch was mit, oder?«

»Ja.« Anna ging zu ihr, küßte ihre Wange. »Im Garten habe ich

Schnittlauch. Ich schneide schnell etwas ab.«

Als Anna wiederkam, empfing sie bereits der Duft von brutzelndem Speck und Zwiebeln. Anna deckte den Tisch. Außerdem öffnete sie eine Flasche Rotwein. Das war zum Rührei zwar etwas übertrieben, aber Anna war danach, und immerhin hatten sie einen guten Grund anzustoßen. Nach wochenlanger Entfremdung saßen sie endlich wieder vereint beieinander. Vereint und versöhnt.

Und die Versöhnung wurde im Laufe des Abends sehr viel intensiver, viel *intimer*. Maikes zärtliche Worte, ihre Berührungen ließen Anna bald alles um sie herum vergessen. Seit langem fühlte sie sich endlich wieder ungetrübt glücklich.

25.

Bereits zwei Wochen später sollte sich über dieses Glück der erste Schatten legen. Voller Zuversicht öffnete Anna den Brief von der Bank, las, was dort stand, und brauchte eine halbe Minute, um zu realisieren, daß sie eine Absage in den Händen hielt. Dieser erneute Rückschlag traf sie hart. Maike machte Anna in guter Absicht einen Vorschlag.

»Wenn du Geld brauchst: Ich kann dir aushelfen. Oder für dich bürgen. Es ist nichts dabei.«

Doch was das betraf, hatte Anna klare Vorstellungen. Für das Verleihen von Geld waren Banken da, nicht Freunde, und schon gar nicht die Geliebte. Privatangelegenheiten und Geldangelegenheiten hatte sie bisher nie miteinander vermischt, und so gedachte Anna es auch weiter zu halten. Eine Kombination dieser Dinge, dessen war sie sich sicher, endete früher oder später mit unschönen Vorwürfen oder gar mit dem Bruch von Freundschaften. Deshalb lautete Annas klare Antwort: »Danke. Aber ich nehme kein Geld von dir. Auch keine Bürgschaft. Darüber brauchen wir nicht diskutieren«, erklärte sie Maike so ruhig wie möglich.

»Ich will dir aber gern helfen. Und die Bank wäre sicher zufrieden mit einer Bürgschaft von mir.«

»Keine Diskussion«, wiederholte Anna, vielleicht etwas zu barsch. Natürlich verstand Maike ihre abwehrende Haltung nicht.

»Warum willst du dir das Leben unnötig schwermachen?« fragte sie. »Du sollst ja nichts geschenkt nehmen. Falls du die Bürgschaft wirklich in Anspruch nehmen mußt, zahlst du natürlich das Geld an mich zurück. Wir können einen Vertrag darüber machen, wenn es das ist.«

»Nein, vergiß es.« Anna wich nicht von ihrem Standpunkt ab.

Maike schüttelte verständnislos den Kopf. »Erkläre mir doch bitte, warum ich dir nicht helfen darf!«

»Du darfst mir gern helfen. Aber nicht so.«

»Mit nicht *so*, meinst du *mit Geld*? Was ist denn dabei? Wir sind doch zusammen. Oder taugt unsere Beziehung nur fürs Bett? Das glaubst du doch wohl nicht?!«

Anna ging zu Maike, nahm ihre Hand. »Unsere Beziehung ist vor allem eines – noch sehr frisch«, sagte sie. »Es wäre nicht gut, wenn ich Geld von dir nähme. Geborgt, verbürgt oder sonstwie spielt keine Rolle.«

Doch Maike gab noch nicht auf. »Anna, unsere Beziehung kann nur funktionieren, wenn du mich an deinem Leben teilhaben läßt. Für mich ist es keine große Sache, dir auf diese Art zu helfen. Und für dich wäre es doch eine einfache Lösung. Oder nicht?«

»Ja, das wäre es«, gab Anna zu. »Aber die einfachste Lösung ist nicht immer die beste.«

»Sehr philosophisch«, entgegnete Maike. Ärger mischte sich in ihre Stimme. »Was soll das bedeuteten?«

Anna seufzte und versuchte, Maike ihren Standpunkt zu erklären. »Ich bin der Ansicht, daß man Geld und Beziehung voneinander getrennt halten soll.«

»Prima«, erwiderte Maike. »Ich auch. Ich habe dich ja auch nicht gebeten, ein gemeinsames Konto bei der Bank zu eröffnen. Ich will dir lediglich helfen, eine kleine Krise zu überstehen. Ich biete dir ein vertraglich festgelegtes Arrangement. Du kannst eine Gebühr oder Zinsen zahlen, wenn du willst.«

»Es bleibt dabei. Nein«, sagte Anna unnachgiebig.

Maike fielen keine weiteren Argumente mehr ein. Dafür brach der Ärger nun deutlich aus ihr heraus. »Dann eben nicht«, sagte sie kurz angebunden und verließ mißgestimmt das Zimmer. Bedrückt sah Anna ihr hinterher, ließ sie aber erst einmal in Ruhe. Anna hoffte sehr, Maike nicht allzusehr verstimmt zu haben. Ihre gemeinsame Zeit war zu rar, um sie im Mißklang miteinander zu verbringen. Sie ließ eine halbe Stunde verstreichen. Dann ging sie hinaus, um Maike zu suchen, und fand sie im »Frettchenhaus«, wo sie das Gehege der kleinen quirligen Tieren aufräumte, während diese Maike als willkommene Abwechslung in ihr Spiel mit einbezogen.

»Bist du immer noch sauer auf mich?« fragte Anna durch die Maschen des Geheges hindurch. Maike kehrte ihr demonstrativ den Rücken zu, sagte kein Wort. Anna wußte, was sie wissen wollte, nämlich daß Maike im Moment nicht mit ihr reden wollte. Also ging sie, um den Rasen zu mähen. Das würde eine reichliche Stunde dauern. Bis dahin fing Maike sich ganz sicher wieder. Dachte Anna. Aber falsch gedacht. Als sie im Anschluß ans Rasenmähen Maike suchte, stellte sie fest, daß Maikes Wagen nicht mehr auf dem Hof stand. Und mit ihm war natürlich auch Maike verschwunden.

Maike fluchte auf dem Heimweg in sich hinein. Ging jetzt alles von vorn los? Schaltete Anna wieder auf Abwehr? Sollte sie sie erneut ständig bitten, ihr zu vertrauen? So hatte sich Maike das nicht vorgestellt. Anna fiel es nicht mal auf, wie sie ihr bei jeder Gelegenheit eines vor den Bug gab.

Maike seufzte. Sie war nicht der Typ, sich ständig unterzuordnen, nachzugeben, den anderen gewähren zu lassen. Greta hatte gesagt, Annas Abwehr sei ihrer schlechten Erfahrung zuzuschreiben. Ja zum Teufel noch mal, dann mußte Anna eben umlernen. Oder sollte sie ein Leben lang auf ihren Gefühlen rumtrampeln lassen? Sie hatte nämlich welche, wenn sie die auch nicht immer so offen zeigte. Wenn sie Rücksicht auf Anna nehmen sollte, dann sollte Anna gefälligst auch Rücksicht auf sie nehmen.

Das alles hätte Maike Anna am liebsten an den Kopf geworfen, als sie sich stritten. Nur mit Mühe hielt sie die Worte zurück, denn sie wollte nicht riskieren, ihre gerade begonnene Beziehung zu zerstören. *Vielleicht bist du ja zu ungeduldig?* Ohne Zweifel war sich Anna der Problematik bewußt. Anna selbst sagte ja, daß es an ihr war, sich zu ändern. *Du mußt ihr eine Chance geben. Zum Umlernen braucht es eben etwas Zeit. So was geht nicht von heute auf morgen.*

Maike wußte aber von sich, daß sie ein Mensch war, der schnell Ergebnisse sehen wollte. Am besten von jetzt auf gleich. Und sie wußte, daß sie im Moment trotz allem Verständnis für Anna nicht in sehr rücksichtsvoller Stimmung war. So drehte sie Anna den Rücken zu, als die mit ihr reden wollte, und entschloß sich kurz darauf zu fahren. Das war im Moment das Beste. Wenn sie beide ihre Gemüter etwas abgekühlt hatten, würden sie noch mal über die Sache reden. Bevor Maike fuhr, schrieb sie einen Zettel, den sie Anna auf den Küchentisch legte. »Ich fürchte, ich streite mich ernsthaft mit dir, wenn ich heute bleibe. Deshalb fahre ich lieber nach Hause. Maike.«

Zu Hause angekommen, hatte sich Maikes Gemütsaufregung bereits wieder etwas gelegt. Wie erwartet, und das war sehr gut, denn so fühlte sie sich in der Lage, vernünftig mit Anna reden. Maike wartete trotzdem bis zum Abend, bevor sie anrief.

»Ravensburg«, meldete Anna sich mit ruhiger Stimme.

»Hallo, ich bin es. Entschuldige, daß ich einfach so gefahren bin, aber ich . . .«

»Hallo, schön deine Stimme zu hören«, unterbrach Anna Maikes Entschuldigung. »Geht es dir gut?«

»Ja, soweit du meine Konstitution meinst. Mein Gemüt leidet allerdings immer noch etwas.«

»Tut mir leid«, entschuldigte Anna sich. »Ich wollte dich wirklich nicht kränken.«

Hast du aber, dachte Maike, sagte es jedoch nicht. Kurzes Schweigen auf beiden Seiten. Dann bot Maike an: »Wenn ich dir irgendwie helfen kann, sag es einfach.«

»Ich habe wirklich eine Idee«, kam es zögernd.

»Ehrlich? Raus mit der Sprache!« Maike wartete gespannt.

»Wenn du mir mit der Arbeit auf dem Hof unter die Arme greifst, gewinne ich Zeit und kann mehr im Nebenjob arbeiten. Wie wäre das?«

»Wenn es das ist, was du willst«, sagte Maike, meldete aber vorsichtig Bedenken an: »Nur ehrlich, in meinen Ohren klingt das nicht sehr hilfreich. Wie viel Zeit kannst du dadurch gewinnen? Ein paar Stunden, so selten wie ich da bin. Ich zweifle stark, daß das genug ist, um das dir fehlende Geld dazuzuverdienen.«

Anna lachte. »Du unterschätzt meinen Einfallsreichtum. Ich dachte mir das so, daß du, wenn du am Wochenende hier bist, auf die Tiere aufpaßt, und ich besorge mir einen Wochenendjob. Da verdient man gutes Geld. Und wenn was mit den Tieren ist, rufst du mich einfach an.«

»Äh, ja sicher«, erwiderte Maike verwirrt und über alle Maßen enttäuscht. Dann würden Anna und sie sich bald gar nicht mehr sehen. Hatte Anna daran nicht gedacht? »Hast du was Bestimmtes im Auge? Mit deiner Wochenendarbeit, meine ich.«

»Irgendeinen Putzjob.«

Darüber hinaus, daß ihre gemeinsame Zeit noch knapper werden würde, machte Maike sich um Anna selbst Sorgen. »Wie lange, glaubst du, hältst du das durch? Drei Jobs: der Hof, die Taxizentrale und Putzen am Wochenende. Entschuldige, wenn ich das sage, aber du bist keine Zwanzig mehr.«

Auch dieses Problem schien Anna ausgeblendet zu haben. »Darauf kann ich leider im Moment keine Rücksicht nehmen.« Sie legte all ihren Charme in ihre Stimme. »Wirklich, Maike. Du würdest mir damit sehr helfen.«

»Hoffentlich«, seufzte diese inbrünstig. Zweifelte aber sehr an der Praktizierbarkeit dieser Lösung.

Maikes Befürchtungen sollten sich bewahrheiten. Annas selbst auferlegtes XXL-Arbeitsprogramm ging ihr an die Substanz. Bei ihren abendlichen Telefonaten fiel Maike bald auf, wie abgekämpft Anna klang. Anna versuchte ihre Müdigkeit zu verbergen. Doch Maike erfuhr ja aus ihren Erzählungen, die sich naturgemäß darum drehten, was sie den Tag über machte, welch enormes Pensum Anna sich zumutete. Da konnte es nicht ausbleiben, daß der Körper an seine Grenzen kam. Maike fürchtete, daß Anna versuchen würde, sich mit Tabletten aufzuputschen.

Angesichts dessen, daß Maike sowieso nur am Wochenende bei Anna sein konnte, bot die Situation auch für ihre »junge« Liebe nicht gerade viel Nährboden. Dank Annas »genialer« Arbeitsteilungsidee sahen sie einander nur wenige Stunden, und in denen schlief Anna meistens, während Maike auf leisen Sohlen durchs Haus schlich.

Trotzdem wurde Anna zunehmend reizbarer. Was Maikes Tablettenverdacht unterstützte. Natürlich fragte sie Anna nicht danach. Maike hielt sich auch zurück, nach »Beweismaterial« zu suchen. Was nützte das? Fand sie Tabletten und hielt sie Anna unter die Nase, würde das nur zum absoluten Eklat führen, weil sie in deren Sachen herumwühlte. Maike verstärkte also ihre Bemühungen, auf Anna Rücksicht zu nehmen. Was die allerdings nur noch reizbarer machte. Bald interpretierte Anna in jede Bemerkung Maikes einen Vorwurf hinein. Streits entstanden. Dabei verlor dann auch Maike irgendwann die Geduld und begann mit der »Warum nimmst du mein Angebot nicht an?«-Diskussion. So auch heute abend.

»Du machst dich doch völlig kaputt mit der Schufterei, Anna!« brauste sie auf. »Siehst du das denn nicht ein?«

Anna wollte Maike nicht beleidigen oder vor den Kopf stoßen, indem sie ihr sagte, daß weder sie noch Maike wußten, wie lange ihre Beziehung hielt. Daß sie Angst hatte, Maike könnte ihr irgendwann vorwerfen, sie hätte sie nur finanziell ausgenutzt. Auch wenn Anna es sich nicht vorstellen konnte, aber konnte sie ausschließen, daß Maike eines Tages, vielleicht wegen eines Streits, ohne Vorwarnung ihre Bürgschaft zurückziehen oder Geld, das sie ihr schuldete, zurückverlangen würde? Anna hatte in ihrem Leben schon so manche Erfahrung gemacht. Diese wäre nicht die Schlimmste. Nein, unter keinen Umständen wollte sie sich von Maike finanziell abhängig machen. Wie der Volksmund so schön sagte, bevor es Sozialhilfe gab: Arbeit schändet nicht.

»Es geht eben nicht anders«, sagte Anna stoisch. »Und außerdem ist es doch nur für eine begrenzte Zeit«, hielt sie entgegen. Ein vager Versuch, Maike zu vertrösten. Er mißglückte.

»Begrenzt? Auf wie lange?«, wollte Maike wissen. »Drei Monate, ein halbes Jahr, ein Jahr?«

Anna zuckte mit den Schultern. »Ja. Ich schätze so ein Jahr. Dann bin ich aus dem Gröbsten raus. Der Hof einigermaßen renoviert.«

»Aus dem Gröbsten raus?« meinte Maike sauer. »Vergiß es! Dieser Hof ist nicht im allerbesten Zustand. Während du die notwendigsten Reparaturen machst, verfällt dir die Grundsubstanz unter den Fingern. Das mußt du doch auch sehen!«

Natürlich sah Anna das. Sie hatte ja Augen im Kopf. Das Mauerwerk war an vielen Stellen brüchig, der Dachstuhl im großen Stallgebäude bedurfte einer gründlichen Ausbesserung. Außerdem waren einige der Dachplatten lose. Bei stärkerem Wind hörte man sie deutlich klappern. Ein richtiger Sturm konnte sie leicht lösen. Herumgewirbelt vom Wind konnten sie sonstwas treffen.

»Das hier«, Maike machte eine ausholende Handbewegung, »ist ein schwarzes Loch, das all dein Geld verschlingt. Egal, wie viel du arbeitest. Hier mußt du einmal richtig investieren. Mit deinen Kleckerbeträgen kommst du nicht weiter.«

»Jetzt übertreibst du und wirst unsachlich!« Anna fühlte sich auf unfaire Weise angegriffen.

»Ja? Findest du?« fragte Maike. Ihre Augen blitzen Anna an, drückten ihren Ärger deutlich aus.

»Was willst du? Soll ich einfach alles sein lassen? Das Projekt aufgeben? Das kommt nicht in Frage.«

»Davon ist doch gar nicht die Rede. Aber wenn du von mir keine finanzielle Hilfe annehmen willst und, ganz offensichtlich, mit deiner bisherigen Methode die Situation nicht in den Griff bekommen kannst, dann müssen wir nach einer dritten Lösung suchen.«

»Tolle Idee. Und wie soll diese geniale Lösung aussehen?« fragte Anna gereizt.

»Ja das weiß ich natürlich im Moment auch nicht.« Maike gestikulierte hilflos mit den Armen. »Keine Ahnung. Vielleicht ein Sponsor.«

»Ein Sponsor«, wiederholte Anna spöttisch. »Klar, den findet man ja an jeder Ecke.«

»Verdammt!« sagte Maike. »Ich meine das ernst. Es muß eine vernünftigere Lösung geben als die, daß du dich kaputt machst. Wir müssen sie nur finden. Statt mich auszulachen, solltest du lieber auch mal deinen Kopf anstrengen.«

»Ja glaubst du, ich hätte nicht über eine Alternative nachgedacht? Denkst du, es macht mir Spaß, mich wie ein Pferd abzurakkern? Ich fühle mich total zerschlagen. Da brauche ich es gerade, daß du mir Vorwürfe machst.«

Maike ging in den Flur, nahm ihre Jacke vom Haken der Garderobe. »So kommen wir nicht weiter«, sagte sie wütend. »Ich glaube, es ist besser, ich fahre nach Hause.«

Und sie tat es. Wieder einmal! Anna unternahm nichts, Maike zurückzuhalten. Sie wird schon wieder kommen, wenn sie sich abgeregt hat, sagte Anna sich. So war es bisher immer, so wird es auch diesmal sein. Trotzdem breitete sich Leere in Anna aus. Und die bange Frage: Was aber, wenn Maike diesmal nicht zurückkommt?

Müde und niedergeschlagen ging Anna ins Bett, schlief jedoch so schlecht wie noch nie. Genau genommen schlief sie gar nicht, trotz des großen Defizits, das sie in letzter Zeit hatte. Anna war einfach viel zu aufgewühlt über den Streit.

Gegen zwei Uhr morgens stand sie auf, sah nach den Tieren, suchte dort Trost. Aber egal in welche Unterkunft sie schaute, es sahen sie nur verschlafene Gestalten an, die nichts mit der ungewohnten Unterbrechung der Nacht anzufangen wußten. Annas Streicheleinheiten nahmen die Tiere zwar entgegen, erwiderten sie ihrerseits jedoch kaum. Ein wenig enttäuscht über die mangelnde Begeisterung ging Anna wieder ins Haus, setzte sich in die Küche und aß einen Joghurt. Dabei grübelte sie darüber nach, warum alles so verfahren war. Warum konnte es zwischen Maike und ihr nicht mal für eine Zeit harmonisch sein? Ständig gab es irgendwelche Hürden in ihrer Beziehung.

Auf der Fahrt nach Hause fluchte Maike wie ein Rohrspatz vor sich hin. Warum konnte Anna ihr nicht *einmal* vertrauen?! Die Geschichte ihrer Beziehung war die Geschichte fortgesetzten Argwohns. Jedenfalls was Annas Verhalten ihr gegenüber betraf. Es begann mit dem generellen Mißtrauen ihres Berufes wegen. Okay, das konnte Maike noch verstehen, bei Annas Vorgeschichte. Aber es ging ja unaufhörlich so weiter. Anna sah immer nur das Schlechte in ihr. Ihr Ehrgeiz war falsch. Ihre Zärtlichkeit hielt Anna zuerst für die pure Berechnung. Nun lehnte Anna strikt ab, von ihr Geld zu leihen. Und wieso? Sie vertraute ihr einfach nicht. Warum war Anna überhaupt mit ihr zusammen, wenn sie nicht an das Funktionieren ihrer Beziehung glaubte? Denn nichts anderes sagte diese erneute Ablehnung schließlich aus. Wenn Anna sie nie wirklich an sich herankommen ließ, was für eine Chance hatten sie dann?

Waren sie am Ende vielleicht doch zu verschieden? Oder umgedreht gefragt: Was verband sie eigentlich? Sie teilten weder Interessen noch Ansichten, lebten entgegengesetzte Ideen. Jedes gemeinsame Vorhaben erforderte einen Kompromiß. Maike kam sich die ganze Zeit vor, als ginge sie auf Zehenspitzen, in der Angst, etwas kaputt zu treten. Mit Anna über all das zu reden, traute sie sich nicht, weil Maike wußte, Anna würde sich bei einem derartigen Vorwurf noch mehr verschließen. Sie wollte Anna gern dazu bringen, sich mehr auf ihre Beziehung einzulassen. Aber wie?

Maike änderte die Fahrtrichtung, fuhr zu Greta, in der Hoffnung, daß die ihr einen Rat geben könnte.

Greta, nur mit einem Morgenrock über den Schlafanzug bekleidet, schaute Maike verschlafen an. »Ist was passiert?« fragte sie besorgt.

»Entschuldige, ich wollte dich nicht wecken«, sagte Maike peinlich betreten, weil sie die Zeit ganz außer acht gelassen hatte. Immerhin war es schon halb zwölf.

»Na los, komm rein. Ich mache uns einen Tee.« Greta ging in die Küche.

»Sorry noch mal. Ich habe nicht an die Uhrzeit gedacht«, wiederholte Maike.

Greta winkte ab. »Schon gut. Was ist denn los?«

»Das ist nicht in einem Satz gesagt«, begann Maike. Wie sollte sie anfangen? Es nützte ja niemandem, wenn sie ihrer Unzufriedenheit freien Lauf ließ und Vorwürfe über Anna ausschüttete. »Ich habe das Gefühl, daß Anna mich auf Distanz hält. Nicht körperlich, sondern gefühlsmäßig, falls du verstehst, was ich meine. Sie vertraut mir nicht. Besser gesagt, sie traut mir nichts zu. Jedenfalls nichts Gutes. Du hast es ja selbst miterlebt, als sie mir vorwarf, ich hätte aus Berechnung mit ihr geschlafen.«

»Ich dachte, das hättet ihr aus der Welt geschafft«, wunderte Greta sich.

»Ja, haben wir auch. Ich erwähne die Geschichte nur, weil sie so typisch für Annas Einstellung zu mir ist«, erklärte Maike. »Im Augenblick ist Anna auf dem Trip, daß sie lieber bis zum Umfallen schuftet, um ihren Hof renovieren und das Projekt mit der Tagesstätte realisieren zu können, statt sich von mir finanziell unterstützen zu lassen und die Sache ruhig anzugehen. Sie legt damit praktisch unsere Beziehung lahm. Wir sehen uns kaum noch. Und wenn wir uns sehen, ist Anna völlig fertig. Kein Wunder bei dem Pensum, was sie sich auferlegt.«

»Und du glaubst, der Grund, warum sie deine finanzielle Hilfe nicht annimmt, ist, daß sie nicht von dir abhängig sein will?«

»Ja, was denn sonst? Sie denkt sicher, wenn unsere Beziehung auseinander gehen sollte, werde ich ad hoc alle Hilfe zurückziehen. Aber das ist totaler Blödsinn. Man sollte meinen, so gut müßte sie mich kennen und mir vertrauen, daß ich das nie tun würde.«

Greta stellte zwei Tassen auf den Tisch und die Thermoskanne, in der sie den Tee nach dem Aufbrühen umgoß. Sie schenkte sich ein, schob Maike die Kanne zu.

»Danke«, sagte Maike und fragte: »Hast du eine Idee, was ich machen soll? Mit Anna kann ich keine vernünftige Diskussion über das Thema führen. Weder was die Geldangelegenheit betrifft noch das mangelnde Vertrauen. Letzteres würde sie schlichtweg abstreiten.«

Greta nickte verstehend. »Ich glaube, ich weiß, was du meinst. Anna kann sehr stur sein. So habe ich sie oft erlebt. Darüber hinaus ist sie für sich zu der Erkenntnis gekommen, daß sie sich am besten nur auf sich selbst verläßt.« Greta trank einen Schluck ihres Tees. »Es ist nahezu unmöglich, sie davon abzubringen. Leider weiß ich auch nicht, was ich dir raten soll. Ob du die Konfrontation suchen oder es mit Geduld versuchen sollst. Geduld ist, denke ich, die bessere Strategie. Ich kann nur sagen, es ist für Anna nicht so einfach, Vertrauen zu haben. Du kennst ja ihre Geschichte. Ich habe dir davon erzählt.«

»Heißt das, wenn ich mit Anna zusammen sein will, muß ich damit leben, daß da immer der Rest einer Barriere zwischen uns ist?«

»So ungefähr. Zumindest wird es eine lange Zeit brauchen, bis Anna ihre Zurückhaltung ablegt. Darüber solltest du dir klar sein.«

Maike stierte in ihre Teetasse. »Ich weiß nicht, ob ich das aushalten kann.«

»Das findest du dann schon heraus. Zerbrich dir nicht zu viel den Kopf. Je mehr du darüber nachdenkst, je mehr Bedeutung bekommt die Sache. Am Ende mehr, als ihr eigentlich zukommt. Das kann zum Selbstläufer werden. Wenn du Anna dagegen einfach akzeptierst, wie sie ist, wirst du am Ende vielleicht merken, daß alles gar nicht so schlimm ist, wie du jetzt denkst.«

»Glaubst du?«

»Ganz sicher.«

Maike seufzte. »Vielleicht hast du recht. Es nützt gar nichts, die Dinge noch mehr zu dramatisieren.« Sie stand auf. »Danke für deine Hilfe, Greta. Und entschuldige noch mal die unchristliche Zeit.«

»Kein Problem. Wenn ich helfen konnte.«

»Soweit das überhaupt möglich war, hast du es getan.« Maike umarmte Greta. »Gute Nacht.«

Ungetröstet, aber immerhin um einen Rat reicher, fuhr Maike nach Hause.

Am Morgen darauf rief Maike Anna an und gab Bescheid, sie würde die nächsten Tage nicht in der Stadt sein. »Ein neuer Fall. Diesmal in einem kleinen Ort bei München. Wir reden, wenn ich wiederkomme, ja?«

»Bist du noch sauer?« fragte Anna besorgt. Ihr schlechtes Gewissen quälte sie. Sie war sehr barsch zu Maike gewesen. Und unfair. Schließlich wollte Maike ihr nur helfen, machte sich Sorgen um sie.

»Ich weiß nicht«, erwiderte Maike leise. »Enttäuscht trifft es wohl besser. Bis dann.« Sie legte auf.

Anna seufzte, fühlte sich als Riesenegoist. *Du denkst immer nur an dich*, warf sie sich vor. *Deine* schlechten Erfahrungen, *deine* Enttäuschungen, *deine* Vorstellungen, *deine* Wünsche. Was war mit Maikes Wünschen? Was war mit all den Enttäuschungen, die sie *ihr* immer wieder antat, wenn sie Maike ein ums andere Mal von sich wegstieß, sie nicht einbezog?

Ja, Anna. Gib es ruhig zu! Du hast manchmal einen schlimmeren Dickkopf als Maike. Vielleicht würde dir ein wenig Kompromißbereitschaft gut zu Gesicht stehen. Denk mal darüber nach! Maikes Vorschlag, für sie bei der Bank zu bürgen, bot wirklich die einfachste Lösung. Sowohl als Ausweg aus ihrer finanziellen Misere als auch für die Beziehung mit ihr. Also warum sprang sie nicht endlich über ihren Schatten? Machte es ihnen *beiden* leichter.

Anna kam in den Sinn, daß, wenn Maike nicht so eine starke Natur wäre, sie wahrscheinlich längst wieder Single wäre. Wie viele Frauen machten so einen umständlichen Ringeltanz, wie sie ihn aufführte, wohl mit? Und Maike verlor sicher auch früher oder später die Lust daran. Es war höchste Zeit, sich zu entscheiden. Was wollte sie? Ein Leben allein, frei von Maikes Ansprüchen, aber auch ohne ihre Nähe.

Oder ein Leben mit Maike, der Vielfalt ihrer Fürsorge und Zärtlichkeit, und natürlich dem Risiko des Streits oder einer Enttäuschung. *Du hast die Wahl, Anna!*

Verdammt noch mal! Natürlich wollte sie *mit* Maike leben. Und sie war doch kein Feigling.

In den folgenden Tagen rang Anna immer wieder mit sich selbst. Schließlich tat sie es. Sie ging zur Bank und fragte nach der Möglichkeit eines Kredites, wenn sie einen Bürgen bringen konnte. Die Antwort war positiv. Die Höhe des Kredites hinge lediglich von der Liquidität des Bürgen ab.

Nun galt es nur noch Maike zu sagen, daß sie ihr Angebot annahm. Doch dieses »nur« bedeutete für Anna, einen sehr entscheidenden Schritt zu tun.

26.

Anna schaute aus dem Fenster. So früh kam nur eine hier heraus. Und richtig. Es war Maike, die auf den Hof fuhr. Annas Herz begann schneller zu schlagen. Sie lief hinaus und Maike entgegen. Maike kam ruhig auf sie zu, nahm Anna in die Arme und küßte sie. »Ich werde mich schon noch daran gewöhnen, daß ich dich nicht immer verstehe«, flüsterte sie nach einer Weile leise in Annas Ohr.

Eine Zentnerlast fiel Anna vom Herzen. Sie war sich durchaus nicht sicher gewesen, daß Maike ihr verzieh, und unbeschreiblich froh darüber.

»Laß uns frühstücken«, schlug Maike vor.

»Gute Idee.«

»Und dabei suchen wir nach einer Lösung, die uns beiden gerecht wird«, schlug sie vor.

Was das betraf, hatte Anna eine Neuigkeit für sie.

Sie saßen in der Küche. Maike zwinkerte Anna zu. »Ich war übrigens nach unserem Streit bei Greta, um mich auszuheulen«, gestand sie ihr.

»Habt ihr eine neue Verschwörung ausgetüftelt, wie ihr mich diesmal zur Vernunft bringen wollt?« fragte Anna, allerdings mit so viel Schalk in der Stimme, daß Maike sie anlächelte.

»Uns fiel leider nichts Gescheiteres ein, außer Geduld mit dir zu haben.« Sie seufzte. »Ich muß zugeben, seit ich dich kenne, habe ich, was das betrifft, völlig neue Maßstäbe.«

Das war genau der richtige Zeitpunkt für Anna, um Maike ihren Entschluß mitzuteilen. »Ich habe mit meiner Bank gesprochen«, begann sie.

Maike sah interessiert auf. »Worüber?«

»Darüber, ob ich einen Kredit bekomme, wenn ich einen Bürgen bringe.«

Maikes Überraschung war grenzenlos. »Was?« Dann glaubte sie eine Erklärung gefunden zu haben. »Du hast einen Sponsor aufgetrieben?«

»Nein, kein Sponsor«, erwiderte Anna. »Es geht nach wie vor nur um einen Bürgen. Ein Angebot, das mir seit längerem vorliegt. *Dein* Angebot.«

Maikes Blick glich einem Fragezeichen. Da sie die Möglichkeit, daß Anna nachgeben würde, mittlerweile völlig ausschloß, kam sie nicht ganz mit.

Anna seufzte lächelnd. »Ich bin zu dem Schluß gekommen, daß ich lernen muß, Kompromisse einzugehen. Und außerdem hast du recht. Ich kann mich nicht ständig dreiteilen. So ein Projekt wie die Hundetagesstätte erfordert gerade in der Anfangsphase sehr viel Zeit. Damit und mit dem Hof werde ich schon genug um die Ohren haben. Nebenjobs sind da nicht mehr drin. Und außerdem ... schließlich bist du auch noch da. In letzter Zeit hatten wir kaum was voneinander.«

Maike war sprachlos. Damit hatte sie nun wirklich nicht gerechnet. Noch glücklicher als die Tatsache, daß Anna endlich einsah, daß sie sich überschätzt hatte, machte Maike Annas Zustimmung, die finanzielle Hilfe von ihr anzunehmen.

»Was sagst du?« fragte Anna.

»Ich bin platt«, gestand Maike. »Ich kann es, ehrlich gesagt, noch gar nicht glauben.«

Anna grinste. »Ich hoffe, der Schock ist nicht so groß, daß du das ganze Wochenende brauchst, dich davon zu erholen. Meine Hoffnung bestand darin, mit dir ein paar romantische Stunden zu verbringen.«

»Aber du mußt doch zur Arbeit.« Maike schaute auf die Uhr. »In einer halben Stunde. Und wenn du wiederkommst, bist du sicher müde.«

»Ich sehe, du hast es wirklich noch nicht ganz realisiert«, witzelte Anna. »In Anbetracht der neuen Umstände brauche ich doch gar nicht zur Arbeit.«

»Heißt das ... du hast bereits gekündigt?« Eigentlich dachte Maike nach Annas erster Eröffnung, ihr Erstaunen wäre nicht mehr steigerungsfähig. Wie der Mensch sich doch irren konnte.

»Alle Nebenjobs«, bestätigte Anna. »Jetzt gehört meine Zeit nur noch den Tieren und natürlich ... dir. Also, was sagst du?«

»Was ich dazu sage? Romantik am Morgen vertreibt Kummer und Sorgen.« Maike stand auf, beugte sich über die Reste des Frühstückes hinweg zu Anna, küßte sie. Dann nahm sie Annas Hand und zog sie in Richtung Schlafzimmer.

»Ziemlich direkte Romantik«, meinte Anna lächelnd, als sie neben dem Bett standen und Maike die obersten Knöpfe ihrer Bluse öffnete. Maike verschloß Annas Lippen mit einem fordernden Kuß. »Wir haben viel nachzuholen«, flüsterte sie in ihr Ohr, küßte Annas Hals und öffnete den Knopf ihrer Jeans. »Deshalb schlage ich vor, wir beginnen so exzessiv wie möglich. In diesem Zusammenhang ist es gut, wenn wir eine praktische Spielwiese wie das Bett in unserer Nähe haben.«

Für eine Antwort blieb Anna keine Zeit mehr. Maikes Hand schob sich bereits in ihren Slip, berührte sie zwischen den Beinen. Anna stöhnte. Eilig begann sie, Maike auszuziehen. Sie konnten es beide nicht erwarten, sich endlich wieder zu spüren.

Seit gestern abend machte sich mehr und mehr Nervosität in Anna breit. Die Nacht schlief sie kaum. Seit dem Morgen schwitzten ihr nun auch noch unaufhörlich die Hände. Maike, die sich diesen Samstag hundert Prozent dienstfrei gehalten hatte, redete Anna gut zu.

»Es gibt keinen Grund, nervös zu sein, Schatz. Alles wird prima laufen. So ein Tag der offenen Tür ist doch kein Ausnahmezustand.«

Für mich ist er das schon, dachte Anna nervös. Sie hatte zwar schon an dem ein oder anderen teilgenommen, aber noch nie selbst einen organisiert. Es galt, einen richtig guten Eindruck bei den Leuten zu hinterlassen.

Greta stand in den Startlöchern, um den Besuchern Kaffee, kalte Getränke und Sandwichs anzubieten. Maike und Anna oblag die Aufgabe, die Besucher zu betreuen. Das hieß, ihnen den Hof zeigen, das Konzept erklären und hoffentlich den ein oder anderen Kunden gewinnen.

Die ersten Neugierigen schlenderten in den Hof. Weil sie die Einfahrt mit einer Kette versperrt und mit dem Hinweis auf beschränkten Parkplatzraum versehen hatten, mußte vor dem Hof auf der Straße geparkt werden.

Anna fragte sich: Sollte sie sofort auf die Leute zugehen oder ihnen erst einmal etwas Zeit lassen? Sie entschied sich, ihnen Zeit zu geben sich umzusehen, wußte Anna doch, wie bedrängt sie sich fühlte, wenn sie, kaum daß sie ein Geschäft betrat, gefragt wurde: »Kann ich Ihnen helfen?« Das führte schon mehrmals dazu, daß Anna Kaufentscheidungen traf, die sie später bereute. Deshalb betrat sie einen solchen Laden dann kein zweites Mal mehr.

Gleich am Eingang standen Informationstafeln und darauf auch der Hinweis, daß die Mitarbeiter des Hofes jede Frage gern beantworteten sowie Führungen anboten. Der Druck auf der Rückseite von Annas T-Shirts wies sie für alle Gäste sichtbar als eine solche Mitarbeiterin aus, und wer wollte, konnte sich an sie wenden.

Sie brauchte also nur präsent zu sein. Das war sie, indem sie sich einfach draußen aufhielt. Und weil Anna nichts Besseres zu tun hatte, plauderte sie mit Greta.

»Entschuldigung. Darf ich Ihnen eine Frage stellen?« sprach Anna eine Frau um die Vierzig freundlich an.

»Ja, gern.«

»Ich habe gelesen, daß es Führungen gibt. Wann ist denn die nächste?«

»Es gibt keine festen Zeiten. Sagen Sie einfach, was Sie interessiert. Dann zeige ich es Ihnen.«

»Mich interessiert alles.«

»Na, dann zeige ich Ihnen alles.«

Anna wandte sich an die Gäste, die sich gerade in der Nähe aufhielten.

»Möchte noch jemand an einer Führung teilnehmen?«

Einige Köpfe nickten. Es bildete sich eine Gruppe von sieben Teilnehmern.

»Folgen Sie mir einfach«, sagte Anna und begann zu erzählen: »Sinn unserer Hundetagesstätte ist es, Menschen die Möglichkeit zu bieten, ihren Vierbeiner optimal betreuen zu lassen. Während Sie zur Arbeit müssen oder vielleicht wegen Krankheit nicht in der Lage sind, dem Hund genügend Bewegung zu verschaffen. Es gibt viele Gründe, die für eine Hundetagesstätte sprechen. Der wichtigste Grund ist, daß Sie Ihrem Tier etwas Gutes tun wollen. Das Prinzip ist das gleiche wie das eines Hundesitters, nur daß sich in einer Hundetagesstätte mehrere Hunde aufhalten, was Ihrem Hund den Spaß ermöglicht, den ganzen Tag mit anderen Hunden zu spielen, zu rennen und zu balgen. Dort drüben sehen Sie das Freigehege.« Anna deutete zu der eingezäunten Wiese. »Wenn wir näher kommen, sehen Sie besser, daß es dort reichlich Abwechslung für die Hunde gibt. Verschiedene Hindernisse, an denen wir mit den Tieren trainieren, aber auch Verschläge und Hütten, wohin sich Ihr Hund zurückziehen kann. Für die *Stubenhocker* unter unseren Gästen wurden gemütliche Ruheecken im Inneren des Stallgebäudes eingerichtet.«

»Werden die Hunde in Gruppen aufgeteilt?« fragte ein Mann. Seine untersetzte Gestalt glich der einer Bulldogge. »Nach Größen und Stärkeverhältnis, meine ich?«

»Nein. Wichtig ist allein das Sozialverhalten der Hunde. Ihre Verträglichkeit. Ist das gegeben, spielt die Größe eine untergeordnete Rolle. Wie beim Menschen, wo ja auch Kinder verschiedenen Alters und unterschiedlicher Statur miteinander spielen können. Darüber hinaus stehen die Hunde unter unserer ständigen Aufsicht. Eben wie in einer richtigen Tagesstätte.«

»Werden Sie die Heimhunde und die privaten voneinander getrennt halten?« wollte die Frau wissen, die Anna nach der Führung gefragt hatte.

»Das ist nicht unsere Absicht. Für unsere Hunde gilt dasselbe wie für die Gäste. Wir achten darauf, daß nur die sozial verträglichen Tiere mit anderen zusammenkommen. Für diejenigen, die nicht geeignet sind, in Gruppen zu sein, gibt es geräumige Einzelboxen.«

Anna deutete auf Cico und Cica, die heute im Gehege waren. »Sehen Sie die beiden Labradors. Als sie auf den Hof kamen, galten sie als sehr gefährlich. Sie wären beinah eingeschläfert worden. Dabei war es Angst, die ihr Verhalten ausmachte. So ist es meistens. Die Tiere haben oft viel durchgemacht, wenn sie hierherkommen. Sie müssen ihre Erlebnisse erst verarbeiten, brauchen viel Zuneigung. Sehen Sie die beiden heute. Sie unterscheiden sich nicht mehr von anderen normalen Hunden.«

»Könne wir die Ruheplätze auch mal sehen?«

»Natürlich. Folgen Sie mir.«

Die kleine Menschentraube folgte Anna.

Ihre Nervosität legte sich angesichts des Interesses der Gäste mehr und mehr. Alles lief besser, als sie es erwartet hatte. Sie gingen zum umgebauten Stallgebäude. »Natürlich können Sie auch die Lieblingsdecke Ihres Hundes mitbringen und ihm damit seinen Platz an einer Stelle einrichten, von der Sie glauben, Ihr Hund mag sie.«

»Gibt es Mobbing auch unter Hunden?« kam die Frage von einer älteren Dame. Einige der Besucher lachten.

»Da muß ich passen«, gab Anna zu. »Aber da Hunde Tiere und keine Menschen sind, würde ich die Frage verneinen. Mobbing basiert auf Mißgunst. Mir ist nicht bekannt, daß Hunde diese Eigenschaft haben.«

»Aber es gibt eine Rangordnung unter ihnen.«

»Ja. Doch die Tiere empfinden das nicht als psychische Belastung. Im Gegenteil. Wir Menschen empfinden es als Schwäche, wenn wir in der Rangordnung der Gesellschaft irgendwo weit unten herumdümpeln. Für Hunde gilt das nicht. Sie akzeptieren die Stärke des anderen. Die Rangordnung regelt ihr Verhalten zueinander. Aus genau demselben Grund folgt Ihnen Ihr Hund, führt Ihre Kommandos aus. Er sieht Sie als über sich stehend an.«

»Na ja«, meinte einer der Teilnehmer lässig. »Damit klappt es nicht immer so gut.«

»Für diesen Fall können Sie und Ihr etwas zu eigenwilliger vierbeiniger Freund an einem Hundetraining teilnehmen«, griff Anna den Kommentar geschäftstüchtig auf. »Auch das bieten wir an.«

»Sind Sie ausgebildet?«

»Ich habe einen Hundeführerkurs belegt und mehrere Kurse über Psyche und Verhalten von Hunden. Außerdem habe ich Erfahrung im Umgang mit vielen Tierarten. Dieser Hof ist seit mehreren Jahren Außenstelle für das hiesige Tierheim.«

Sie gingen weiter. Anna zeigte auch die Bereiche des Hofes, wo die anderen Tiere untergebracht waren. So konnten die Besucher sich ein Bild vom Ganzen machen.

Das lockere Plaudern der Gäste untereinander und deren gelöste Stimmung zeigten Anna, daß der Rundgang ein Erfolg war. Die freundlichen Worte, mit denen man ihr am Ende der Führung dankte, bestärkten diesen Eindruck.

Im Laufe des Tages folgten weitere vier solcher Führungen. Das Interesse war groß. Annas Freude darüber entsprechend. Die Stunden vergingen wie im Flug. Erst am späten Nachmittag, als die letzten Besucher gingen, bemerkte Anna, daß ihre Beine wehtaten und ihr Hals ganz trocken war.

Anna ging ins Haus, ließ sich erschöpft auf das Sofa fallen. Greta kam. Sie hatte die letzten Sandwichs auf ein Tablett gestapelt und stellte es vor Anna. »Iß was.«

Maike stürmte freudestrahlend herein. »Die Bilanz des Tages: Vier Anmeldungen für Schnupperbesuche. Zwei der Kunden wollen nach erfolgreichen Probetagen ihre Hunde hier abgeben, um endlich mal Ferien im fernen Süden zu machen. Sie hatten nie jemanden, bei dem sie die Hunde abgeben konnten. Ein älterer Herr muß für eine Bypassoperation ins Krankenhaus und wußte nicht wohin mit seinem Beagle. Bis heute.« Maike lachte. »Sieht ganz nach einem vollen Erfolg aus.« Sie beugte sich zu Anna hinunter und küßte sie.

Ungeachtet Gretas Anwesenheit hielt Anna Maike fest.

»Und wem hast du das alles zu verdanken?« fragte Maike scherzhaft.

»Ja, ich weiß. Und ich hasse dich dafür«, sagte Anna mit weicher Stimme.

Maike lächelte warm. »Ich hasse dich auch. Mit jeder Faser meines Herzens.«

Greta räusperte sich laut. »He, könnt ihr mit dem Liebesgeflüster nicht warten, bis ich weg bin?«

Sie grinsten Greta an.

»Na, ich wollte sowieso gerade gehen«, sagte die daraufhin. »Habe noch eine Menge Papierkram im Laden zu erledigen. Monatsabrechnung. Macht's gut, ihr beiden.«

Anna ließ Maike los, stand auf und umarmte Greta. »Danke für deine Hilfe.«

»Schon gut. Ich freue mich, daß alles so gut für dich gelaufen ist.«

Anna begleitete Greta hinaus. Als sie zurück ins Wohnzimmer kam, erwartete Anna eine Überraschung. Sie wußte nicht wie, aber Maike hatte es in der kurzen Zeit, da sie draußen war, geschafft, einen riesigen schmalen Karton, etwa einen mal zwei Meter, ins Wohnzimmer zu bugsieren. Das Teil war mit einer breiten grünen Schleife verziert.

»Was ist das?« fragte Anna überrascht.

Maike grinste. »Ein Geschenk. Mach es auf.«

Skeptisch näherte Anna sich Maike und dem Riesenpaket. Maike reichte Anna eine Schere. »Schön vorsichtig«, mahnte sie.

Anna schnitt die Schleife ab, riß das Papier auf. Bei der Verpakkung war jemand wirklich gründlich vorgegangen. Immer noch ahnte sie nicht im geringsten, was sie da gerade auspackte. Anna konnte nur etwas Hartes fühlen. Papierschicht folgte auf Papierschicht. Endlich! Es schimmerte weiß. »Ah«, sagte sie. »Ich nähere mich dem . . .?« Mittlerweile stand Anna in einem Meer von Papierfetzen.

Maike stand zwei Meter neben ihr und schaute belustigt, wie sie sich abmühte. Das Weiß war immer noch die dominierende Farbe, aber nach und nach zeichnete sich ein weinroter Schriftzug ab.

Annas »Tierburg«
Heim- und Tagesstätte für kleine und große Tiere

Unter dem Schriftzug Annas Name und die Adresse, um alles herum Bilder von Tieren aller Art. Hund, Katze, Kaninchen, Vögel und was es sonst so gab.

Jetzt ging Anna auf, was hinter Maikes merkwürdiger Fragerei in den letzten vier Wochen steckte. Wie sie ihr Projekt eigentlich nennen wollte. Ein Firmenname oder so etwas. Anna hatte immer nur abgewunken. Ihr Name müsse erst mal reichen. Es galt so viele andere Sachen zu erledigen, die wichtiger waren.

Bewegt sah Anna Maike an. Dann wieder zu dem Firmenschild, das vor ihr stand. »Du bist ...« Ihr fehlten die Worte. »Du bist unglaublich.«

Maike schmunzelte. »Unglaublich was?«

»Unglaublich liebenswert.« Anna lehnte das Schild an die Wand, ging zu Maike, strich zärtlich über ihre Wange. »Ich verdanke dir so viel. Ohne dich hätte ich das alles nicht geschafft.«

»Doch, das hättest du. Ganz sicher.« Maike hielt Annas Hand fest, führte sie zu ihrem Mund und küßte sie. »Du bist nämlich sehr stark. Und sehr dickköpfig. Eine Frau wie dich habe ich nie zuvor kennengelernt.«

»Ich fühle mich aber gar nicht stark«, widersprach Anna. »Im Gegenteil. Mir war oft danach, alles hinzuschmeißen.«

»Aber du hast es nie getan. Du wirst es auch nie tun. Du bist nicht der Typ, der aufgibt«, sagte Maike überzeugt.

»Glaubst du?«

»Ich weiß es. Genauso wie ich weiß, daß ich dich nicht mehr loslasse. Das ist ein Versprechen.« Maikes Stimme klang sehr sanft. Ihre Augen durchdrangen Anna. Hätte sie Zweifel an Maikes Worten gehabt, wären die bei diesem Blick in alle vier Winde zerstreut worden. »Obwohl ich dich oft nicht verstehe, wünsche ich mir, einfach nur bei dir zu sein.« Maike schüttelte den Kopf, ganz offensichtlich über sich selbst. »Das ist völlig gegen meine sonstige Art. Es gibt nur einen Grund dafür.«

»Ja?« Anna wartete gespannt auf die Fortsetzung.

»Ich habe noch nie so intensiv gefühlt«, sagte Maike leise.

»Auch ich habe noch nie so intensiv gefühlt«, erwiderte Anna ernst. »Manchmal habe ich direkt Angst deswegen.«

»Du brauchst keine Angst haben.« Maike streichelte zärtlich Annas Wange. »Dein Gefühl ist bei mir sicher. Du bist bei mir sicher. Weil ich dich liebe.«

Sie nahm Annas Gesicht in beide Hände, zog es zu sich.

Maikes warme Lippen berührten Annas, umfaßten ihre Sinne.

Tief in sich spürte Anna, dies hier würde nie enden.

Weitere Titel der édition el!es

Anna Peters: Herzköniginnen

Liebesroman

Susanne gibt eine Zeitungsanzeige auf und lernt die um einiges ältere Anna kennen. Sie beginnen eine rege Brieffreundschaft, verlieben sich, treffen sich schließlich – und werden in einer leidenschaftlichen, intensiven Beziehung glücklich.
Die Geschichte wird allein in den Briefen erzählt, die sich beide schreiben.

Ruth Gogoll: Verbotene Leidenschaft

Erotischer Liebesroman

Sich in die eigene Chefin zu verlieben, wenn diese augenscheinlich hetero ist, gehört in jedem Fall zu den Dingen, die eine Lesbe nicht tun sollte. Doch eine erwachte Leidenschaft läßt sich nicht einfach abschalten, und so gilt es, die Chefin zu bekehren – auch, wenn das mit reichlich Widrigkeiten einhergeht.

Ruth Gogoll: Wie ein Stern, der vom Himmel fällt

Erotischer Liebesroman

Weihnachtliches Plätzchenbacken gehört eigentlich in glückliche Familien. Wenn jedoch die unfreundliche Nachbarin nur für sich allein backt, dann ist das verdächtig. Und wenn diese Nachbarin zwar spröde, aber ungemein attraktiv ist und mit ihren schönen Augen lockt, dann erwacht der lesbische Jagdtrieb: Wenn schon Plätzchenbacken, dann bitte nur zu zweit ...

Tala Storm: Der lange Weg

Liebesfantasy

Cay-La erwacht eines Morgens ohne Erinnerung. Sie schließt sich zunächst der schönen Kallisto an, doch als die eine Kriegerin töten will, wechselt Cay-La die Seiten. Zusammen mit der Kriegerin und ihrer Gefährtin versucht sie ihre Vergangenheit zu erfahren, die Erinnerung an sich selbst wiederzufinden. Eine nicht ungefährliche Reise ins Reich der Amazonen beginnt, denn der Zorn Kallistos begleitet sie ...

Ruth Gogoll: Ostereier

Erotischer Liebesroman

Eine Geschichte um Ostereier? Nein, eine Liebesgeschichte. Die Begegnung in einem Supermarkt kurz vor Ostern – ist sie Zufall oder Schicksal? Befördert der Einkauf von Obst und Gemüse die Liebe – oder hindert er sie an ihrer Erfüllung? Und was ist mit der geheimnisvollen Bemerkung, mit der alles begann? Das alles sind Fragen, denen sich die beiden Protagonistinnen stellen müssen. Werden sie eine Lösung finden?

Victoria Pearl: Sag's mit Rosen

Erotischer Liebesroman

Blümchen heißt das alte Wohnmobil, mit dem Jessie herumfährt und geradeheraus Frauen anbaggert. Leonie ist von dieser Masche nicht begeistert, doch sie kann sich Jessies Charme nicht entziehen. Eine gemeinsame Reise in dem engen Gefährt bleibt nicht ohne Folgen, aber Leonie befürchtet die baldige Trennung; wie wird Jessie sich entscheiden?

Julia Arden: Unter Verdacht

Liebesroman

Als Professorin eher distanziert, geraten Sylvias Gefühle immer mehr außer Kontrolle, während die Zusammenarbeit mit der Architektin Karen enger wird. Das Tüpfelchen auf dem i: Karen ist lesbisch. Sollte Sylvia tatsächlich etwas für Karen empfinden? Doch die Idylle wird jäh zerstört, als Karen wegen Kreditbetrugs verhaftet wird. Mit Sylvias Hilfe aus dem Gefängnis entlassen, machen sich beide auf die Suche nach dem wahren Täter und kommen sich dabei immer näher.

Julia Arden: Das Lächeln in deinen Augen

Roman

Beate sieht in Cornelia Mertens, ihrer neuen Chefin, zunächst nur das, was alle sehen: die kühle, distanzierte Geschäftsfrau. Liebe ist etwas für Träumer – aus dieser ihrer Meinung macht Cornelia kein Geheimnis.
Nach und nach lernt Beate aber eine ganz andere Seite an Cornelia kennen. Cornelia überrascht sie mit unerwarteter Fürsorge, Verständnis und einer seltsamen Mischung aus Heiterkeit und Ernst. Also doch harte Schale, weicher Kern? fragt sich Beate. Ist das äußere Erscheinungsbild nur Fassade für all die, die sich nicht die Mühe machen dahinterzuschauen? Oder sind Sanftmut und Charme nur Trick, Teil eines Planes? Nämlich dem, sie zu verführen? Letzteres wäre fatal für Beate, denn so oder so – sie hat sich in Cornelia verliebt.

Alexandra Liebert: Träume aus der Ferne

Liebesgeschichten

Geschichten rund um das Verlieben: »Viele Wege führen nach Rom, aber keiner führt an den Geschichten von Alexandra Liebert vorbei – wenn frau romantische Liebesgeschichten schätzt. In ihrer ganz eigenen, feinfühligen Art beschreibt die Autorin das Suchen und schließlich auch das Finden der Liebe, die verschiedene Gesichter haben kann und darum auch auf unterschiedlichen Wegen erkämpft, erwartet oder erkannt werden will.« (Victoria Pearl)

Julia Arden: Laß mich in dein Herz

Liebesroman

Vor vier Jahren verlor Andrea ihre Lebensgefährtin Maren durch einen Autounfall. Seitdem lebt sie ausschließlich für ihren Beruf als Richterin, bis Gina in ihr Leben tritt und ihre Gefühle durcheinanderbringt. Aber sie will keine Beziehung eingehen, ihr Herz hängt nach wie vor an Maren. Also versucht sie Gina zu vergessen, doch dann kommt es zu einem unverhofften Wiedersehen – und Andrea braucht Ginas Hilfe, weil der Beruf sie in Gefahr bringt . . .

Ruth Gogoll: Eine Insel für zwei

Erotischer Liebesroman

Neunzehn Jahre alt und auf der Suche nach der großen Liebe: Das ist Andy, als sie Danielle kennenlernt, Besitzerin einer Werbeagentur. Danielle hält Liebe für eine Illusion. Sie lädt Andy zu einer Reise durch die Ägäis ein, doch fordert dafür einen hohen Preis.
Andy läßt sich darauf ein, weil sie Danielle liebt und hofft, daß Danielle auch lernen wird zu lieben. Fast scheint es, als hätte Andys Liebe eine Chance, doch da geschieht etwas Unvorhergesehenes . . .

Alexandra Liebert: Der Schlüssel zum Glück

Liebesgeschichten

Geschichten rund um das Verlieben: Ob gewollt oder ungewollt, überraschend oder nicht – Alexandra Liebert versteht es, ihre Heldinnen in kleinen, unbeschwerten Geschichten auf spannende Art zusammenzubringen. Da sucht Cathy nur nach einem Job und findet die Liebe, Lisa sucht erholsame Ferien in San Francisco – und findet die Liebe, Carmen und Maria haben sich mit dem Auto verfahren, suchen den richtigen Weg und finden: die Liebe.
Sie wollen jetzt wissen, wer noch alles die Liebe findet? Und welche Hürden dabei zu überwinden sind? Wir haben da einen kleinen Tip für Sie: Kaufen Sie doch einfach dieses Buch . . .

Ruth Gogoll: Ich liebe dich

Erotischer Liebesroman

Ira ist eigentlich viel zu schön, um Bankmanagerin zu sein, und Elisabeth will nur eine Hypothek von ihr: Da schlägt die Liebe zu wie ein Blitz. Zuerst einmal erscheint Elisabeths Liebe aussichtslos, doch dann ergibt sich eine unverhoffte Begegnung, und bald sind die beiden ein Paar. Doch das Schicksal hält noch etliche Schläge für sie bereit. Piet, Iras ehemalige Lebensgefährtin, taucht plötzlich wieder auf. Und Ira erhält unerwartet eine berufliche Chance, die sie nicht ablehnen will. Die räumliche Entfernung schürt die ohnehin vorhandene Eifersucht noch.

Kay Rivers: Küsse voller Zärtlichkeit

Roman

Michelle Carver hat als Managerin von Disney World in Florida einen anstrengenden Job. Für ein Privatleben hat sie kaum Zeit, deshalb beschränkt sie sich auf gelegentliche Affären. Liebe kommt in ihrem Wortschatz nicht vor.
Cindy Claybourne ist Studentin und hat einen Ferienjob in Disney World. Sie merkt, daß sie sich zu Michelle hingezogen fühlt, daß sie hinter ihre harte Schale schauen möchte. Aber Michelle läßt das nicht so einfach zu. Doch Cindy gibt nicht auf und kämpft für ihre Liebe zu Michelle. Wird Michelle endlich einsehen, daß Cindy die richtige für sie ist?

Ruth Gogoll: Tizianrot

Erotischer Liebesroman

Tanita schwärmt unsterblich für ihre Mathematiklehrerin Diana. Nach Tanitas Abitur verlieren sie sich aus den Augen. Zufällig treffen sie sich Monate später wieder, und die Überraschung ist perfekt, als sich herausstellt, daß auch Diana Interesse an Tanita hat. Schnell kommen sie sich näher, die Erfüllung aller Träume scheint nah, doch da tauchen unerwartete Schwierigkeiten auf.

Kingsley Stevens: Liebe mich

Erotischer Liebesroman

Amy Flanagan und Morgan Holdsworth treffen sich, als Amy versucht einen Großauftrag von Morgan, Eigentümerin eines Kosmetikkonzerns, für die Werbeagentur zu erhalten, für die Amy arbeitet. Obwohl Amy Geschäft und Privates auseinanderhalten will, verliebt sie sich in Morgan. Sie beginnen eine Affäre, doch Morgan scheint wenig Interesse an einer Vertiefung ihrer Beziehung zu haben, während Amy sich wünscht, Morgan näherkommen zu können.

Gerri Hill: Der Mond scheint nur für dich

Liebesroman

Die Malerin Kara malt bevorzugt morgens oder abends: Wenn es nicht mehr hell ist und der Mond scheint. Sie liebt den Mond, ihren stummen Begleiter durch die Jahre. Doch als sie Ginny kennenlernt, ändert sich alles – und der strahlende Mond wird Zeuge einer wachsenden Liebe . . .

Behrens – Spors – Doll:
Mia
Liebe mit Umwegen
In heißem Wüstensand

Liebesgeschichten

MIA

Wie sag' ich's meiner Lehrerin? Mia ist verliebt, aber sie traut sich nicht. Ist die Angebetete nun lesbisch oder nicht? Könnte sie die Gefühle erwidern? Janina Behrens gelingt es, diese Schülerin/Lehrerin-Geschichte auf humorvolle Weise darzustellen.

LIEBE MIT UMWEGEN

Was passiert, wenn die vermeintlich Richtige doch die Falsche ist? Wenn die Falsche am Ende die Richtige ist? Irrungen und Wirrungen der Liebe werden von Julia Spors schließlich entwirrt.

IN HEIßEM WÜSTENSAND

Eine Agypten-Reise von den Eltern geschenkt – kann das gutgehen? Widerwillig tritt Connie die Reise an, die mit einigen Schwierigkeiten und Hindernissen beginnt. Doch unter afrikanischer Sonne sieht vieles dann ganz anders aus, und aus geliebten Menschen können plötzlich geliebte Menschen werden . . .

Victoria Pearl: Sonnenaufgang in deinen Armen

Erotischer Liebesroman

Luisa lernt in der Firma, in der sie arbeitet, Ingeborg kennen und fühlt sich sofort zu ihr hingezogen. Sie verläßt den Mann, mit dem sie seit sechs Jahren zusammenlebt, und versucht sich Ingeborg vorsichtig zu nähern. Ingeborg jedoch lehnt dies stets schroff ab. Als das Chorsingen sie beide ins Schweizerische Bergell verschlägt – gemeinsames Hotelzimmer mit Doppelbett – schlägt Luisas Stunde: Kann sie Ingeborgs Zuneigung gewinnen?

Trix Niederhauser: Halt mich fest

Liebesroman

Wie sag ich's meinen Eltern? Früher oder später kommt jede Lesbe an diesen Punkt, auch Chris, die rockende Gitarristin mit Hang zu Unfällen. Tina tritt in ihr Leben, und alles ist anders: Das Coming-out, die verschollen geglaubte Großmutter, die Ex mit dem dritten Auge und vieles mehr machen der Heldin das Leben schwer. Tapfer erträgt sie die putzende Mutter, den pubertierenden Neffen und den schweigenden Vater. Nur daß Tina rothaarige Frauen küßt, macht ihr zu schaffen ...

Melissa Good: Sturm im Paradies

Liebesroman

Melissa Good, Drehbuchautorin verschiedener Episoden der beliebten TV-Serie »Xena – Die Kriegerprinzessin«, bei el!es!

Firmen aufkaufen und ohne Rücksicht auf Verluste sanieren – Dar Roberts, Vizepräsidentin einer großen Gesellschaft, liebt ihren Job und erledigt ihn gründlich. Bei einem kleinen Unternehmen trifft sie jedoch auf unerwarteten Widerstand: Kerry Stuart, die junge Leiterin der Supportabteilung, kämpft engagiert für die Erhaltung der Arbeitsplätze. Gleichzeitig fühlt Kerry sich angezogen von dieser großen, starken, dunkelhaarigen Frau, in der mehr zu schlummern scheint als kalter Geschäftssinn. Zaghaft kommen sich die beiden näher ...

Diana Lee: Die Geliebte der Wölfin

Die lesbische Robin Hood

Die schöne Lady Gwendolyn wird auf dem nächtlichen Heimweg überfallen. Rettung naht in Gestalt der attraktiven Ritterin Sir Blaidd, die in geheimer Mission eine Verschwörung gegen die Königin aufdecken soll. Gwendolyn verliert ihr Herz an die tapfere Heldin, gemeinsam versuchen sie nun mit ihren Freunden den Verschwörern zuvorzukommen. Doch die Feinde sind mächtig, mittels dunkler Rituale versuchen sie, ihre Kräfte zum entscheidenden Schlag zu bündeln. Auch Gwendolyn gerät in Gefahr. Kann Sir Blaidd sie mit ihrem Mut und ihrem geschickten Schwert aus der tödlichen Falle befreien?

Shari J. Berman: Hawaiianische Träume

Liebesroman

Die attraktive Freddie hofft, bei einem Urlaub auf Hawaii ihren Ex-Mann endlich zu vergessen. Unter dem Sternenhimmel der Südsee läßt sie ihr altes Leben hinter sich. Hals über Kopf stürzt sie sich in eine heftige Liebesbeziehung mit der Fotografin Stephanie. Doch nach dem ersten Liebestaumel drohen Zweifel und Konflikte: Freddie hat Probleme mit ihrem Coming-out und weiß nicht, ob sie ihre lesbische Liebe leben kann und will. Und trotz allem Verständnis für die Geliebte stößt auch Stephanie irgendwann an die Grenzen ihrer Geduld ...